2018

漓江年选 ∩ 品质阅读 ∩ 恒久珍藏

2018我们都爱短故事

“我们都爱短故事”编辑小组　选编
秦俑　主编

漓江出版社

图书在版编目（CIP）数据

2018 我们都爱短故事 / “我们都爱短故事”编辑小组选编；秦俑主编 .
—桂林：漓江出版社，2019.3
ISBN 978-7-5407-8623-6
Ⅰ. ① 2… Ⅱ. ①我… ②秦… Ⅲ. ①故事—作品集—中国—当代
Ⅳ. ① I247.81
中国版本图书馆 CIP 数据核字（2018）第 300892 号

2018 WOMEN DOU AI DUAN GUSHI
2018 我们都爱短故事
“我们都爱短故事”编辑小组　选编
秦俑　主编

出版人：刘迪才
出品人：张谦
责任编辑：张谦
助理编辑：辛丽芳
书籍设计：石绍康
责任监印：张璐

漓江出版社有限公司出版发行
广西桂林市南环路 22 号　邮政编码：541002
发行电话：010-85893190　0773-2583322
传真：010-85890870-814　0773-2582200
邮购热线：0773-2583322
电子信箱：ljcbs@163.com
网址：http://www.lijiangbook.com
香河县闻泰印刷包装有限公司印刷
［河北省廊坊市香河县安平镇二街　邮政编码：065402］
开本：690 mm × 1000 mm　1/16
印张：22.5　字数：310 千字
2019 年 3 月第 1 版　2019 年 3 月第 1 次印刷
书号：ISBN 978-7-5407-8623-6
定价：50.00 元

目 录
contents

第二辑
我们都爱开玩笑

第三辑
当我们谈论爱情时

第四辑
最会讲故事的人

第五辑
世界的真相

第六辑
那时慢

第七辑
台上坐着一个杀人犯

编选前言

“我们都爱短故事”编辑小组

自媒体的兴起，为大众写作与阅读带来了颠覆性的改变。准入门槛低了，专业化程度低了，但是大众的选择反而多了，个性化的表达也悄然兴起。这是一个全民狂欢的年代，一夜之间，世界好像变得跟以前不一样了。人人都可以是作者，是主编，也可以是读者与评论者。人人都可能成为大V、网红、意见领袖，粉丝与IP作为新的经济增长点，主导了更年轻一代的消费取向。

我们不是网红，也不是大V，我们是讲故事的人。2017年初，微信公众号“我们都爱短故事”悄然上线，由《小小说选刊》主编秦俑与他的7位朋友周洁茹、海飞、陈毓、邓洪卫、非鱼、夏阳与王溱共同发起创作，其宗旨是致力于打造最好的短篇叙事类文学公号，由此开启了一段后知后觉的自媒体旅程。

这些作者中，周洁茹少年成名，后旅居海外多年。回国后，她创作了一系列长短不一的小说，总冠名以《我们都爱短故事》，在《南方文学》《山花》《北京文学》等刊物上发表。公号名称即源自于此，后由著名作家冯骥才妙笔题词，再配以不同的图片作为封面，一直沿用至今。

秦俑是公号发起人，策划编辑经验丰富，自己也是一名优秀的创作人。他长期从事小小说编辑工作，这个公号以“短故事”为题，旨在打破小小说作为文体对故事与文本的约束。在中国古代，在西方文化中，小说与故事是没有绝对区分的。如果认真阅读这本图书，你也会发现，“我们都爱短故事”既不是传统意义上的纯粹的小说，也不是我们平常读的通俗故事，它恰恰是介于小说与故事之间，既有故事的好读与趣味，也不乏小说人性的深度与思想的高度。

人生很短，故事很长。“我们都爱短故事”的定位是原创文学公号，第一时间是通过网络来传播的，所以在作者与作品的选择上，我们有意识地倾向于年轻化与个性化。我们小众而不另类，精致而不做作。我们希望每一篇文字都青春焕发个性盎然，每一个故事都有温度有质感。

为一个微信公众号编选出版年选本，是传统出版与新媒体、自媒体出版融合创新一次有益的尝试。感谢漓江出版社，感谢短故事的所有创作者们，也感谢每一位关注我们的人。

我们会一直坚持下去，也期待有更多年轻的写作者加入我们。

第一辑

我到底是什么时候死掉的呢

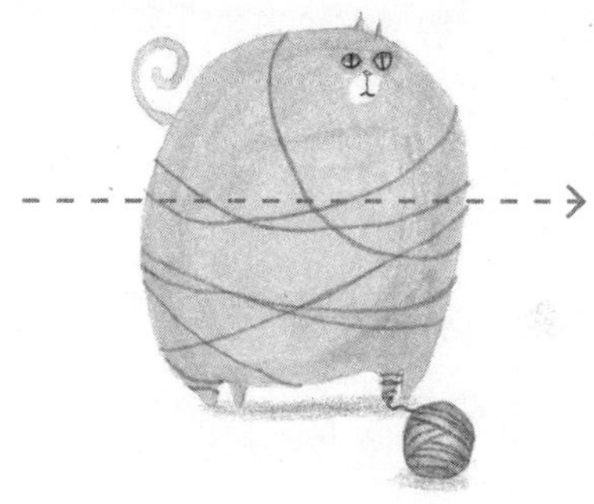

你一定要坚强。

秋天有病

海　飞

秋天的时候我开始生病。我不知道为什么突然就会感到胃部疼痛，我想那是一只奇妙的手，在拉扯着我的胃。一个脸上长满粉刺的年轻医生，在急诊室为我诊断。他看着痛得蜷成虾一样的我，笑了，说，你是阑尾炎。王小勃一直都在陪着我，王小勃是在和我一起喝酒的时候，发现我痛得厉害的。他把我送到了中医院，他挂了号，他说，你一定要坚强。我想，这好像是在战场上应该说的一句话。

王小勃经常和我吵架。我们总是吵吵和和，和和吵吵。我们总是为一件小事而争吵，甚至大打出手。但是我们那么多年下来，却仍然形影不离，这真是一件奇怪的事情。王小勃送我进了手术室，又把我迎了出来。我知道肚子上有了一张口子。医生真伟大。王小勃比我更先看到李兰，王小勃的眼睛在2005年秋天来临的时候，直了。王小勃经常出没在我的病房，他无微不至地关心着我，是因为他想接近李兰。

我也喜欢长得并不漂亮的李兰。李兰的微笑和眼神，可以令人安静。我需要这样的安静。我听到李兰悦耳的声音响了起来，我是你的主理护士，我叫李兰。你随时可以按铃叫我。我说，是随时？李兰怔了一怔笑了，说，随时。王小勃就经常有事没事地按铃，他甚至有一次约了李兰单独吃夜宵，这令我的胃部又酸了起来。我怀疑阑尾炎再次发作。

我出院的时候，王小勃借故庆祝，约了李兰一起和我在夜排档吃夜宵。如果用文学的语言来说，那是一个秋风沉醉的夜晚。李兰对王小勃和我报以同样温柔的微笑。这时候一群人围住了老板娘，他们是来寻衅的，他们手里捏着啤酒瓶。他们推倒了老板娘，打了老板一顿，还掀翻了夜排档的桌子。我看到炉火仍然很旺，把 2005 年的秋天映得很红。在很红的秋天里，王小勃站了起来，轻声说，你们别再打他们了。他们都没有听到，所以王小勃吼了起来，说，你们别再打人了。

王小勃的话音刚落，他就被人打了一拳，踢了一脚，我看到王小勃的鼻子挂下了面条一样的鲜血。王小勃扭过头来对着我和李兰凄惨地笑笑，我在他的笑中站了起来，我对李兰说，我得去帮他，不然我就不是人了。李兰一把拉住了我的手，她关切的目光让我感到了温暖。我觉得这个秋天不是很冷。王小勃喝住了我，说，不许过来，你不许过来。他的脸色变了，手里突然多了一把刀子。他冲向了打他的那个胖子，一刀刺进胖子的肚皮。他没有学过做外科手术，下刀却如此果断。他把胖子推到了墙边，拔出刀子再次捅了进去。我听到这个秋天裂帛一般的声音，一个胖子瞪大眼睛，缓缓地像一张剥离墙壁的画一样，软塌塌地掉在了地上。这时候，那伙人四散逃了，警车和救护车的声音同时响起。我一把拉住了李兰，说，我们怎么分不出这两种车的声音。

王小勃也受伤了，他和胖子一同被送往医院。不过，王小勃的手上，戴上了一副钢铐。我和李兰陪着王小勃，我问警察，王小勃是见义勇为还是行凶杀人？年轻的警察腼腆地笑笑，挺直身子说，不知道。我看到王小勃睁开了眼睛，他的眼神像棉花一样柔软无力。我看到他的身子颤抖起来，他不停地颤抖着。我俯下身去，抱紧了他。我说，我在，小勃我在你身边。这时候我感到刚拆了线的伤口，仍然在隐隐作痛。王小勃的眼光，一直在李兰的身上游离。但是他不能说话，他的嘴唇在轻轻动着，发出含混不清的音节。我想这个温暖的秋天对于王小勃来说，也许是寒冷的。我说，李兰，你抱抱王小勃。李兰望着我，眼神中充满疑惑。我加重了语气，说，李兰，你抱他，他还没有被女人抱过，你得抱抱他。李兰俯下身去，抱了王小勃很久。我看到王小勃惨白的脸，渐渐浮起一个虚弱的笑容。

王小勃被医生推走了，他被踢了一脚的腹部要做全面检查。我牵着李兰的手，离开了医院。那天晚上，我背着李兰，一直在大街上行走。下起了小雨，小雨很快打湿了我们单薄的衣衫和蓬乱的头发。我走到了十字路口，看到白白的灯光阴险地落下来，罩在我们的身上。一辆车子，驶过我们的身边，接下来又是无边无际的安静。我说，李兰，李兰李兰，你知道吗，我和王小勃，是一起在孤儿院里长大的。

李兰好像睡着了。但是有冷冷的水落在我的脸上和脖子上，那是李兰的泪水。李兰的泪水好像忘了安装刹车一样，源源不断地流下来。李兰轻声说，我们都是怕痛的人。李兰接着说，我要睡着了，你背着我一路走一路走吧。

我背着李兰走进 2005 年秋天深处的深处，我看到了这个秋天，是个有病的秋天。最后我站住了，一辆迎面而来的车子，车头灯的强光打在了我和李兰的身上。我在强光中，露出了有病的笑容。

谢谢你，我很温暖。

带鱼在寻找

海　飞

带鱼在小城的街道疾走，风扬起她蓬松的发和蓬松的青春。带鱼觉得这暖风已经钻进了她的身体，骨头在无声地欢叫。带鱼很年轻，她的眉眼因为好心情而漾起了笑意。带鱼穿着一双耐克鞋，她的脚步开始飞奔。她简直就是一条飞翔的鱼。带鱼，是一个长得像青葱一样的女孩。

带鱼汇入了拥挤的人流。带鱼看到前面不远一个穿灰夹克的男子。男人的背影，显得很中年。带鱼一边跑一边在心里尖叫了一声，她撞了一下中年男子。中年男子并没有在意，他看到一个莽撞的青葱女孩，跌扑着奔向前面不远处的一朵朵阳光。

带鱼跑到了一条弄堂。四周很寂静，带鱼在空无一人的弄堂里靠墙坐了下来。她拿出了一只钱包，钱包里躺着安静的钱，和一张安静的照片。钱包是中年男人的。带鱼把安静的钱放在了自己不安静的口袋里，然后把钱包丢在了地上。她慢慢地站起身，她觉得肚子有些饿了，想要去 KFC 把胃安慰一下。这时候，她看到了弄堂口的光影里，站着那个中年男人。

带鱼根本没有想到的是，中年男人是一个跑得比风还快的男人。带鱼开始奔跑，中年男人不仅捡起了地上的空钱包，而且还在极短的时间内追上了带鱼。中年男人把带鱼扑倒在地的时候，许多人都围了过来。中年男人一把拉起了带鱼，微笑着告诉人们，没事，这是我的小表妹。人群散开了，他们像一群细小的鱼向着水纹深处的阳光围拢来，又散开去一样。带鱼说，你干吗呀，大不了还你钱。

中年男人打开了钱包，他看到了那张依然在的照片。照片里是一个长得并不很好看的女人。中年男人舒了一口气。中年男人请带鱼去了 KFC，中年男人并不喜欢这类垃圾食品，他只是安静地看着带鱼吃东西。音乐很吵闹，吵闹声中，带鱼知道了中年男人的一些事。中年男人的妻子失忆并且走失了，中年男人在寻找着妻子。在这之前，中年男人经常被神志不太正常的妻子追打。中年男人脸上都是一个个疤。中年男人说，钱不重要，重要的是如果他不在妻子身边，妻子会受委屈的。带鱼吃着汉堡，她突然放慢了速度，一边慢慢咽着，一边直直地望着一个一脸忧伤的男人。带鱼吃完了东西，拍了拍手说，走，我和你一起找。

在这座城市每一条街道的人流中，都可以看到美丽的女小偷带鱼和中年男人，他们的目光在四处穿梭与游走，他们在寻找中年男人的妻子。终于有一天，失忆的女人被中年男人找到了，中年男人温情地揽她入怀，问，我是谁？失忆女人笑了说，知道。接着失忆女人又说，不过我不认识你。再接着失忆女人又说，你肯定是好人。

带鱼想，中年男人果然就是好人。她看到了失忆女人明净的眼睛，看到了中年男人怜爱的目光。中年男人把衣服脱下，披在了脏兮兮的流浪了好久的女人身上，轻声说，咱们回家，我要带你回家。那时候带鱼的眼里蓄满了泪水，她悄悄地后退，然后她开始奔跑，她仍然奔跑在这座小城一堆又一堆的风中。

带鱼是个流浪的小偷，高中没毕业就在街上混着。带鱼有一个继父，继父对她并不好，总是把什么都留给他亲生的女儿。那是和带鱼没有一丝血缘关系的女孩，带鱼叫她姐姐。带鱼妈走了，不知所终。家里经济很拮据，继父却陪着亲生女儿去北京玩了一次。带鱼想去，继父说，你急什么，你的好日子还在后头呢。等到继父和姐回家，带鱼已经搬出了家。带鱼想要自己的生活，带鱼不想要寄人篱下。

带鱼仍在奔跑，带鱼在水果摊上买了一些水果，带鱼跑向了陌生的家。是中年男人的寻找，让带鱼也开始寻找。她想去看看继父，毕竟继父把她拉扯大了。带鱼推开了继父家的门，看到了正在拉着二胡的继父。继父笑了，继父说你来了。这时候带鱼才看清，继父的头发有一半白了。继父说，坐吧，我知道你会来的，你终于来了。继父的手伸过来，温柔地盖在她的头顶上。带鱼说，姐呢，姐在哪儿？继父说，你姐不在了，你姐得了重病想要看北京，我借了钱让她去了北京。北京回来，她就没了，你也失踪了。这些年，我一直都在寻找你。你终于来了。

带鱼的眼泪溢了出来，她觉得这是一个适合落泪的天气，不然怎么会有那么多泪。继父告诉她，带鱼才是他的亲生女儿。而姐是她的妈妈带来的，妈妈离开了，不知所终，所以他要对别人的女儿好一些。带鱼姐离世的时候，握着父亲的手说，爸，谢谢你，我很温暖。

带鱼跪了下去，跪在父亲面前，她把脸贴在父亲温暖的腿上。带鱼开始了这个季节最畅快的一次流泪。父亲的手，抚摸着她的头发。父亲说，带鱼，这些年你在外面是怎么过来的？带鱼说，我一直在和风赛跑。父亲说，带鱼，你有工作了吗？带鱼说，我有过一个不好的工作，现在失业了，不过很快，我要有一个新的工作。带鱼心里想的是，去 KFC 当一名服务员。父亲说，那你这些天又在干吗呢？

带鱼抬起了含泪的脸，笑着说，爸，带鱼这些天一直在寻找。

儿子觉得父亲轻轻的，像一个婴孩那么轻。

减　法

陈　毓

现在，米根老爹已经不记得是否教过孙子一加一等于二这道算术题。他一辈子当村小学校长，好为人师按说是职业习惯，但他现在真是一点也想不起自己是否教过孙子这道算术题。很多事情他现在都说不准。儿子第一次带孙子回来时，孙子还是襁褓中粉嫩粉嫩的小伢儿；第二次来，就是一个能用网兜捕蝉的顽劣小子了。这都是时间的力量，时间使孩子长大，大人变老。

你看，时间就增加了米根老爹额头上的印痕。

印痕不算什么，但自从在菜地边的小水渠上跌了跤，米根老爹竟躺倒了。在学校、在林中、在地里、在河边行走，对米根老爹来说原本是那么简单的事情，现在却是横在他面前最大的难题。

这一躺倒，三年过去了。三年，米根老爹清楚地听见窗外的树叶唰唰掉落过三场。当树叶又一次在枝头如鸟雀雀跃的时候，米根老爹清楚地感到自己体内，有一根细丝悠悠荡荡地，要离开他身体的牵扯到远处去。米根老爹无端想象自己如一根大萝卜，正在慢慢变糠，从最核心处往外糠。外表看，看不出来，糠是在心里的。

没有遗憾，不管是对自己、对老伴，还是对儿子。

现在死亡是横在米根老爹面前最平常的一件事情。老伴那么好，三年来对他都像第一天那样有耐心，还有什么遗憾呢？儿子呢？他在城里，忙，是真忙。儿子是公家的人，做公家的事情，不常回来，却也尽了最大努力多回来陪父亲，每回都像要抢回一分一秒那样，恨不能把一分钟当两分钟过。这还不够么？太够了。孙子呢，都上大学了，将来要去很多的地方，去更远更大的地方。但无论走多远、去哪里，都是从米根老爹生活了一辈子的米仓山出发的，走到哪里这里都是出发点。想到这一点，米根老爹真是有贴心贴肺的欣慰和满足。

还有什么遗憾呢？真的没有了。

当身体内那根丝线悠悠荡荡的感觉越见分明的时候，米根老爹觉得现在紧要的，是做一道层层递减的减法题，得数越小，他的内心会越安妥。那样，他才会有最后的妥当，完完全全地把身体和心灵摆放平展。

一个阳光明媚的早上，由老伴喂着吃掉半碗粥之后，米根老爹靠在被垛上，平静地对老伴说，天是公道的。天让他躺了三年，让他想了三年，三年他想明白了以前很多年没想过的事情。他说三年他得了福，现在他该走了，走在老伴前头。这三年，老伴也有得，那就是他对她的拖累，使她能安然平静无太多牵绊地接受他的离世。

儿子提前对父亲尽了孝道，也好。米根老爹对老伴说。

现在他还剩下几句话要交代。

一呢，从前好的时候预备下的棺材是柏木的，柏木棺材太沉太重。现在的晚辈都像自己的孙子，天生不长力气。没力气，怎抬得起那么沉那么重的棺木？下葬的时候他们可要吃苦了！要换成桐木的。桐木轻巧，不太费力气。

还有，以前选的墓地离村子太远、太僻，山高水长，路也不通，埋葬的时候肯定会从庄稼地走。就算是在冬天，踩不坏庄稼，却天寒地冻的，娃娃们辛苦。改在屋后林子里，埋在树下吧。往后，老伴若是还在老宅住着，也离得不远，抬头就能见到；若是随儿子去城里住，他在林子里待着也够得着看家护院。啥风水不风水的，能使心安妥的地方就有好风水。

米根老爹眼见着老伴以及孩子们答应了自己：把柏木棺材卖掉，重新打了桐木的棺材，选了新的墓地。米根老爹长舒一口气，平静地听任那根细丝悠悠荡荡地飘出身体去。

夏天终于过完了，连那个秋天秋老虎的尾巴也消失了。米根老爹说自己可以死了，因为渐渐凉爽的天气使死亡将要带走的那具躯壳能在人眼前保持最后的安静、最后的尊严，而不必使人在它面前屏气敛息。

米根老爹在立冬那天早上死了。

米根老爹的儿子去抱米根老爹到灵床上。儿子觉得父亲轻轻的，像一个婴孩那么轻。他惊讶地张了张嘴，用目光去寻母亲，就见自己的母亲正用圣母一样慈悲平定的目光在注视着他。

于是，米根老爹的儿子收住目光里的惊讶，把父亲那轻如婴孩的身体紧紧地贴在自己的身体上。

车子就是他们的房子，是他们在路上的家。

赶　花

陈　毓

管桩桩十七岁那年，管父以一个苍凉的手势作别了他十分留恋的阳世。管父是个养蜂人。现在，养蜂人死了，怎么办呢？管桩桩能做的，就是子承父业，做养蜂人。

父亲每年赶花的时间和线路，管桩桩和他母亲都知道。虽然他们没走过那条路，但彼此爱着的人，心和心是相通的，一个人的行迹会在另一个人心里留下印记。那么多年，管父赶花的线路画在他们心上了。现在，管桩桩就是把心中的线路在现实中用脚勘踏一遍。他知道在哪条路上、什么时间会有什么花在什么地方等着他和他的蜜蜂来。

一月底的时候管桩桩和他的蜜蜂到达荆州。荆州的油菜花早的在二月就有开的，晚的，会开至四月。管桩桩在荆州待到四月底，五一前后转场至河南，平顶山、三门峡、陕县，在这段路程里，迎接他们的是一路的槐花。跟着槐花的脚步走，就赶到了山西高平，正是六月时节，高平的野生黄荆条开得漫山遍野都是。管桩桩有时会给一个诗意的比喻，说那是大自然的心花一朵朵开放了。

时间很快走进七月、八月。河南的芝麻开花了，他们就折回去赶芝麻花。

阳光、花香、温暖，似乎还有父亲的气息，淡淡的，有一点点甜。管桩桩想，在路上，自己的脚印没准会和父亲的脚印重叠呢，自己这回搭帐篷的地方，是否正是父亲上回停留的那片地？这样想的时候，管桩桩心里会有一片朦朦胧胧的幸福与安详。

九月到来，管桩桩他们就不去更远的地方了，他们当然可以一年在路上追着花走，一年都活在春天里，如果他们愿意的话。但是，他们在九月要做的一件事，就是回家。管桩桩一直在说“我们”。“我们”，从前是他和他的蜜蜂，现在是他和妻子和蜜蜂。让妻子待在自己和蜜蜂之间，管桩桩心里的欢喜没法和外人道，但他就是这样排序的。从前，管桩桩回家是要看母亲，现在回家，是看母亲和自己四岁的儿子。

管桩桩是在独自赶花的第三年结的婚。管桩桩觉得自己的心旖旎如四月的油菜花田，但他是多么腼腆多么羞怯呵。倒是他的新娘大方、主动。她主动跟他说，她嫁给他，就因为他是个赶花人。她说，一个赶花人，成天跟那些花啊蜜蜂啊蜂蜜啊在一起，他的脸虽然被太阳晒得黑里透黑，看上去远比实际老，可他的身体是年轻的，心透得像孩子。这样的男人不会对妻子不好，就算偶尔不好，也不过小孩子赌气，不是大事。管桩桩仔细看妻子的脸，又拿起妻子的手翻来覆去地看，他觉得这个女人的话真英明，这个女人真了不得。

结婚第二年，他们一起上路赶花了。生活真好。管桩桩叹息一般在心里说。从前管桩桩听父亲说，做赶花人，就是“做神仙、做老虎、做狗”。所谓做神仙，是说养蜂人到了转场的地点，和周围村子的人关系打点好了，蜂箱卸好了，帐篷搭好了，天却下起雨来了，下雨蜜蜂采不成蜜，养蜂人没事干，就会穿着干净衣服去周围溜达，或者去另外的赶蜂人那里聚会喝酒，优哉游哉，仿佛神仙。做老虎呢？就是要赶场，要把蜂箱钉好装车，要卸车，在产蜜高峰期，要摇蜜、要起蜂王浆，忙得养蜂人跳着走，像跳老虎。至于做狗，是说常年颠簸的苦，到了转场地无处落脚的苦，在住户附近凑合的苦，不敢得罪地方上人的苦，活得跟只狗似的。但是，就算遇上这种种的苦，管桩桩都有心力去化解。自从有了妻子之后，他觉得自己简直有使不完的力。这点点烦难，算得了什么呀。

四月的一天，管桩桩在如海的油菜花田间忙着摇蜜，抬眼的间歇，看见一辆汽车一颠一颠地向自己这边开来。因为太忙，他没十分在意来人，他猜他可能是来这里采风的艺术家吧，反正每年管桩桩都会和类似的旅游者、画家、摄影爱好者相遇。那人倒安静，顾自忙自己的，停车，选地方，搭帐篷。

黄昏收工后，那人来到了管桩桩的帐篷前，主动请管桩桩夫妇喝了点啤酒，吃了点铁盒子装着的食物，管桩桩就用蜂蜜水招待来人，还挖了一大勺蜂王浆劝客人吃。管桩桩说：你吃了吧，保管你这一年都不得感冒。第二天，当他们又忙着摇蜜时那人开车走了，只把一顶帐篷留在半里外。

那人傍晚归来，果然带着如枪炮的照相机，折过管桩桩的帐篷，再次请他和妻子吃先一次吃过的东西，和他们聊天，问他们的收入，每年赶花的线路，零零碎碎的话。管桩桩问他是不是记者，他说不是。那你是做什么的呢？那人就在一个本上画了一座很好看的房子。你是个盖房子的？那人呵呵笑了，说差不多，是收拾房子里面的。管桩桩推测说，那你是个泥水匠了，刷房子的吧，这倒真是不像。但是，就算猜错了又有什么关系呢？

第二天一大早，那人就拔帐篷走了。看着他的车子像来时那样一颠一颠地开走，“嗨，他倒是赶场赶得快呢！”管桩桩心里说。一个理想油然产生，并迅速生根，转眼枝繁叶茂。管桩桩想要一辆能装得下自己和妻子以及五十箱蜜蜂的大车子。那样，在往后赶场的日子里，车子就是他们的房子，是他们在路上的家。车子的样子大概就是大卡车的样子，改装后一边摆放蜂箱，一边做他和妻子的起居间。

那时候，自己就开着这车，带着妻子和蜜蜂，在晴空下追赶着鲜花的踪迹。他们到达的区域将会扩大，他们要从海南沿海北上，要去云南罗平、贵州安顺、安徽歙县、江西婺源、江苏兴化、甘肃陇南、新疆昭苏大草原，还要去青海湖，去陕西汉中——那些都是他听别的赶花人说过的地方，他们夸说那些地方的美，说那里的油菜花田是世界上最动人的风景。

开着那辆车，追着赶着，没准他们就把中国走遍了呢。

自从有了这理想，管桩桩觉得日子真是空前美好。

用时间，来还原爱情本来的样子。

李莲花的简单爱情

邓洪卫

我家在漂城郊区卞仓。他家在大丰。

大丰有个农场，每到农忙季节，远远近近的人都到农场去做工挣钱。父母也带我去了。一家人在农场收玉米。这时，有一个人说，这姑娘挺标致的，给我儿子做媳妇吧。

我抬起头看，看到了两个男人，一个将近五十岁，一个二十出头。看样子是父子。说话的是父亲。儿子在一旁没吱声，只是看着我笑。

那是我第一次看到他。

晚上，母亲带我去三舅奶家串门。三舅奶家就在农场附近。我小时候去过，现在记不清地方了，就跟着母亲走。走到一户人家，进去。我很纳闷，这跟以前来过的三舅奶家一点不一样。就在这时，里屋的门开了，他走了出来。他冲我一笑。削了两个苹果。一个给我母亲。一个给我。

坐了一会儿，母亲就带着我出来了。没有去三舅奶家，而是回了农场。

我不知道，这个晚上，母亲是特意带着我来相亲的。

相亲的结果是没有结果。母亲似乎看不中他家。虽然他家的条件比我家要好些。那以后的几周，我再也没见到他。

后来，农场的活干完了，我们离开大丰回了卞仓。

一个月后，我们一家在地里干活，忽然下雨了。我们回家，远远地看到一个人站在我家的廊柱下。雨中看不清楚脸面。到门口打开灯一看，原来是他，浑身精湿。

我们一家就把他让进来。母亲找了一件我哥哥的衣服让他换上。我哥哥的衣服比较小，而他高大，衣服穿在身上，有点紧巴巴，很滑稽，我不由得笑了一下。他也憨憨地笑。

他睡在我哥哥的房间。我哥哥外出打工去了。

第二天一早，我起来煮早饭。揭开锅盖一看，一锅白花花的米饭。到廊下洗衣服，满盆的衣服泡着。他站在洗衣机前冲我笑。

他在我家住了十天。

十天后，我奶奶说话了。奶奶说，不明不白的，住了十天，别人会说闲话，让他回去吧。

父亲觉得有理，就跟他说了。他不想走。父亲说，不走不行，有本事你把我闺女娶回去。他说好，他回去了。临走还看了我一眼，有点不舍。

母亲说，这孩子挺勤快的。

父亲说，这孩子勤快得过了头。

没过两天，他家就请了媒婆来提亲。父母问我意见。我说，你们看呗。父母就同意了。

按农村的习惯，他带我到城里买一套衣服。买衣服的间隙，他问我的生日，我告诉他。他又问，你们那里聘礼一般是多少。我说，我也不知道，我们村里有一个人，聘金是28800元。他记住了。

过了几天，他父亲带着他来了。他父亲从兜里拿出一个厚厚的红纸包来，打开来，厚厚几沓钱。他父亲说，28800元，请您点一下。我父亲就点了一下，正好是这个数。收下了。他父亲又从兜里拿出一个红纸包来，打开一看，一张字条，上面是日期，腊月初八。是结婚日期。我父亲就火了。今天刚举办定亲仪式，婚期你们就私自定下来了，而且离得这么近，只有一个月时间，你们说什么日子就什么日子呀！

他父亲慌了，说，这日子不是我们定的，是请小神仙算的。按他们这生辰八字掐算，只有腊月初八是好日子，今年不把喜事办了，那得再挨一年，一年啊。

他也求我父亲，说，大爷你就答应了吧，我一定会待她好的。父亲没吱声。他又看我，说，你说句话吧。我说，我说什么好呀。这场面很尴尬。他突然给我跪下了，说，你就答应了吧，我会真心对你好的，不会让你受罪的，你不答应我就不起来。

我也慌了，伸手就拉他，说，嗯，嗯，你起来嘛。

他起来了，说，你答应了，你说嗯，你答应了，你让我起来，你答应了。

父亲叹了口气，出了屋子。他父亲赶紧一边掏烟，一边跟了出去。

一个月后，腊月初八，我就嫁到他家。

新婚之夜，我说，以后不许你像第一次到我家那么勤快。

他说，嗯。

我说，以后也不能轻易就跪下，男儿膝下有黄金。

他说，那不是着急吗？

到现在，我们已经过了十年，孩子九岁了，大丰小学读书。我们过得很好，真的很好。

跟我讲这个故事的，是我们食堂的服务员，叫李莲花。

李莲花说，这就是我的简单爱情。

那些亲亲热热来开房的，有几个是夫妻啊。

陪读的女人

邓洪卫

儿子考上漂城中学，陈娟就从浮县搬到漂城来，在漂城中学附近租了个套间。两室一厅一厨一卫，一室朝南，一室朝北。朝南的房间大，朝北的房间小。

陈娟把朝南的大的那间给儿子住，朝北的窄小的那间自己住。

儿子正是长身体的时候，需要阳光的沐浴，需要阳光一样的心情。她宁可舍大求小，也要曲在那张小床上圆一场儿子上大学的梦。

每天早晨 5 点 40 分，手机闹铃一响，陈娟就赶紧穿衣下床，准备好早餐喊儿子起床。6 点半，儿子吃完饭，背好书包，噔噔噔，下楼上学去了。

接下来，陈娟拿着袋子，奔赴菜市场买鲜肉蔬菜，回来后洗衣服。洗好衣服，已经 10 点多钟，然后烧菜做饭。11 点半，楼道口响起噔噔噔的脚步声，儿子回来了。

儿子进屋甩了书包，对着餐桌狼吞虎咽，抹抹嘴，休息一会儿，又下楼上学。

下午，陈娟打开电脑，上网聊天打游戏。晚上，把中午的饭菜热热，儿子放学回家吃完了，去学校上晚自习。陈娟偎在被窝里看电视剧。

9 点半钟，校园里准时传来悦耳的音乐声：下晚自习了，老师们辛苦了，同学们晚安。陈娟赶紧爬起来削苹果。

不到两分钟，儿子就回到家，接过苹果，回房间继续看书。10 点半，儿子洗了脚，喝了牛奶，睡了。她也回到自己的房间，打开电视，静音，光看画面，看字幕。墙不隔音，她怕发出声音影响儿子休息。

有时候，她会给丈夫打个电话，声音当然很小，并不是查岗。丈夫在浮县政府里谋事，副科，是个实在人，她很信任他。她只想听听他的声音，听到了心里就会踏实些。

丈夫每周五开车来漂城，一家人团聚两天，周日晚上回浮县。开始，陈娟会留他：明早再走也不迟。丈夫说，不行，星期一上午开晨会，去迟了不好。陈娟想想也是。早上起得急，匆匆忙忙的，不如晚上走得从容。

周周如此，大同小异。

有时，丈夫前脚一走，一条短信就从她的手机里冒出来。不是丈夫发来的，是另一个男人，叫吴成。吴成说，出来喝杯茶吧。

吴成是陈娟的高中同学，他们本来早已经失去联系，可陈娟到漂城后，在路上又遇到了他，这才知道吴成两年前就从浮县中学考到漂城中学做老师了。再一叙，原来吴成正教着儿子。

陈娟回来问儿子，你的语文老师是谁呀？儿子说，吴老师。陈娟问，课讲得好吗？儿子说，非常好，旁征博引的，人也很有风度，温文尔雅。儿子还拿出一张试卷来，陈娟一看，上面写着，命题老师：吴成。

儿子说，卷子出得很活，不像有些老师只上网找资料抄抄，图省事。儿子还说，他是我遇到的最好的老师。陈娟说，你语文基础差，要好好跟吴老师学啊。

第二天，儿子从学校回来，告诉陈娟，吴老师今天特地利用体育课时间把他喊到办公室补了一节课的作文。后来，儿子回来，不断地告诉陈娟，吴老师又留他补课了。儿子的语文成绩一天天提高，陈娟很高兴。

但，吴成也不断地给她发短信，有时向她谈谈儿子在校的情况，有时问问她的情况，有时还约陈娟出来喝喝茶。陈娟本来有点排斥单独跟一个男人喝茶，但想到儿子，她答应了。再说，吴成是她的同学，是个很有风度的人。

有时，吴成半开玩笑地暗示她，她心知肚明，但装糊涂岔开话题。她很爱丈夫，她不能做出对不起丈夫的事，但又不能得罪吴成，就这么嘻嘻哈哈地应付着。

这个周日的傍晚，丈夫开车走了，儿子吃完饭上晚自习去了，她又跟吴成在一起喝茶。位置临窗，窗外是街。她可以边聊天，边看窗外的街景。

街对面是一个宾馆，门楼上挑着喜庆的大红灯笼，不时有男女进进出出。吴成说，你看，那些亲亲热热来开房的，有几个是夫妻啊。

陈娟笑着说，莫须有。吴成乐了，说，你真幽默。陈娟说，跟你这语文老师在一起聊天多了，受了传染。

吴成说，咱们啥时也去开个房？陈娟说，嘿，人家都是带着年轻小妹妹，哪有带着我这样的中年妇女开房的？吴成说，你看，又有一对进宾馆了。

陈娟透过宾馆的玻璃墙，看到宾馆大堂里站着一男一女。女的拎着包坐到沙发上，男的在掏钱包，从钱包里掏身份证，取卡。

陈娟仔细一看，不由得愣住了，那男的正是自己丈夫，再看那个女的，有些面熟，却不认识。

丈夫不是回浮县了吗？怎么还在漂城？而且还带着女同事？

一连串的问号，钩扯着陈娟的心，把陈娟的心扯成一团乱麻。

丈夫跟那个女同事拐进楼道，她看不到了。

吴成说，你好像有点不对劲。

陈娟说，没有，咱们回吧。

到了校园门口，两人站定了，陈娟的出租屋在校外，而吴成的宿舍在校内。往常，陈娟要回出租屋，吴成则进校。可这天，陈娟却做出一个决定，到吴成的宿舍去看看。

在吴成的宿舍，陈娟几乎没有任何前奏就倒在了吴成的怀里。

日思夜想的事情，今晚就要成功，这是吴成没想到的。他也顾不得许多了，把陈娟压倒在床上。

忽然，陈娟推开他跳了起来，夺门而逃。

窗外响起了悦耳的音乐声：下晚自习了，老师们辛苦了，同学们晚安。

陈娟飞快地往校门外跑，身前身后是匆匆往家里赶的学生。

他们不会注意到，这个丢魂似的女人，为啥这般慌张？

我不太懂狗。

一只狗在地上拖

邓洪卫

小区里最近闹得凶，居民夜里经常被吵醒。不用侧耳细听，就可判断出两种声源。一是狗叫，一是夫妻吵闹。

狗总在凌晨两点时叫响。叫得没有什么特色，汪汪汪，汪汪汪，连着声，尖细，可知这狗不粗壮，也不是土狗，而是洋狗。因为土狗声音叫得洪亮。再者，土狗忠诚懂事，一般都不会在半夜三更叨扰主人。

我不太懂狗。这些都是听小区邻居议论的。

夫妻吵闹，是在狗叫之前，大概深夜一点。先是“笃笃”敲门声，再是“啪啪”拍门声，再是“咚咚”擂门声，最后是“嘭嘭”踹门声。然后门开了，就是吵闹，摔东西，一声比一声大。大概闹了一小时，声音终于平息了。于是，那只洋狗又起叫了。

小区知情人说，夫妻吵架，是男的外面有人，经常夜归，女的生气，就吵闹。也有的说，是女的外面有人，男的经常在外喝闷酒，回来就闹。

到底怎么回事，我也弄不清楚。但有消息称，两个人外面都有人。

“都有人还吵什么，神经病。”那人愤愤地说。

“赶紧他妈的离婚，各过各的，不想离，就各玩各的，吵什么！”另有人介入，皮笑肉不笑。

后来，狗不叫了。因为狗被打死了。我没有看到狗怎么被打死的，但我看到了狗被拖出小区。

2017年6月4日，高考前三天，星期天，早晨八点钟左右。我起床，到小区门口的早餐店吃了碗鱼汤面，又吃了一根油条，觉得浑身精神。起身准备去菜场买菜，路过小区门口时，正好从里面说说笑笑走出几个人来。几个人到小区门口站住了，分为左右，正中央闪出一人，手里拖着一根绳，绳头上扣着一条狗，满头是血。狗果真不大，是条洋狗。我没看仔细，那人已经拖着狗出了小区，向北去了。地上一路暗红的血迹，呈一条曲线。

“狗怎么死的？”经过小区门口的人问。

“打死的。”有人答。

“为啥打死？”又问。

“叫，半夜叫，叫得邻居睡不着觉。”又答。

“谁打的？”又问。

“狗主人呗。”又答。

“怎么打死的？”又问。

“绳子套在脖子上，勒住，用个袋子套到头上，拿锤子打，死了。”又答。

“打死了干啥？”又问。

“叫嘛，夜里叫！”又答。

“不是，打死了，拖哪去了？”又问。

“卖给小饭店，吃狗肉呗。”又答。

我在小区门口，看着这一路暗红的血迹，想到晚上，某个小饭店的饭桌上，一盘狗肉香气四溢，被客人就着酒吃到肚中，不由得心里一阵发虚。

就在狗被打死的当天夜里，那对夫妻的吵闹声也没了。连续几天，都没了。夜里静得可怕。

对了，我忘了说，当那条狗在地上被拖行之时，我看到有一双眼睛，在人群当中，死死地盯着这条狗。那是一双男人的眼睛。然后，那个男人，将手里的烟头扔在地上，狠狠踩灭，转身进了小区。我看到他扔的烟头，正在那条血线上。那个人的皮鞋上，已经多多少少沾上狗血。狗血将随着那个人的皮鞋，进入这个男人家中。

对了，我还要告诉你，我跟狗和那对夫妻都是邻居，每天都要等到夫妻吵闹及狗叫唤之后才能睡着。2017 年 6 月 5 日凌晨，我在等待着那对夫妻的吵闹，但没有等到。我又等待那条狗的叫唤，当然也没有等到。于是我睡不着，到凌晨四点钟时，我站起来，到阳台的窗前，点着一支烟，对着夜空沉思。一支烟抽完，我随手把烟头扔到楼下。这时，我看到有一个寂寞的身影走出小区后门（由于是老小区，后门没有门卫），他的手里拖着一个很大的拉杆箱。不知为什么，我想起昨天早晨的小区大门口，一个男人将一条死狗在地上拖行。

再看，那个男人已经不见了，空留下一个灰蒙蒙的雨夜。

随后的几天，没有人听到那对夫妻的吵闹，也没有人看到那对夫妻。

但是谁也没有提起这件事，仿佛各自的心里，都有一个天大的秘密。

2017 年 6 月 12 日，也就是狗被勒死一周后，也是上午，也是八点钟，我在小区门口的早餐店吃了碗鱼汤面，又吃了一根油条，准备去菜场买菜。我看到那个男的拉着拉杆箱走过来，身旁是一个女的。

他们有说有笑地走进小区。

“那个女的，是他妻子吗？”我有点疑惑。

“你说是谁！”门卫是个歪嘴，正在吃鸡蛋饼。

“你看到了吗？那女的头上有个洞。”我说。

“要上医院吧？”他有气无力地白了我一眼，原来眼也是斜的。

只有我守着安静的沙漠等待着花开。

今夜月圆

非　鱼

来到阿瓦城的第四个年头，田小像一个阿瓦城的老居民一样，喜欢在清晨用手托一块热豆腐，垫一个塑料袋，拿筷子戳几下，淋上一些蒜汁和辣椒酱，当早饭。也喜欢趿拉人字拖，哪怕已经入了冬，穿着毛衣，不上班的时候，屋里屋外永远是拖鞋。

这时，他在一家电子厂做工，和厂里一个湖北的女孩阿霞好着，俩人都倒班，住宿舍不方便，就在外面租了一间小民房。

两个人的日子好过多了，赶到都不上班的时候，一起去公园，一起看电影，上网吧——尽管这样的时候并不多。

田小已经连着两年过年没回去了，买不着票是真的，想要加班费也是真的，尽管他比阿瓦人更像阿瓦人，但他不是。阿瓦人吃完豆腐去喝茶聊天打牌了，他还要上工；阿瓦人趿拉拖鞋是要舒服，他是为了省钱；阿瓦人把一套又一套房出租，按月等着收钱，他等着结了工资交房租，而且，在遥远的北方，家里还等着他打回去的钱买农药化肥行人情攒钱盖房子娶媳妇。

这个月初，家里打电话说他弟弟田沫从山东回来了，要考驾照，他得多打点钱。田小算了算，到下个月初发工资，算上加班费，最近不买啥，自己留五百块钱足够了，他直接给家里打了三千，田沫在微信里给他发一堆献媚的表情。

但他忘了，这个月要交房租，而且，这个月还有个中秋节。

下夜班回来，房门上贴一条，房东打印好的，催这季度房租，限期五天。

第二天，他赶紧给房东打电话，说宽限几天，等下月一发工资就交。房东懒洋洋地说：不行的呀，就五天，交不了搬出去好了呀。

只能跟工友们借了，在这个厂里，老乡原本就不多，加上每个人都是事等钱，一发工资就着急忙慌寻去处，借了三天，只凑了不到一千。

和阿霞出去瞎逛，他试着问阿霞，能不能先把房租交了，等下月发了工资，他立马还她。

阿霞说，田小，你脑子坏了？我交房租？交不起房租不要谈朋友了，我哪里还有钱。就知道疼你弟弟，从没见你对我这么大方过，我也是眼瞎，看上你了。

一个问题，转眼变成了两个问题。田小的脑子有点蒙。

眼看到期限了，房租还没有凑齐，如果再不交，房东估计会把他的东西扔出来。东西扔出来事小，跟阿霞的恋爱也就吹了，这个事大。田小只好再给房东打电话，说了一堆好话，说先交一千，余下的五百下月一发工资就交。房东似乎在打牌，手气正好，嫌他啰唆影响心情，勉强同意，但绝对没有下回。

交了房租，田小长出了一口气，他可以全力上班、多加班，全力去哄阿霞了。

一心想着加班的田小忘记了一个非常重要的问题：中秋节，确切说是忘记了给阿霞的中秋节礼物。

等到厂里通知聚餐，说晚上一起团圆的时候，已经是中秋节的当天，晚了。他在班上，要上到下午六点才能下班，下班去聚餐，聚完餐，压根来不及给阿霞准备礼物。更何况，他兜里的钱，除去吃饭，也准备不出什么像样的礼物。

一整天，田小在流水线上都晕晕乎乎的，手底下不停，脑子也不停，怎么办？怎么办？

直到下班，他还是没有想出任何办法，聚餐的时候，吃着月饼，喝着啤酒，他也高兴不起来，很快就把自己灌醉了。

摇摇晃晃回到小屋，灯亮着，阿霞已经回来了。他一进门，阿霞就盯着他的手，两手空空。

田小，你是不是忘了什么？

没忘，今天我一天班，下了班聚餐，没时间给你买礼物，走，咱现在去。田小硬着头皮说。

还说没忘，昨天干吗了？前天干吗了？前几天好几个夜班，白天你不都没事，你心里压根没我，只有你爹你妈你弟。

头更晕了。阿霞，你听我说，这个月我手头确实有点紧。

你哪个月手头不紧？跟了你这几个月，你送过我什么像样的礼物，还想着中秋节你能大方一点，谁知道你压根就忘了。阿霞说着，开始哭，开始掐田小。

如果在平时，这时候的田小会哄着阿霞，带她出去买她喜欢的蛋糕。酒后的田小，脑子一热，在阿霞再次捶他掐他的时候，他伸出胳膊挡了一下，阿霞的头撞在了他的胳膊上，顿时，她哇哇大哭，说他打她。

一个问题又演变成了另一个问题。阿霞哭着拿起包，一摔门，走了。

等田小反应过来去追的时候，阿霞早就不见了，手机也关机了。

窄窄的小巷子里只有田小一个人，他靠墙站着，不知道是该继续找阿霞还是回去。手机响了，是他妈。

小啊，今儿八月十五嘞，吃月饼没？

田小说，妈，吃过了，公司聚餐，有好多菜，还有酒。

小啊，在外面要吃好的，别亏待自己。对了，你爹让问你，今年过年回来不？

回，今年肯定回。我早早抢票。

一抬头，月亮正好在巷子上方，又大又圆。田小说，妈，我给你拍张阿瓦城的月亮吧，可美了。

你不是想跳楼吗？你倒是跳啊。

真的很疼

非　鱼

那个女人坐在十三楼的窗口，摄像机镜头拉近再拉近，她穿一件粉红色的睡衣，头发松松地扎着，她的表情——哦，她没有表情。相反，倒是楼下的女主持人情绪很激动，好像要跳楼的是她。她来回走动，手里的话筒一会儿拿起来，一会儿放下，另一只手不停地扯话筒线。围观的人越来越多，他们保持着同一个姿势，像一群嗷嗷待哺的小鸟，张着嘴巴。一个又高又胖的警察在喊话，尽管拿着扩音器，他的声音刚爬到九楼还是被风吹散了。

小青紧紧地拉着你的胳膊，能感觉到她的身体在颤抖，你不知道她是兴奋还是恐惧。你揽着她的肩膀，她把身体又向你这边靠了靠。你们在看电视，电视里那个女人要跳楼。这跟你们有什么关系呢？

门是反锁的，他们推不开。我能听见他们在门外喊我的名字：林虹，林虹——我猜猜，门外会有谁，警察？对，肯定会有几个警察，救人是他们的职责。还会有我的家人，对不起，对不起，我实在没有能力照顾你们了。心力交瘁——你们不能理解那种感觉。别敲别喊了，我想安静地坐一会，把一些美好的事再回想一遍。瞧，楼下的那些人都等不及了。

“各位观众，现在是十七点二十六分，时间已经过去两个小时，警察正在想尽一切办法营救跳楼的女子，消防官兵也赶到了……”主持人的声音有些颤抖。她穿得太薄了，初冬的风很硬。太折磨人了，她要尽快做完直播，晚上还有重要饭局，说了她不到不开席的。

小青问你下午吃什么，你摇摇头。你很想弄明白那个女人为什么要跳楼，十三楼，跳下去多疼啊。小青说她饿了，她去翻冰箱找吃的，然后去厨房转了一圈，回来手里拿了一块蛋糕，她放下蛋糕，又去冲了一杯咖啡。她问你喝不喝，你说不喝。

再唱一首歌吧，唱什么呢？一时半会想不起来了，那些熟悉的调子都去哪儿了？那首歌，怎么唱来着，我要飞得更高，飞得更高……

“各位观众，现在是十八点一刻，消防官兵和警察还在做着努力，让我们一起为跳楼的女子祈祷。”主持人心急如焚，手机在兜里不停振动，短信催好几遍了，这该死的直播还不能完。大姐啊，你倒是跳还是不跳？

气垫铺好了，被围观群众堵塞的马路也疏通了。那些嗷嗷待哺的小鸟换了一拨又一拨，先来的给后到的义务讲解，他们团结一心，目标一致，仰望着楼上的林虹。

小青拽着你的胳膊，要你起来出去吃饭。你说：等会，等会。小青说：你怎么那么关心她啊，她是你什么人？你说：不认识。小青说：不认识你瞎起什么劲？走，先去吃饭，说不定回来她还坐在那儿呢。你真不认识她？你说：真不认识。小青生气了，她拿着钱包走了。你盯着电视屏幕，盯着坐在窗边面无表情的林虹。

好了，好了，你们都累了，我马上就跳下去了。没什么可说的，头有点晕。没有鸟儿一样的翅膀，可我总有飞翔的权利和勇气吧。生和死，没什么区别，最终，我们都要相会在天蓝色的彼岸，我在那里等着你们。

“各位观众，现在是十九点整，我相信你们的心情和我一样，一直在关注……”主持人突然看到一只粉色的大鸟从天空飞过，她打了个哆嗦。谢天谢地，终于要结束了。

好了，我这就跳。飞啊……像鸟儿一样飞啊……像风一样飘啊……我闭上眼睛，眩晕的感觉来得如此迅猛，我没有掉在气垫上，在碰到八楼的阳台后弹到了水泥地上。疼，真的很疼啊。

你听到小青用钥匙开门的声音，接着看到那个女人像一只粉色的大鸟从眼前一闪而过。一声闷响之后，人群哄地散开，又哄地围上。主持人被挤在人群中间，看不到她了，屏幕上乱成一团。

你关了电视，再次摇摇头。那个女人死了，跟你有什么关系呢？你又不认识她。小青和你，继续在沙发上看电视、接吻、吵架、和好……

几天后，走过那条街，你抬头看了看那个空荡荡的窗口。地上的血迹被这个冬天的第一场雪覆盖，什么也看不到了。

那天的阳光灿烂温暖，天空和远处的海都蓝得发亮。

笑 容

吴念真

后来那群人都老了，也都病了。

三四十年的矿工生涯之后，他们陆续得了硅肺病：咳嗽、哮喘，长期激烈劳动锻炼出来的筋肉慢慢萎缩，脸颊凹陷、肤色灰白、两眼无神，终日内衣、睡裤，窝在家里某个角落的躺椅上，鼻孔塞着氧气管，像受伤的动物一般，动也不动，因为呼吸艰难甚至连话都懒得讲。

天气比较好的时候，他们偶尔会拖着小氧气瓶，以有如电影慢动作一般的脚步逐一走出家门，在巷尾的电线杆下聚集。

抽烟是他们一辈子的嗜好，身体既然到了这种地步，更没人觉得有戒掉的必要。所以每隔一段时间，他们就会很默契地一起关掉氧气，各自点起烟，有一口没一口地抽。

往昔经常被他们粗声粗气叫唤、咒骂的太太们好像终于等到可以报复的时机，每次只要看见他们掏出香烟就会大声吼着在巷子里玩耍的孙子，说："离远一点儿啊，你阿公不怕氧气爆炸存心要死，你们可不要傻傻地跟着陪葬！"或者故意闲闲地说："抽吧，抽吧，抽死总比死了没得抽快活！"

他们始终沉默，不知道是没力气，还是根本连回嘴的意识和动机都没有。

他们最后一次展现昔日的骂劲是有一天警察冲进巷子，说他们是"公开聚赌"，硬要带去分局拘留。听说他们把氧气管一拔，仿佛要把压抑了好长一段时间的怒气全部宣泄出来似的，台式、日式的咒骂接连不断，然后说："大尾的你不抓，抓这几个加起来将近三百岁、赌资总共才两百八十元的人……你抓着有什么意思？要抓我们回去干什么？”

没想到后来太太们提起这件事时，却都带着些许的哀怜，她们说：“可怜哦，才刚骂完，一个个都忙着抓起氧气用力吸，一个个都喘得像狗似的。”

那年冬天，他们陆续都住进医院，加护病房和普通病房来回替换，可是没人有可以期待的出院日期。

有一天，一个三十来岁的儿子去医院看父亲，两个人无语，后来他问父亲：“有没有想吃什么？”

父亲说：“……可以现吃现死、现超生的东西！”

儿子想了一下，在父亲的耳边说了什么，没想到父亲的嘴角竟然微微上扬，慢慢起身拔掉氧气管，然后朝其他人说：“起来吧，不要再躺了，我儿子要带我们去楼顶晒太阳！”然后有点儿顽皮地跟他们做了一个手势。

父亲领头，后面跟了六七个人，儿子殿后照顾，一群人走一步停一步。

那天的阳光灿烂温暖，天空和远处的海都蓝得发亮。

儿子掏出香烟，为他们一一点上。儿子感觉像犯罪，但当看到他们深深地吸了一口，脸上逐渐出现和躺在病床上截然不同的神情时，他似乎已经顾不了那么多了。

年轻的护士捧着药盘忽然出现在楼梯口，瞪大眼睛看着这群人。儿子怕她可能的训斥打断了他们的快乐，于是用他们绝对听不懂的英文跟她说：“就让他们快乐一下吧，请忘记你所看到的。”

儿子无法忘记的是，他看到父亲赶紧把香烟捻熄，手往背后藏，而脸上却出现久违的笑容，那笑容就跟当年自己好奇偷抽烟，被父亲当场活逮时一模一样。刹那间，儿子觉得自己和父亲竟然如此亲近，仿佛曾经一体。

后来，这些人就在医院里一个接一个离开，没有人再回过家来。

短短三个月内，他们把三十年后要做的事，做了个遍。

世界末日前夕

王　溱

风起，风停，叶子来不及起舞，花儿就凋落了。

门开，门关，邻家的喜字还没干透，孩子呱呱坠地了。

跑得真急呀！她深深吸一口新鲜的空气，继续侍弄院子里的花草。

咔嚓，她剪去桃花歪扭的枝蔓。桃花呀，即便你只灿烂一季，也不能不修边幅不是？

咕噜，她给水仙灌上满满的清水。水仙呀，春天只剩下尾巴，再不开花你就永远装蒜吧。

喵！一只猫从花盆后蹿了出来，打翻了一盆正酝酿花蕾的山茶花。她生气地捡起一块小石子扔过去，猫已不见踪影。

算你跑得快，她说。静了一会，她又喃喃道，跑得快又怎样呢，跑得过时间吗？世界末日就要来了，这么漂亮的院子，这么美好的世界，都不复存在了。

她早已没了刚知道这个消息时的惊慌与悲伤，安静得跟这个院子一样。独处时，她经常幻想世界末日来临那一天，会是怎样的情形。

或许她正与他坐在摇椅上，看小狗追着自己的尾巴转圈，龇牙咧嘴，气喘吁吁。一圈，两圈，三圈……好像没有尽头，又一下到了尽头。

或许她正与他并排躺在院子中央，被她亲手种的花环绕着，银色的月光披在他们脸上，他久久凝视着她的脸，就像读书时那样。一刹那，那画面就成了永恒。

总之不管怎么想象，都离不开他，离不开这个院子。尽管她和他住进这个院子，还不到两个月。

三个月前的某一天，晴，没有风，他进门时脸上却挂着风暴。她一看就明白了，他准是从哪里知道世界末日的事情了。

还有多久？他问。

也就三个月吧。她说。

他不语，任凭脸上的风暴变成雷雨交加。

我想辞了工作。他说。

辞了吧。她温顺地附和。

我们把房子卖了吧。他说。

卖了吧。她温顺地附和。

我们买个院子吧，就是我们一直憧憬的那样的。他说。

买吧。她还是温顺地附和。

他们结婚时就约定好了，先努力挣钱，在城市里买房，生孩子，给孩子最好的教育。等将来老了，就找一个山清水秀的地方，盖一座小房子，在院子里种满各种各样的花，弄一块菜地，再养几只狗、几只鸡，过上世外桃源般的惬意生活。为了这个约定，他们没日没夜地忙，省吃俭用地过。

见他天天要到处去拉业务，她对他说，买辆车吧，挤公交太辛苦了。他摇摇头，养车多费钱呀，还得上保险，还得租车位，还是把钱留着，将来可以买大一点的院子。

见她拖着疲惫的身躯晚归，他对她说，不做饭了，我们出去吃吧。她不肯，又不是什么节日，干吗出去吃呀，把钱省下来，给咱将来的院子多添几盆你最爱的茶花。

然而省下的钱，并没有变成院子的面积，也没有变成名贵的花，它们都被送进了银行，变成一纸债单——他们如愿当上房奴了。

这样，他们的第一个目标就算完成了，可是第二个却迟迟完成不了。说不准是谁的原因，也许是他缺乏锻炼造成的，也许是她太过劳累的缘故，总之就是怀不上孩子。

现在看来，这倒是件好事，世界末日到来时也少个牵挂。他们把约定提前了，短短三个月内，他们把三十年后要做的事，做了个遍，在小院子里等待世界末日的来临。

然而她的世界末日最终却没有来。医生说，她的癌细胞居然没再扩散了，真是奇迹。

他的世界末日也没有来。她没事，他也就用不上偷偷藏着的那瓶安眠药了。

他们开了香槟庆祝，她与他并排躺在院子中央，被她亲手种的花环绕着，银色的月光披在他们脸上，他久久凝视着她的脸，就像读书时那样。

我们又得重新开始奋斗了。他说。

嗯，重新开始吧。她温顺地附和。

桃花正妖娆，水仙花也不装蒜了，没有花盆护着的山茶花顽强地爆了蕾……院子正是最美的时候。可是他们看不见。从医院检查回来的第二天，他们就迫不及待地收拾行李回城里了，他们唯一带走的是那条小狗，直到现在它还是会傻傻地追自己的尾巴。

一生那么长，回忆那么短。

我到底是什么时候死掉的呢

佚　名

35 岁，你因为身体越来越差，加班越来越少，晋升的速度也越来越缓慢。

那天下班，媳妇告诉你，孩子要上幼儿园了，双语的一个月 3000 块。

你皱了皱眉头，那边就已经不耐烦了，四单元的老王家孩子，一个月 6000 块。你已经这样了，你想让孩子也输吗？

你没说话。回屋给媳妇转了 6000 块钱。

这笔钱，你原本打算给自己过个生日，买台新电脑。

38 岁，孩子上一年级。

老师说，一年级最关键，打好基础很重要。

你笑着说，是是是，老师您多关照。

新生接待的老师看着你不明事理的脸，给你指了一条明路：课外辅导班，一个月 2200 块。

40 岁的时候，孩子上三年级。

老师说，三年级，最关键，承上启下很重要。

你笑着说：是是是，正打算再报个补习班。

44 岁，孩子上了初中。

有一天回家，他对你说：爸爸，我想学钢琴。

你没什么犹豫的，你以为这些年，你已经习惯了，但那句“爸爸现在买不起”，你始终说不出口。

好在孩子比较懂事，说：爸爸没事，要不我先学陶笛也可以。

你看着这么懂事的孩子，却开心不起来。

46 岁，孩子上了一个不好不差的高中。

有一天你在开会，接到了老师的电话，电话里说你的孩子在学校打架了，叫你去一趟。

你唯唯诺诺的，和那个比你还小 5 岁的领导请了假，到学校又被老师训了一通。

台词无非就是那么一句：你们做家长的就知道工作，能不能陪陪孩子。

你看着这个老师，有点可笑。好像当时说“家长工作辛苦点，多赚点钱，让孩子多补补课”的，和他不是一个人。

50 岁，孩子考上了大学。

很争气，上了一本线。

他选的专业你有点看不懂。你只知道工作不一定好找，而且学费还死贵。

你想和他深夜聊聊天。准备了半斤白酒，一碟花生米。

你说着那些曾经你最讨厌的话，还是要为以后工作着想，挑个热门的专业，活着比热爱重要。

你们从交流变成了争吵。你发现，你老了。老到可能都说不过也打不赢这个 18 岁的孩子。

你只能说一句：我是你爸。

孩子看着你，知道再怎么争辩都没有用。

这场确立你最后威严的酒局不欢而散。

你听得不真切，在孩子回房间的路上，他好像嘟囔了一句：我不想活得像你一样。

怎么就哭了呢？50 岁的人了。

一定是酒太辣了，对不对？

一定是酒太辣了。

55 岁，孩子上班了，似乎有一点理解你了。

你却反了过来，你说不要轻易对生活妥协。

你问他喜欢那个姑娘么。

他愣了愣说：喜欢吧。

60 岁，辛苦了一辈子，想出去走走。

身边的那个人一起过了 30 年，你依旧分不清到底喜不喜欢她。

你们开始规划旅游路线。

这么多年了，你们还是存在分歧，还是会争吵。

某个瞬间，你觉得，这样可能也挺好。

一切都准备好了。

儿子说：爸妈，我们工作太忙了，可以帮我照顾一下孩子么？

你们退了机票，又回到了 30 年前。

70 岁，孩子的孩子也长大了，不用天天操心了。

你下定决心说，一定要去玩一趟，可是手边的拐杖，只能支持你走到楼下的花园。

75 岁，你在医院的病床上，身边聚满了人。

你迷迷糊糊地看见医生摇了摇头，周围那些人神情肃穆。

你明白，你要死掉了。

你没有感到一丝害怕，你突然问自己：我到底是什么时候死掉的呢？

你想起来 30 岁的那场婚礼。

原来，那时候，你就死掉了吧。

依照惯例，死前的最后时刻，你的大脑要走马灯似的倒叙你这 75 个年头的一生。

画面一张一张地过，1 秒，2 秒……

一生那么长，回忆那么短。

你面无表情地看着自己的过往。

最后一秒，你突然笑了。

画面定格到了 15 岁的那一年。

你看见一个男孩，他叼着一袋牛奶，背着书包，从一个女孩家的阳台下跑过。

那个男孩朝窗户里看了看，那是 15 岁的你暗恋的那个女孩。

最后一秒，你努力地回忆着，然后终于笑了出来。

身边的人突然间开始号啕大哭。

哭声越来越小，慢慢从你的耳边抽离，慢慢远去。

你最后听到的嘈杂的声音，是一群十五六岁的少年，起着哄说着：

答应他，答应他，答应他。

一杯敬过往，一杯敬故乡。

致无尽青春

潘　格

退了潮，沙滩裸露出来，蛏子、贝壳或小海螺往外拼命跑，有时是慌慌张张的寄居蟹，有时是一条傻里傻气的八爪鱼。

国涛、文东和乐祥光着腚，此时屁股朝天，正将一根点燃了引信的鞭炮迅速插进洞口，随着轰隆一声，沙土飞扬，三个大光腚笑成一团。

炸了一会儿洞口，哥仨坐在沙滩上开始想，实在无聊，再干点什么呢?

伏苹果的香气随着风弥漫在空气中，海鸥似乎很陶醉，边飞，边发出惬意的叫声。哥仨钻进苹果园，噌噌上了树。谁知苹果并没熟，涩而硬，于是骑在树上开始战斗，目标是远处的稻草人。

三个勇士正满怀仇恨将假想敌小日本砸得东倒西歪，果树的主人突然扛着锄头出现了，老头甚至来不及看清树上的贼们长什么模样，就噼里啪啦挨了一顿苹果袭击。

急了眼的老头大声地喊狗帮忙，可怜的狗被拴了绳子，除了狂叫只会满地转圈。三个人更加有恃无恐，一边高呼突围一边还不忘扫荡那条狗，直扫得狗悲号不已。

阳光穿透防风林洒在海面上，出海的渔船陆续靠岸。水箱里煮着的海鲜气味催动着味蕾，三个人冲进海，扶着船舷，不等船老大说话，抓了就跑。船老大虽然高喊着要割了他们的鸡鸡喂鱼，脸上却是笑嘻嘻的，在海边这片属于男人的领地，男孩子是至高无上的王。

得来的海鲜不必用锅煮，树枝一穿烤了就吃。国涛身上永远带着盐，乐祥随身装着花生油，文东则是一包火柴——这家伙经过多次烧鸡窝、烧草垛的历练，已然对放火时间控制得恰到好处。

沙堆插上香，磕头，相拥。祥哥，东哥，涛弟。就这么论了排行。

沙滩上睡一觉，哥仨再睁开眼是初中生了。穿着山寨小虎队的衣服，留着山寨小虎队的发型，哥仨高唱着蝴蝶飞，唱得“乡村小虎队”爆红。总有女生偷偷送吃的，写字条，甚至作业都给写好了。老师姓曲，三十出头，因为头发稀少，哥仨背地里称呼他“秃”。

秃恨铁不成钢，一套组合拳将哥仨打进校仓库，非要让“小虎”变“死猫”。自此，秃彻底成为乡村小虎队的死敌，见着即打，且招招死手，哥仨也被彻底打㞞，闻之胆寒，见到秃不用打即自动躺倒投降。

红白机风靡。女生敏写了十几封信求日本大爷搞到，颠颠进贡，自此乡村小虎队喊着“豪油根”彻夜不眠。

再一觉醒来，涛弟戴着“当兵光荣”的大红花走进军营，祥哥的小作坊注册为“福利橡胶厂”，东哥开着起亚指挥翻斗车运送海沙。

命运在同一个路口分岔。

时代的滚滚潮流里，三个少年被裹挟着前行。祥哥的生产线急遽扩大，文东的财富妇孺皆知。十年同学会，在蓬莱最好的酒店聚首，彼时乐祥开着大奔，文东穿着貂。小虎队的声音在 KTV 响起，包间里人人哭成了狗。

忽忽又十年。遍地拆迁，曾经记忆中熟悉的沙滩、防风林、苹果园早已面目全非。秃去世了，最能打学生的老师走了，他叫曲鹏修。敏早嫁作人妇，开了间美容院，外界传说是养鸡场。文东的起亚早被抵债了，貂还在，天一冷就穿着貂骑着自行车晃悠。祥哥被人暗算吸了毒，工厂早已片瓦不存。

是在小时候的那片防风林里找到文东的，穿着貂，满身酒气，如一摊烂泥。涛扶着他，跌跌撞撞一路，来到祥哥家。

祥哥转着圈唱：蝴蝶飞呀，蝴蝶飞呀……

天天飞。祥妈叹息，老婆孩子都忘了就记得这句。国涛低下头，硬生生憋回眼泪。

离开村庄时，乐祥安静地坐在太阳底下，笑眯眯的。文东穿着貂，一手火柴，一手酒瓶醉倒在墙根里。车里的小虎队唱：贝壳爬上沙滩看一看世界有多么大……

回去吧！乐祥忽然大叫一声跳起来，挥动手臂使劲地唱：蝴蝶飞呀，飞回去呀……

冲下车，国涛一把抱住乐祥，文东丢了酒瓶，慢慢起身，扑过来，三个男人紧紧相拥着，仿佛穿越时光回到小时候……

车轮划过路面，如大鱼无声穿行于海底。

爸爸，女儿好好小心翼翼地问，你哭了？

没有。国涛回答，努力扶正方向盘。

好好凑过来，小小的手指轻抚过爸爸的脸颊，无声安慰。

靠边，停车。音色出众的车里，中年男人王国涛望着窗外的都市丛林，恸哭失声。

无尽的青春岁月，生命渡口里曾经相遇的挚爱和友谊，那些永远回不去的快乐时光。

走好。不送。

将他的名字文到我的胸口，靠近心脏的地方。

彼岸花

秦 俑

阿姐，你真漂亮。

阿姐，你做的文身真好看。

阿姐，等我念完大学，我跟你学文身吧。

是子茹的声音。那个才上高二却喜欢偷偷抹口红的女孩。她说她叫尹子茹。

我没有理会。谁知她安的什么心呢？而且我很忙。独自来到这座南方小城，开了一家文身店，原本只想讨个生活，没想到生意竟会如此好。

阿姐，他真的很帅哦。见我开始拾掇工具，她又凑了过来。

我笑了。才多大点儿，不好好念书……

阿姐，你知道曼陀罗华不？她像在探询，又像在央求，阿姐，帮我文一株曼陀罗华吧。

果然就暴露出来真实的意图。我头也不回，拒绝。等你十八岁的时候再说吧。

她无奈地走了。但还是会经常过来，不管我的热情或冷漠。也许，只是想找个人听她说说话吧。

阿姐，他跟我约会了。

阿姐，他跟我表白，你说怎么办才好呢？

阿姐，他昨天亲了我。

我总是笑一笑，算是回应。

阿姐，今天我逃课了。那天傍晚的时候，她走进店来。我正好忙完最后一宗生意，在收拾屋子。她自顾自地坐在一边，眉心似藏着很重的心事。

阿姐，我不知道这样做对不对。我和他……欲言又止，低下头去。我会猜不出来发生了什么？意外的是，她突然趴在桌子上，抽泣起来，让我手足无措。

阿姐，真的好疼。

阿姐，我不知道这样做对不对。

阿姐，我是真心爱他的。

我抚着她的头，让她慢慢地平静下来。

阿姐，我想求你一件事。她看着我，眼神渐渐坚毅起来，你一定要答应我。阿姐，我想求你将他的名字文到我的胸口，靠近心脏的地方。

想了想，竟破例同意了。又怎么忍心去伤害一颗这般单纯的心。

让她写名字，歪歪扭扭的字迹：周小天。挺阳光的一个名字。

有点疼，你忍一忍。我说。

不疼，阿姐。真的不疼。她的眼里分明闪着泪花……

阿姐，我让他也在身上文上我的名字，他没有答应。

阿姐，我看到他与其他女生在一起。

阿姐，我有时很矛盾，这是不是就是恋爱的感觉？

她还是偶尔会来，但明显没有以前来得勤了。我似乎在期待什么，每天关店门前，我都会坐着等一会儿，就像在等一个习惯。

这样过去了两个月。是一个雨天，她突然出现在店中。刘海湿湿的，像是淋过雨。

我看着她说，好久不见。

是好久了。她放下雨伞，脸上的稚气明显地淡了。阿姐，我想将文身的名字改一下。

没等我回话，她自己拿起了笔。

同样歪歪扭扭的字迹。同样阳光的名字：宋磊。

我没有多问什么。只是把自己掩饰得更像个生意人的样子。

褪掉它会更疼，你忍着点儿。我说。

我知道，我不怕疼。

褪完文身之后，要隔三个月才能再次褪。我问她，你考虑好了，真的要文上新名字吗？

嗯。她一直别着脸，大颗的眼泪吧嗒吧嗒地往下掉。

又是许久没见。再次见面，是在大概半年后。她走进我的店里，脸上多了几分陌生的成熟。她跟我打招呼，阿姐。

我看着她，又要换新名字？

不是。她的脸色有些不自然，阿姐，你帮我把文身褪掉吧。

以后还是不要这样，会留下瘢痕。我提醒她。

没事，阿姐。你知道曼珠沙华吗？我想文一株曼珠沙华。

我摇摇头，不知道。

她没有再说话。直到出门前，才对我说，阿姐，你是个好人。

我叹了口气，用手摸了摸自己的心跳。就在那里，在离我心脏最近的地方，曾经文过一株白色的曼陀罗华，还有一株红色的曼珠沙华。

那是一种叫作彼岸花的植物。开白色花的叫曼陀罗华，开红色花的叫曼珠沙华。前者代表“我只想着你”，后者代表“悲伤的回忆”。

15 岁那年的冬天，我想杀一个人。

少年锦时

夏 阳

15 岁的冬天，我读初三的那年，腰上整天别着一把匕首。我想杀一个人。杀谁？王小毛，校长的儿子。

匕首不长，七八寸，铁器家伙，由镇上铁匠铺老拐纯手工打造。我走进铁匠铺，是一个星期六的傍晚——在校寄宿生放学回家的时刻。铁匠铺的炉子里没有生火，光线昏暗，冰冷如窖，传说中的老拐正在喝茶，身材瘦小，泥猴一样窝在角落里，黑乎乎的一团。我架好自行车，双手叉腰站在门口，威风凛凛地嚷道，我要打把刀子。

刀子？什么样的？

匕首，杀人用！

老拐惊得站了起来，实际上比他坐着高不了多少。他逆着光，认认真真地打量了我一番，然后撇着嘴说，能杀人的匕首，要很多钱。

钱不是问题，只要你答应。我骑上自行车，像骑马一样，雄赳赳地走了。那时，我正迷恋古龙。老拐的气质和说话的口吻，和古龙笔下的描述如出一辙，我喜欢。

再一次出现在老拐面前，是下一个星期六的傍晚，时光似乎停滞未前，一切还是上次的光景。

够吗？我把一袋钱掷在老拐面前。其实也没有多少，都是分样角样的票子，里面唯一一张五角的，还被我破开成两面，又在背面各糊上一小片报纸滥竽充数。为了显得数量壮观，我故意把它们弄成蓬蓬松松的样子。这些钱，源于我平日的积蓄，还饿了一个礼拜的肚子。

够。老拐眉开眼笑。

我拿到匕首的第一件事，就是把自己关在一间黑暗的屋子里。我挥舞着匕首，大吼三声："拿命来！"一屋子的敌人吓得浑身筛糠，纷纷抱头鼠窜。我闪转腾挪，跳跃如飞，匕首所到之处，血光四溅，尸横遍野。

这把匕首，在我15岁那年的冬天，整天被我别在腰上，外面靠外套遮捂着。从此，我的腰杆直了。我冷冷地斜睨着每一个人，目光凶狠如刀。我心想，谁敢惹毛了我，我就让他白刀子进红刀子出，包括唐小糖的父母。对，包括唐小糖的父母！唐小糖是隔壁班的班花，我暗恋已久，却一直不敢表达。现在我有匕首了，我怕什么？

一个星期六的夜晚，我没有回家，孤身一人躺在宿舍的床上，望着头顶的蜘蛛网，对唐小糖无比思念。像中了邪一样，我别上匕首，起身向唐小糖家走去。唐小糖家住在镇上，我认识，就在电影院隔壁。我心想，如果她父母阻拦，我就用这把匕首杀了他们，然后把她从睡梦中抱起，手牵手直奔火车站，随便爬上一辆火车。在以后流浪的路上，我依然要用这把匕首保卫她，一生一世。

站在唐小糖家的院子外，我热血沸腾。二楼靠左的房间里依旧亮着一盏粉红色的夜灯，在清冷的月光下，是那般温馨。这应该是唐小糖的房间，也许此刻她正沉浸在睡梦中呢。我正琢磨着怎样翻墙入室，突然身后响起一片喧闹声。我回头一看，原来是电影院散场了，一群人从里面拥了出来。我再一看，眼前的一幕使我惊呆了：人流中，唐小糖和与她同班的王小毛——校长的儿子，肩并肩从电影院的台阶上款款走了下来。走到街上，王小毛站在原地，绅士般目送着唐小糖。最可气的是，唐小糖临进家门时，还回头看了王小毛一眼，挥了挥手。

臭不要脸的，你等着！回去的路上，我怒不可遏，一边踢着路边的石子，一边摸了摸腰上的匕首，恶狠狠地对着月亮骂道。

三天后的傍晚，我终于逮到了一个机会。王小毛正和几个同学在校外的小树林里背英语单词。我双手叉腰，大吼一声，王小毛！

你是找我吗？王小毛犹犹豫豫地站了起来，吃惊地问。

王小毛个头不高，这无疑增添了我的信心。我咬牙切齿地说道，你丫的敢抢我的女人，老子要杀了你！说着，我从腰上拔出了匕首。

王小毛当时确实被我吓了一大跳，他的眼里闪过一丝惊惧，但很快就恢复了平静。他认真地看着我，扑哧一声，笑了。他一边笑还一边解开上衣，拍着胸脯朝我迎了上来，说，你想杀人，是吧？有种朝这儿捅，捅啊！

我原以为他立马会跪地求饶，我再狠狠踹他两脚，大人不计小人过，大侠一般扬长而去。我没想到他竟然会来这一出，实在是超出了我的想象。那现在是捅还是不捅？捅了校长的儿子，肯定会被开除的，说不定还会蹲监狱。我一时拿不定主意，手攥着匕首，哆嗦不止。

王小毛见势一挥手，把我的匕首夺了，用力戳在身边的树上。遗憾的是，刀尖只刺穿了树皮，颤了两颤，无力地掉落在地上。王小毛捡起匕首，塞到我手里，轻蔑地说，兄弟，以后杀人，千万要记得事先声明谁是你的女人，自己又是谁，别让人家死得不明不白。

我面红耳赤，逃之夭夭。

我转身去了老拐的铁匠铺，把匕首往地上一扔，委屈地说，你的匕首根本杀不了人，你骗我。

老拐正卖力地挥舞着小铁锤，在一个铁砧上叮叮当当地敲打个不停。老拐连头都没抬，冷冷地说道，不是我的匕首杀不了人，是你杀不了人，杀人要先把自己杀死，而你还活着。老拐说完，低头在旁边的工具箱里摸了一阵，摸出我那袋钱，原封不动地扔了出来。

我捡起钱，奇怪的是，内心没有任何难过，反而有种知音难觅的欣喜：老拐这家伙肯定也是个古龙迷，否则一个铁匠说不出这样的话来。

多年以后，我在老拐的铁匠铺里陪他喝茶聊古龙，发现那把匕首被他随手丢在一大堆铁器之间。取出看看，已经锈得不成样子。我没有提出来把它带回去。就让它继续锈下去吧，我想。

生活不止眼前的苟且，还有诗和远方。

苟　且

韦如辉

这条在朋友圈被刷烂的狗血诗句，浸染着岁月的酸腐味。

之前，张三嗤之以鼻。

现在，张三把这句诗打捞出来，在阳光下晒了晒，发现它依然具有狗血的功能。

张三眼前的苟且是什么？再明白不过了，无须别人的教唆与提醒。年过半百，事业无成。生活淡而无味，行进中居然看不到丝缕曙光。苟且偷生，得过且过，过一天少一天。这一天又一天地过着，苟且复苟且。诗在哪里？远方。远方又在哪里？没有人说得清更远的地方。

张三对这句诗的理解，有着大彻大悟的豁然开朗。

张三攥了攥拳头，第一次为这句诗竖起了大拇指。

昨天，刘春花坐在阳台上，沐浴着月光的清辉，吸着烟。张三的下巴，差点掉到地板上。哦，你怎么吸烟？张三惺忪着睡眼问。在张三的脑海里，刘春花不吸烟，而且还要求张三戒烟。

刘春花咳嗽着，掐灭了烟。她没有直接回答张三的问题，却反问了一句话，不觉得你活得苟且吗？

张三明白了，刘春花一定读了那句诗，而且还中了它的毒。

张三不说话，他从刘春花眼前的烟盒里，抽出一支烟，叼在嘴里，点着，吸一口，吐出去，在慢慢消散的烟雾中，突然瓮声瓮气地说，苟且。

刘春花瞪着张三，眼睛瞪得好像天上那轮正圆着的月亮。

等张三吸完那支烟，刘春花说，咱们分开吧。

张三的眼睛瞪着，也好像天上那轮正圆着的月亮。

张三掐灭烟头，问，为什么？

刘春花站了起来，回了句，不为什么。然后伸个懒腰，飘向卧室，回头补了句，睡吧，明天再说这事儿。

刘春花还在睡梦中，张三就悄悄下楼了。他怕天亮后的明天，更怕刘春花说的那事儿。

张三中午没回家，晚上也不想回家。他给刘春花发了条微信，说今天加班，却挤在街角的暗处，吃了一碗面。

张三的汗水，由前额与后脑，经胸脯与脊背，依次而下。

电话突然响了。张三看了看，是儿子的，张三高兴坏了。儿子这个时候来电话，肯定是好事。也许，刘春花先将那个事说给了儿子，儿子强烈反对，说服了刘春花。张三想。这个时候，只有儿子的作用最大，独一无二的强大。

张三接通电话，忍不住先喊了一句，儿子呢！

电话那头乱糟糟的，摇滚音乐很刺耳，即使传到千里之外的这里，张三也感到耳朵疼。张三下意识地从耳朵边拿掉电话，生怕被蝎子蜇着似的。

终于安静下来，儿子说，给我转一千块钱，急急急！儿子说得急促，好像被人掐着脖子似的，连那个爸字都省略了。

张三微信里没有零钱，支付宝也没绑定银行卡。前天，几个同事在群里起哄发红包，张三抢了两个小包。王五说，哪有光抢不发的，没劲，张三，来个大的。张三一激动，两百块钱点完，同事们都夸张三是个好同志。

张三说，爸没有钱，让你妈转吧。

儿子说了句，真窝囊。便挂断了电话。

张三的眼泪在眼眶里打转转。是啊，爸爸真窝囊，不是一般的窝囊。

张三不想回家，一点都不想回家，尤其此时此刻，他害怕自己眼睛里噙着的眼泪，一不小心掉在家里。

张三信步来到森林公园。这里植下上万亩的杂树，空气比小城街道里的好多了。沿着刚刚修好的步道，张三不知不觉来到森林的深处。

秋虫叫个没完没了，有风从不远处吹过来，路灯也在不远处洒下朦胧的光晕。

张三坐在芳香的泥土上，就着那句诗躺下，一不小心就睡着了。

两只散养着的鸡，啄醒了张三。张三身上爬满了虫子，鸡是冲着可口的虫子来的，鸡肯定知道，秋虫蛮肥的。

张三被啄醒了，慌忙坐起来，两只贪吃的鸡受了惊，其中一只在张三的脸上腾空而起。

张三的脸上，呈现一条弯弯曲曲血淋淋的口子。

不由得记起那天上班，王五端着茶杯过来，关切地问，张三，你脸上怎么了？

鸡踢的，张三愤愤地回答，家里养了只老母鸡。

同事们笑起来。

王五的一口茶，喷雾一样，散发到空气里。

刘春花不止一次挖过张三的脸。这事，同事们都知道。

第二辑

我们都爱开玩笑

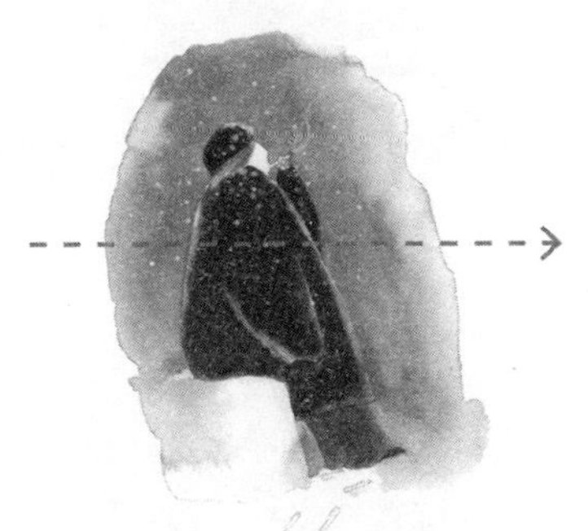

避雨开封府

陈小庆

“王九，快把那袋书装上，咱们走……”走出饭店，我坐在瘦驴上，催着。马上要下雨了，离开封府只有几里路了。王九将书袋子甩过来，我只觉眼前一黑——摔下驴来。

“妈的，每次都是这样，魔鬼总是藏在最后！”我瞪了王九一眼，王九一脸17世纪的忧伤，一边说着对不起一边将我扶起来。我们手忙脚乱地上路了，这是我第三次进京赶考。

“公子，不会下雨的，放心吧。”王九一边说，一边戴上自己的草帽。

王九话音未落，雨就落下了。

雨很快下大了，我喊王九：“快拉本公子去檐下避雨。”无人回应，一扭头，王九不见了，前面屋檐下依稀是他。我打驴前往，浑身湿透。

这是一个行路人专用屋檐，有石凳，有拴驴桩，有——好像再没什么东西了。我即兴吟了一句：“好雨知时节……”下边记不住了，王九接口道：“当街浇书生……”我听了，总觉得不大对，但真想不起原文是什么了。

像梦中飘过一位仙女，眼前有白衣女撑伞而立，朱唇轻启：“公子，据天气预报，这雨一时半会儿停不了，不如到我家避上一避？”

我求之不得，可转念一想：她是谁？白素贞？不像！杜十娘？不像！历史是不可能轻易重演的，我是不可能相信她的。不过，我还是与她共伞而去——交代王九好好守在这儿，等我。

“原来公子是进京赶考啊！”到了大梁门一所大宅子里，她命丫鬟端上花椒姜汤，看我喝下去之后，关切地和我说话。

我说：“本公子满腹诗书，只恨出题考官过于刁钻，屡考屡败，不过，我已有十足的把握，此次必蟾宫折桂！”

小姐信了，点点头，又犹豫许久，说：“公子一看就是厚积薄发之人，不知，不知……”她没好意思往下说。

还是丫鬟机灵，接口道：“不知公子可有家室？”

我腼而腆之地说：“学不成名，何以家为？”

丫鬟在一边拍手称赞：“好志气！”

小姐不觉秋波横来，两颊飞红。我知道，此时应该有诗，便开口吟道：“你若是那含泪的股民，我就是，那一支，决心不再下跌的股票！”

一切都在不言中了，聪明人自然懂得。

“令尊令堂何在？”小姐问道，手中还拿着个可疑的本子记录着什么。

“放心，他们不会反对我的婚事。”我说的是不是太直白了？

谁知小姐大喜，说：“公子请上座！”原来还有上座，这半天就坐小板凳了。

我坐到太师椅上，长叹一声：“惜哉，经费不多！小生已经打算在开封府打把式卖艺了。”我有意露出准考证在她面前一晃。

小姐向丫鬟使了个心不领神不会的眼色，丫鬟就忙跑出去，不一会儿，端上来一个神圣的托盘，一块红布蒙着什么。

我心一动：有魔术表演？我望向小姐，小姐伸手揭开红布——是个玻璃罩，又揭开玻璃罩，是个小木盒，打开小木盒——里面是个更小的木盒，小姐小心地打开——里面有一锭金子，约一两。

我长出一口气，手里捏那把汗总算放下了，要是块银子该多么让人失望啊！

“这是奴家的私房钱，公子莫嫌少，若能帮上一二，就好。”

我伸手接过，泪，很争气地流了下来：“小生若金榜题名，必将迎娶小姐！”丫鬟在一边感动得都咳嗽了。

雨停，我告辞，一把拉住小姐的手，深情地说：“我一定省着点儿花，争取剩下半两！”

小姐说：“奴家不求别的，只求公子莫忘今日誓言。”

我要走，丫鬟拿着本子跑出来，急问：“公子名字还没有记下呢！”

小姐眼疾手快，拉住我：“公子，尊姓大名？”

“小生姓孙名山。”我只得拿出准考证让她看，她仔细记下：

怀庆府孙山，准考证号：第 250 号。

王九和瘦驴都睡着了，我拍醒他。他看到我满意的笑容，便拍醒瘦驴，瘦驴一副同伙儿的样子，眼神十分耐人寻味……

“公子，我听那边有人说，你是那位小姐今年遇到的第 36 名考生——”王九一边走一边说，“他们说，那位小姐非常善于投资，总会有个状元来接她的。”

我听了心里不太是滋味，但我根据手中的千金地图，往大相国寺奔去，在那附近，我会拿出失魂落魄的样子，还会遇到另一位千金小姐慷慨解囊……

看来又要天下大乱了！

有多少爱可以重来

陈小庆

天山脚下，名剑商行。

我飞速地打着算盘游戏，不管商行里的人来人往。

不知为何，这些天买剑的人多了起来。我爹一会儿卖出十几把剑，还都是上品的镶金淬毒剑。这在过去，是一年才能卖个一把两把的。

由于是自选商行，买家可以穿梭于宝剑林立的剑架之间，仔细挑选。没人会偷东西，因为大家都知道头顶有监控——我哥一直趴在屋梁上往下瞅着呢。

“看来又要天下大乱了！”一个穷书生，买了把镶银淬毒剑，无奈地对同伴说。

我的心一阵慌乱。自安史之乱后，我大唐就三年一大乱，半年一小乱，造成我待字闺中，靠打算盘游戏打发时间。

“麻烦，借过一下好吗？”一个好听的男低音在耳边响起。

我回头，看到一个白衣飘飘的少年站在我身边。一脸的不负责任，一脸的满不在乎。

“干吗，没看我正忙着吗？”

“姑娘，你——”他指了指我身后不足一尺宽的过道。

难道嫌本姑娘胖，堵住了路吗？我就不让路：“为什么非来这边，那边不是什么都有吗？”

“可是，我想看看那东西——”他指了指我那边架子上的一个酒壶。

“这个不卖！”我厉声道。那是我捡的西域商人的东西，我还打算还给人家呢。

“不卖么？挂在那里，那么好看。”他脾气真好，声音好听，模样也好看——这就是江湖上失传已久的帅哥吗？

有道是“千军易得，一帅难求”。眼下的江湖红人，无外乎“京城四少”那样的世家子弟，又或者“江南十八怪”那般靠搏出位走红的奇葩。而我偏偏坚持传统的审美眼光，宁可独身，绝不嫁丑。

“你说谁好看？”我愣了一会儿，问他。要不是知道头顶有监控，我不会这么淑女。

可能是我的气质打动了他。他笑了，笑得那么不负责任。

“一看你就不是什么好人……”我故意说。

他脸红了，没有买剑，走了。

三天后，大雨。

没有顾客，我哥也不当监控了，我爹趴在收银台里睡觉，我仍在玩算盘游戏。

他来了，白衣不飘，撑把前世才有的木伞，一脸的责任感，站在店门前，对我说：“这三天，我一直在你门口，看你身边的每一个人，不管男女，都像情敌……”

我平生第一次知道了什么叫热泪盈眶，什么叫心有所属。

再也不会有人能够取代他。我急奔过去，却被门槛绊倒，摔在雨地里，一身的泥水。他扶起我，不顾我一身泥水，抱着我，不顾那年头礼义廉耻。

感谢雨天，感谢门槛，感谢大地，将来还有可能要感谢天下大乱（要是我俩真成了的话）。

可是他竟无法环抱我，平生第一次，我为我的粗腰自卑不已。

听说过吃药能够治病，仙丹可以起死回生，当时却没有减肥药。但我知道有一种药，叫作“重来”，它不治病，也不起死回生，只是能够让人回到过去，把时光重新来过。

这种药，只有西域胡人手里有，但名气大了，假的特别多。我买了十几个牌子的，都没有真的回到过去。一天，我无意瞥见架子上的西域商人的水壶，拿下来，一晃，里面有东西。倒出来，一丸药，是正牌“重来”。看来那个西域商人还在过去生活，故而一直不来取水壶。于是我忙服了下去——

回到了一年前。

我开始拼命减肥，真是辛苦。世有“重来”，却研制不出减肥药。难道易者难，难者易，乃真理乎？好在重来的世界清静，我心无杂念，吃得少，动得多，不到一年，竟由玉环变飞燕！

命中注定的那一天。

天山脚下，人潮涌动。我早早地吃过小碗早饭，飞跑到名剑商行里。我哥还未爬上房梁当监控，我爹在用块脏布擦他的收银台。我心不在焉地拿出算盘，一边玩游戏，一边往门外望。

不一会儿，侠客书生女巫都进门来买宝剑了。

“看来又要天下大乱了！”一个买剑的穷书生，说了这么一句，负剑离去。

他进来了！我的心开始慌乱。

他四处看着，好像对各式宝剑都不感兴趣。那一袭白衣，竟比梦里还要白。那神情，竟比梦里还不负责任，还满不在乎。他看见了那个西域酒壶（壶里已空）。他走了过来，我心怦怦直跳，几乎要将瘦弱的身体震倒。

他来了，他越走越近……我竖起耳朵，屏住呼吸，等待着。

他走到我身后，没有说一句话，径直从宽阔的过道走过去，拿起了那个西域酒壶……摇了摇，放下，又走了……

从此，我再也没有见到他！

名人和动物园的动物一个样，谁都可以凑上去乐和一下。

和卡夫卡合影

夏 阳

认识老贾，是在一个饭局上。他白白胖胖，递给俺一张名片。名片上罗列了一大堆社会职务和头衔，密密麻麻中金光闪闪，光环般炫目。

俺在心里拧衣服，拧了半天，干水后，发现只有两个头衔勉强算是精华——县作协主席、省作协会员。

饭局上，一桌人对老贾毕恭毕敬。

老贾一脸的庄重，高度近视的眼镜背后，藏着一副享受的表情。

后来，俺和老贾成了好朋友。

成了好朋友后，聊天便口无遮拦，用我们之间相互吹捧的话来说，就是有深度才有撞击，有撞击才有快感。

老贾家里琳琅满目，到处悬挂着他和省里一些知名作家合影的巨幅照片。

俺忍住笑，深度地对老贾说，名字即招牌，你弄这些玩意儿有啥用？名人和动物园的动物一个样，谁都可以凑上去乐和一下。

老贾不好意思地挠了挠头。

俺开始撞击，戏谑道，省里的作家算个屌！你龟儿子啥时候整一张和真正的大作家的合影，那才叫牛！

老贾眼睛倏地一亮，问，现在作家里面谁最牛？

俺低头寻思了半天，说，卡夫卡，现在到处都在谈论他，说他是现代派文学的鼻祖。

老贾开始精神起来，郑重地问，卡夫卡？哪个省的？

北京的吧，大作家都在京城呢。

老贾一脸高潮，看着窗外冉冉升起的旭日，如痴如醉地说，我们去北京！我要拍一张和卡夫卡的合影，做他的关门弟子，轰动全世界。

这本是狐朋狗友之间的调侃，这家伙却认真了，硬拽上俺一起去了北京。奔波了一个多月，托了不少关系，我们终于见到了文学泰斗卡夫卡先生。

卡夫卡挺和蔼。

这过程，俺想大家都可以猜想得到的，像电视里的《新闻联播》一样，无外乎是我们卡老前卡老后，卡了半天，献上一箩筐一箩筐打了半宿腹稿的谄媚话。卡夫卡则满口谦虚，顺便关怀了一下我们敬爱的县作协主席老贾同志的文学创作情况。

当听说老贾在地区报纸发表了不少关于乡镇官场的故事和笑话段子后，卡夫卡赞不绝口，把老贾激动得语无伦次。

俺对老贾使了个眼色。老贾立刻会意，直奔儿童不宜，卡老，耽误您这么长时间了，挺过意不去的。要不我们一起出去放松放松，找个地方洗洗脚？

卡夫卡爽朗地笑，说，放松是你们年轻人的事，正规洗脚倒是可以。

半小时后，我们仨躺在一间沐足房里，享受乡下小姑娘摇身一变为技师的按摩手法。

热水舒服怡人，加上年事已高，卡夫卡很快睡着了，扯起了不雅的鼾声。俺压着嗓子，把洗脚妹赶了出去，然后对老贾挤了挤眼睛。

老贾咧嘴一笑。他没有按我们事先计划的那样走过去，俯身在卡夫卡面前蹲下，细心地帮他洗脚。这家伙坐在沙发上一动不动，像练气功一样酝酿了半天，手捏起左脚，“哎哟哎哟”，突然惨叫起来。

这驴般的叫声把俺吓了一大跳，也惊醒了卡夫卡。卡夫卡关切地问，怎么啦？

老贾满头大汗，龇牙咧嘴，痛苦地说，脚……脚抽筋……哎哟！

卡夫卡忙起身，走到老贾跟前，俯身蹲下，拿起老贾的左脚，轻轻地揉捏着，说，放轻松，不要怕，我早年行过医呢。

俺掏出相机，在一旁不失时机地摁下了快门。

当俺写到这里时，正琢磨着如何结尾，妻子在旁边撇了撇嘴说道：胡编乱造，拿名人开涮。

俺有些尴尬。

俺不由得想起了现实生活里的老贾，今天是他一周年的忌日，俺想写点儿文字纪念他。

省作协会员、县作协主席老贾，某天灵光一现，卡夫卡再世，宣布准备写《变形鬼》《村堡》《审核》三部伟大的小说，沿着卡夫卡大师的足迹走下去，而且要超过他老人家，让其在九泉之下寝食难安。

这个想法很轰动。老贾拉了几家企业做赞助，请了一帮地区和省城的记者，轰轰烈烈，开了个动笔仪式。

庆祝晚宴上，有好事者问老贾，贾大主席，你能不能完成这三部小说？如果半途而废，那笑话就闹大了。

老贾喝了不少，满嘴呼着酒气，大着舌头说，能，肯定能！我下决心要做的事情，就一定能完成。我今晚就动笔写第一部！

掌声潮起。继续喝酒。

酒后，老贾还没来得及写一个字，就死了。

老贾打发走了一帮人，已是深夜，回家的途中，踉踉跄跄地路过护城河，一头栽了下去，无声无息。

钱不是问题，问题是没钱。

买一天富人的生活需要多少钱

夏 阳

我是一个富人，货真价实的富人，你羡慕忌妒恨吧。当然，有钱的人大多时候都很无聊。有一天，我无聊地问老婆，像我这样的富人，一天需要多少开销？

老婆坐在梳妆台前描眉，听见我的话，把眉笔一摔，说，啥意思，嫌我花钱多呀？

我说，靠，我会缺你那几个钱？昨晚，我做了一个梦，梦见一个乞丐问我，买一天我这样的生活，需要多少钱。

老婆乐了，扔给我一个计算器，说，你自个算吧，慢慢算，算清楚点。说完，丢下我，提个坤包出门打麻将去了。我愣了一下，摁着计算器，算开了——

我家别墅位于郊区，离一个养猪场不远，413.6 平方米 780 万，加上银行按揭的利息，总共需要支出 1040 万。等到开发商交付给我时，还剩下 65 年的使用期，折算每年是 16 万，每天是 438 元。这是典型的毛坯房，混凝土楼板，水泥轻质砖墙壁，烂泥塘一样的花园，让我花了 215 万进行装修。全屋进口豪华家具家电，屋里屋外金碧辉煌，好几次把远道而来的老乡镇得不敢进门。我又在花园里栽几棵树，种些花草，挖个小池塘养鲫鱼。我从小就爱吃鲫鱼。装修这块，按照 10 年的使用寿命，折成每年是 21.5 万，每天是 589 元。水电费、物业管理费加一起，一个月 5200 元，一天 173 元。如此，住方面每天需要1200元。

算到这里，很想插一句，我不是电影里一掷千金的富翁，更不是福布斯排行榜上富可敌国的富豪，我只是个现实中的富人，比普通老百姓多几个钱而已。按照老马《资本论》的划分，我应该是无产阶级的老板，中产阶级的大哥，资产阶级的小弟。

我出身于农村最底层，注重勤俭持家。我家的保姆习惯很不好，每次上完厕所都要冲马桶。我骂她，水金贵呢，你独立一个洗手间，冲什么冲，一天冲一次就够了，不要每次都“匆匆来，冲冲走”，搞得跟领导似的。

我每天要烧掉两包万宝路，一包红双喜，半包软中华，一天62元。万宝路是自个抽，我只好这口，劲儿大，痰少，是爷们抽的烟。广东这地方有个习俗，不以烟论贫富，8块钱一包的红双喜大行其道，我身上也不能缺，毕竟每天亲民的时间占多数。上门求领导办事或者路上遇到老乡，我递给他们的是软中华。这样会不会乱？不会。左裤袋万宝路，右裤袋红双喜，上衣口袋搁的是软中华。这个良好的习惯，我保持了多年。

穿着方面，我只买名牌。账是这样算的，比如一双耐克运动鞋，800块钱，穿半年淘汰，那么一天的开支是4.4元。如此这般，我每天人模狗样，需要68元。算到这里，我想起了一个可乐的事儿，有人笑话我脖子上的金项链太粗，像拴狗用的。我听后，心里乐开了花，最起码大家还高看我像条狗，而绝大部分人，连狗都不如呢。

我的座驾是奔驰S350，包牌价153万，加上10万块钱带尾数888的车牌号码，一共是163万。参照市场行情，每使用一年，就得掉价9万，等于每天的租用费是247元。加油、维修保养、保险、过路桥等费用，一年大约是17万，一天466元。

衣行方面，每天计781元。

市场经济，商品社会。养儿育女，是为自己的未来买单，赡养父母则是还债，还养育自己欠下的债。这和信用卡是一个道理，左手提前透支，右手事后还钱。

我算了半天，养两个小孩每年需要8万，远在乡下的父母，每年需要6000元。

为过去的生和未来的死，每天支出236元。

现在，该说说我老婆了。我现在这个老婆，是在夜总会认识的。千万别误会，她不是风尘女子，我一个富人，怎么能干那种事。现如今，富豪包养明星，穷人街边嫖娼，我这个站在中间的富人，缺什么补什么，只喜欢知识。她比我小18岁，很有知识，研究生毕业后在夜总会做公关部经理，清纯可人，我一眼就瞄上了。知识的力量是无穷的。我全身充满着无穷的力量，追了她两年，花了80万，终于和她手牵手走进了婚姻的殿堂。爱情的浪漫，是需要金钱来支撑的——这是她写在日记里的一句感悟。

对了，还有个账必须算在她头上，就是和我前妻离婚，花了我2.08万元。2万元是青春损失赔偿费，800元是律师见证费。

按照正常人50年的婚姻来算，使用她每年的费用是16416元，加上她一个月的零花钱1万元，综合起来，她每天的批发价是378元。

结婚三年，我便后悔了。因为每个月就用那么几回，太不合算了。女人，只要一结婚，就是仙女，也会和楼市一样掉价，哗哗地，掉肉一样，让男人厌倦。男人嘛，按照成龙大哥的说法，容易犯男人都会犯的错误。去年，我在外面包了一个，详情就不说了，反正一个月需要8000元左右，一天是267元。

我每个月会准时打高尔夫球一次，夜总会K歌两次，桑拿沐足三次，每个季度去港澳旅行扫货一次，每年上音乐厅听意大利歌剧一次……这些七七八八的娱乐休闲费用，一年下来，需要15万，日均411元。

还有一笔费用，就是名誉费。住别墅开奔驰，在老家的地面上，我算是个不需要打肿脸来充的胖子，经常得意思一下，捐点钱做点慈善公益事业，留个好名声。就拿去年来说，请村干部吃饭娱乐两次，计16500元，村里修路捐款1888元，重建小学2888元，修庙38888元，菩萨开光108888元，共计169052元，日均463元。

修路建小学为什么捐那么少？原因很简单，道路和小学建得再好，也和我无关，反正我每年回不了几趟老家，孩子更不可能在那里上学。我不傻呢。修庙捐多点，是合情合理的，我今天之所以成了一个富人，就是靠神佛保佑的。对神佛，得怀一颗感恩的心。至于菩萨开光捐的 108888 元，现在想起来，我还有些心疼，像割身上的肉一样舍不得。都怪那个吴胖子。吴胖子在外面包了几个工地，有了几个钱，就不把我放在眼里，到处造谣说我住别墅还按揭，是个空架子。我怀疑他连别墅是啥样都没见过，还好意思说我按揭呢，可笑！

菩萨开光那天，声势浩大，需要去周边十里八村游行，谁打头阵第一个扛菩萨，是通过投标来确定的。几轮下来，那个死胖子和我较上了劲，当他报出 58888 元时，整个祠堂一片欢呼，转而又鸦雀无声，大家目不转睛地看着我。我微微一笑，在心里狠狠地跺了一下脚，报出了一个让所有人目瞪口呆的天价。我说，我加 5 万，108888 元。所有人里面也包括吴胖子。吴胖子眼皮耷拉着，猫着腰蹭到我跟前，双手递给我一支烟，毕恭毕敬地说，大哥！

我说，别说是加 5 万，就是加 100 万，我今天也得把那头标抢下来。人活着图啥？图一口气，图别人烧灶香。

至此，算完了。

总结一下：梦里面的那个乞丐，如果想买一天我这样的生活，需要 1200（住）+400（日常生活开支）+20（保姆工资）+62（烟）+781（衣行）+236（为生和死买单）+378（老婆批发价）+267（包养情妇）+411（娱乐休闲）+463（名誉费）=4218 元。

疯子，你行个礼，我给你一块钱。

与马原论疯子

夏　阳

一切都和一个叫马原的家伙有关。

马原是个写小说的，著书立说，偶尔会在报纸上混几个小钱买酒喝。一天，马原在晚报副刊上发表了一篇文章，里面引了一个故事：一个疯子以要饭为生，常有人围观他。一个围观的人满怀幽默地说："疯子，你行个礼，我给你一块钱。"疯子想也不想回答一句："我再行个礼，你还给我一块钱吗？"

就这么一句貌似绕口令的傻话，马原下笔千言，从古代礼仪到西方哲学，谈古论今，剖析出五个层次，最后还溯源到中国哲学和禅宗的精髓。一言概之，这是为疯子写的一封表扬信或一首赞美诗。

一个有钱人读了此文很不高兴，心里愤愤不平地骂道：从牛粪里分析出茅台酒的酱香，这不扯淡吗？现实生活中，怎么会有这种机智幽默的疯子？疯子有这等深沉，就不是疯子了，更不可能去要饭，去大学里教书都是大炮打蚊子。牛粪永远是牛粪，不可能飘出茅台酒的那个味儿。

有钱人骂完，觉得不解气，随手给马原发了个邮件，陈述了自己的质疑。有钱人当时很无聊，洋洋洒洒千言，最后还反问马原：面对疯子的一句屁话大力褒扬，难道你也疯了吗？

很快，马原回复：你说呢？

有钱人更不高兴了，老子给你写了一千多个字，你才回复了一句话，连标点符号加一块儿才四个字，你不就是一个破作家，有什么了不起的？马原的矜持，激怒了有钱人。有钱人决定去现实生活中寻找证据，以此证明马原的荒唐。有钱人平日没什么事儿干，的确很无聊。

有钱人兜里揣了一捆钱，开着车出去寻找要饭的。有钱人较真了。

在十字路口等红灯时，一个老头儿，衣衫褴褛，挨个儿在讨钱。有钱人摇下车窗，热情地招呼老头儿："疯子，你行个礼，我给你一块钱。"

老头儿看着有钱人，目瞪口呆，一会儿缓过神来，丢下手里的盘子，逃之夭夭。有钱人微微一笑，自言自语道："马原同志，你说呢？"

有钱人把车停在商场门口，刚下车，就有老婆子上前来讨钱。老婆子一手拄根竹竿，一手端着个龇牙咧嘴的铁盘子，几枚硬币在里面咣当作响。有钱人笑呵呵地说："疯子，你行个礼，我给你一块钱。"

老婆子一怔，扭头便走，一边走，一边不时偷偷瞅有钱人。有钱人微微一笑，自言自语道："马大作家，你说呢？"

有钱人经过地铁隧道，看见一个卖唱的小姑娘。小姑娘盘腿坐在地上，弹着吉他，看着眼前的人来人往，歌声悲切。小姑娘脚前搁置了一个打开的吉他盒，里面有一些零散的纸钞和硬币。有钱人蹲下身，和蔼地对小姑娘说："疯子，你行个礼，我给你一块钱。"

小姑娘手里的吉他停了，剜了一眼有钱人，继续弹唱起来。有钱人怕她没听清楚，又重复了一遍。小姑娘毫不理会，闭上眼睛，一脸厌恶的表情。有钱人微微一笑，自言自语道："马疯子，你说呢？"

读过马原这首"疯子赞美诗"的人，除了这个有钱人不高兴外，还有一个疯子也很生气。

疯子跳起脚来骂道："这个书生，胡编乱造。世界如此冷漠，怎么会有这么仁慈的上帝？"

疯子骂完，也像有钱人一样给马原发了个邮件，反问马原：你本身就是一个疯子，对吧？

很快，马原也回复：你说呢？

疯子更生气了，换了一身破烂衣衫，往脸上抹了些灶灰，端着一个破碗出门了。疯子的家境其实挺不错，完全不用去要饭。疯子也较真了。

疯子每遇到一个人，都是一脸虔诚地问道：“我给你行个礼，你给我一块钱，好吗？”

一个少妇闻言，花容失色，疾步离开。

一个胳膊上文了青龙的壮汉皱了皱眉，呵斥：“欠揍是吧？滚！”

一个正在跳街舞的“90后”听了，对疯子一鞠躬，嬉皮笑脸地说：“还是我给你行个礼，你给我一块钱好了。”反而把疯子吓坏了。

疯子一边孜孜不倦地询问路人，一边在心里有一下没一下地骂马原：马屁精……马蜂窝……马疯子！

就像天宇间的两颗流星，只要是相向而行，无论距离多远，都有会师的那一天。城市不大，因为干着同一件事儿，三天后，有钱人和疯子在市民广场相遇了。

相遇时，疯子坐在喷泉池边，神情沮丧。他手里的破碗，空空如也。疯子听见有钱人问他：“疯子，你行个礼，我给你一块钱。”

疯子啪地站了起来，激动地抢答：“我再行个礼，你还给我一块钱吗？”

有钱人和疯子禁不住同时心花怒放，暗叹：娘哎，原来世界上真有这么回事啊！马原啊马原，你这家伙太伟大了！

有钱人抑制住内心的狂喜，掏出一张一百块的纸币，握着疯子的手说：“疯子，你行100个礼，我给你100块钱。”

疯子想也不想回答一句：“我再行100个礼，你还给我100块钱吗？”

有钱人很爽快地答应：“你再行100个礼，我再给你100块钱。”有钱人洋洋得意地想：马原，老子才不是你笔下的那种笨人。我这是以逸待劳，疯子行100个礼，我才问一句话，爽！

疯子接过100块钱，鸡啄米一样对有钱人深鞠躬，还扯着嗓门吼数：“1，2，3，4……”疯子两眼冒光，兴奋异常，声音春雷一般在广场上空飘荡。

围观的人越聚越多，直至人山人海。大家不明白是怎么回事，一边瞧新鲜儿，一边相互打听："他们怎么啦？"

"不知道，你说呢？"

"俩疯子呗！"

有美人兮，见之不忘。

我们都爱看美女

邓洪卫

那女子一直在河边草地上倚树而坐，把头深埋于胳膊中，包放在一旁。我已注意她多时了。有时她会抬起头来，我注意到月光下此女子面容白净，倒也悦目。她看看手机，好像在等待什么，然后又把头埋下去。

我深为担忧，如果此时有人袭击她，她会毫无准备，陷入非常危险的境地。身后就是一片小树林，虽不茂密，但藏两个人没问题。此时是晚上九点，来回走动的人很少，夜行之人基本上都已回去，像我这样无所事事者确实珍稀，而且我是喝过酒来这里散步消消食的。

这叫什么河？我也说不准，我问了好几个人，都支支吾吾、语焉不详。我曾在桥南边看到一个牌子，上书“串场河观光带”。以此观之，这河就叫串场河。可串场河是我们这个城市的名河，我知道在东边，大家也都说在东边，怎么现在跑西边来了？思考了几天，我得出一个比较合理的答案：东边的那个串场河可能已经年久淤积，又离市区较远，废了，这边离市区近，政府疏浚河道，修建观光带，既树立政府形象，又方便市民，考虑到串场河名气大，就移用过来。所以，我曾一度叫这边的串场河为新串场河。可是，后来这个说法被打破了。我有天路过东边，发现那边的串场河仍然健在，而且跟这边一样，建了观光带，两边路灯闪烁，树影婆娑。于是，我叫东边的串场河为东串场河，西边的串场河为西串场河。嗯哼，我就是这么严谨的人。

这个在草地上倚树而坐的女子，端的在思考什么？这引起了我的注意和思考。正如一句名诗：你站在桥上看风景，看风景的人在楼上看你。

思来想去，我得出了几点推断。第一，她是一个良家女子，在等人，当然在等男朋友。第二，她是一个风尘女子，在钓人，钓路边的男人。第三，她还是一个良家女子，但比较寂寞，或比较浪漫，她在等待一场艳遇。第四，她遇到事了，比如情感上受到挫折，想不开，打算跳河。

除此四点，我找不出别的理由。

然后我又对这四点进行严格挑选，认为前两点可以忽略。一个年轻女子在这等男朋友，又等这么长时间，不太现实，一般都是约好时间，男的先到等女的。观其穿衣打扮，挺正规的，不像风尘女子，再说风尘女子钓客，也不必到这地方来。第三第四点是有可能的，网络上经常有这样的事。如果是第三点，我是不是过去学学雷锋。如果是第四点，我更得学雷锋，自己虽不英雄，但也该救美。在大学考体育，我没有一项达标的，只有游泳及格，还替别人代考几次。

我在踌躇，我在犹豫，我不知如何是好，我只有来回散步。走不多远回来，密切注视她，但她重复那个样式，已经一个小时了。既不走，也不跳，让人莫名心焦。

此时我倒有了顾虑。一个美女在草地上倚树而坐，已经一个多小时。我在她面前晃来晃去也有一个多小时。虽然我比较正派，无不良想法，但总归可疑。我抬头看看，没看出有摄像探头，或许有摄像探头我没发现。我觉得我应该走远一些，以避其嫌。不知不觉上了南边的桥，到了河东岸，沿河而行。虽然已经十点钟了，东边还有几个人。因为东边靠居民区近些。我往西边看，河岸一片灯光，根本看不清灯光后边是什么。

此时，我遇到一个女同学，一个非常漂亮的女同学，一个印象颇深颇好的女同学。她热情叫我，哎哎，是你。我也惊叫，噢噢，是你。她说，真没想到哎。我说，是啊是啊，你倒是没变。如果在往常遇到这个女同学，我会很开心的，边走边聊，也许能聊出一些事来，今天却想着河对岸那个女子，有点心不在焉。聊了几句，我就借口离开。女同学跟在我后面，哎哎，这边这边，再走走哎。我不顾她的失望，飞也似的逃跑，上桥，到河西岸，不由得大吃一惊，心噌地跳到嗓子眼。

树下草地上那女子不见了。

我到小树林看看（怕她遇上歹徒），里面没有什么动静，又到河边看看（我感觉她要是轻生，一般会留下点什么，比如那个包，比如把鞋子整齐地放在岸边），没有什么异常。我四处观看，只见树影晃动，不见一个人影。

我的心一下被掏空了，靠着那棵树，滑坐在草地上，像刚才那个女子一样，抱着头，思考那女子当时到底在思考什么，现在哪去了。我忽然有了第五种可能：这个女子不是人，是鬼，水鬼。曾经在此跳河自杀，今天上来透透气，趁我去东岸时，回她的阴曹水府报到去了。当然，这是不可能的可能。那一刻我是多么绝望，浑身无力，真想大哭一场。

“跑什么跑，我就看你不正常，说，有什么事想不开？”

是女同学得意的笑声。嘭，我屁股上挨了一脚。

平安是福。吉祥如意。如鼓琴瑟。

我们都爱开玩笑

邓洪卫

正喧闹间，车已停下。下得车来，猛一抬头，眼前一片建筑，坐北朝南，黑瓦白墙。此样式只在画中或视频里见过，伴随着江南的小桥流水，在苏北乡村的红砖红瓦中显得突兀。该建筑东临乡村水泥路，临路的门不开，须从南门进，南边也是水泥地。一片片麦田散落在村庄中。门廊上两排灯笼低挂，不甚整齐。靠近看白墙却并不全白，被乡里儿童涂得斑斑点点，甚至有“张桂花，我想 × 你 ×”这样的大字。跨过石槛，进得门来，走进一片院中。原来是四合院。院正中立着三米左右的假山石，却无流水下落。四处围廊环抱，红柱分立，石凳相连。墙砖飘逸，石雕漏窗，倒也有南方园林特色。一群人赞不绝口，哇呀，好院落，这得多少钱啊。有人说，像北京四合院。立即有人说，非也，北京四合院哪有这般宽雅闲致。又有人说，好似苏州园林。立即又有人反对。最终确定是徽式四合院。一致通过。

我们都是文化人，作家、画家、书法家都有，凑在一块找个闲地儿玩玩。主事的便分车把我们拉到这边。由于隐在一个村中，来时还摸错路，七拐八拐，来回开过了两三次，终于认定这个路口，拐下来，到这里。先到北边客房中边打牌边等人，不断有人来，聚齐了便在西厢房开饭。菜是农家土菜，蔬菜都是后院里现采摘的。一道炒猪皮，一道炒油渣，都是我小时候吃过的，我多吃了几块，香得不得了，吃过了才感到口干。酒喝得自然尽兴，诗人即兴朗诵诗作，用普通话和方言穿插在一起搞笑，还有的唱起戏来。

饭毕，在院子当中三三两两站着，个别交流感情，喝酒前不敢说的话，酒后都敢说了。比如，下次回来，我请客。再比如，你的诗写得越来越好了，你就是我们县的莫言。（莫言写诗吗？）再比如，十几年了，你没变，脸还是那么平整，没一根白发。（没见头顶谢了一大片，闪闪发光吗？）忽见人都往东厢房跑，原来那边有人在写书法。写字的正是本宅主人，县书法家协会副主席、著名企业家、雅号“潮水散人”的吴平安先生。平安先生年届五十，长方脸，凹脸心，细腰窄臀。只见他正慷慨运笔，挥毫泼墨。每写一字，总要凝神细看，然后问身边人：此字如何？说话声音有如说评书的单田芳。众人都叫好。写得最多最拿手的，是四个大字：平安是福。他朗声大笑：列位，这四个字谁喜欢啊？众人一片嬉笑。有人说写点别的，他不假思索，又写下了四个大字：吉祥如意。他说，再过一个月就过年了，吉利啊，提前给大家拜年啦。我总觉得有些别扭，这几个字我小时候也经常写，不过都是过年了，写在红纸上的，大门对用不到，做横批。有一个女文友说，给我写一个吧。我说，平安是福，还是吉祥如意。她说都不要，写个“梅韵”吧。原来她名字当中有个“梅”字。平安先生把眼一瞪：瞎说，大过年的，怎么能霉运，应该是好运。挥笔写下：好福好运。梅女士脸一红，说，还真是的，好，好福好运。最后轮到我，我对此无所谓，反正到我手里也会扔掉。平安是福，吉祥如意，好福好运，随便刷吧。

平安先生却没有随便刷，而是看着我和梅女士。其时梅女士正很自然地把手搭在我肩上（我都记不得她啥时做的此动作）。平安先生笑了，低头写下了四个大字：如鼓琴瑟。众人哄笑。而平安先生郑重地落款盖章。

我一惊，靠，我得承认，这是平安先生今天下午最有文化的四个字。让我刮目相看。我偷偷瞄了梅女士一眼，我能感觉到她满面绯红。

人手一份，收好，装入一个大信封（大信封上印着“平安建筑有限公司”），我把装有“如鼓琴瑟”的大信封，郑重其事放入包中。吴平安把笔放好，向大家一拱手，各位都是文人雅士，吴某是粗人，刷刷而已，献丑了，献丑了！众人都说，不丑不丑。满载而归。然后我们走到屋外，在南墙的阳光中合了个影，回过头来，我又看了一眼墙上的一行大字：张桂花，我想 × 你 ×。

其后两天，我都跟县城一些不同的朋友喝酒。有时会想起那天中午的聚会，想起那天的炒猪皮、炒油渣，总想再吃，再去一次。但最后还是没去。但我向他们提起那个村，那片建筑。朋友们都说，啊，知道，吴平安开的。看来，吴平安在县城是名人。我奇怪的是，没有人称他为吴总，或吴主席。

假期结束回家后，我妻子从包里翻出字来，说，好字，只是这个书法家倒是耳生。其后，我也在不同场合得到一些名家书法，但基本上都送人了。正如吴平安所说，我是粗人，不懂得书法的。

又过几年，我跟妻子离婚。她从书橱里找出一个印有“平安建筑有限公司”的大信封，抽出纸来，展开，“如鼓琴瑟“四个大字映入我的眼帘，墨迹清新，仿佛就在昨天。妻子看着，颇为动情，说，这个得归我。我说好。看到这个信封，我就想起那个徽式四合院，想起在那里吃过地道的炒猪皮、炒油渣。

梅女士问我，吴平安送给我们的那幅字拿出来没？

我说，找了，没找到。

梅女士叹了口气，可惜呀，吴平安的大字已经涨到五千块一幅了。

事情一旦发生，常常会朝着人们预料之外的方向发展。

打野猪

王奎山

刘东插队的第五年，还没有调回城里。经过五年乡村生活的磨炼，刘东已经成了一个纯粹的农民。刘东做好了在农村生活一辈子的思想准备。刘东不仅天天出工挣工分，还像个农民一样在村北的河滩里开了一片荒地，种上了芋头和红薯。

夏天里的一个早晨，刘东到村北的小河滩去翻红薯秧。一清早，小河滩里很静，刘东甚至都能听得见自己的呼吸声。干着干着，刘东听到了一种异样的声音，那是猪的哼哼声。刘东抬眼朝附近一看，河对岸果真有一头黑猪在拱食谁家的红薯。这一带沿河两岸因为地势平坦，都被村子里的人开了荒，种上了庄稼。刘东也不知道那黑猪拱食的是谁家的红薯。当时红薯还没有开长，也就是手指头粗细，让猪拱食了实在是可惜。刘东已经是个地地道道的农民了，不但在生活习惯上，而且在思想感情深处，都和农民一模一样。纯粹是出于对庄稼的爱惜，刘东朝那头正在拱食红薯的黑猪吆喝了一声。刘东一吆喝，那黑猪不觉抬头朝刘东看了一眼。刘东一下子愣在了那里，那黑猪分明长了两颗白色的獠牙。哈，原来那黑猪不是家猪，是一头野猪。下乡以后，刘东是见过几回野猪的，但都是离远了看，如此近距离地和一头野猪面对面，这在刘东还是头一回。刘东明白，只要不正面去刺激野猪，一般情况下野猪是不会主动朝人发起攻击的。想到这里，刘东决定不去攻击野猪，而只是将它赶走。刘东隔着二三十米的距离，朝小河对岸的野猪连连吆喝起来。与此同时，刘东还舞动着手中的翻红薯秧子的木杆。野猪受了惊吓，顺着小河朝南跑去。慌乱中，野猪弄错了方向。野猪本来应该向北跑的。北边二里多地就是一座小山，山上树林密不透风，一百头野猪也藏得下。但是，那头野猪却昏了头朝南跑，南边半里地就是刘东所在的村子。

刘东本来只是想吓唬一下那头野猪，并不想怎么样它。一个赤手空拳的人能对一头成年的野猪造成什么样的威胁呢？但是，当刘东见那头野猪朝村子所在的方向跑去，不觉来了兴致，舞动着手中的木杆朝那头野猪追去。

等到离村子近一些的时候，一清早下地干活的人渐渐多了起来。大家听到刘东的吆喝声，都纷纷挥舞着手中干活的工具朝野猪包抄过来。野猪受到大家的惊吓，竟然昏头昏脑地顺着河滩的小路往前跑，跑到村子北头，一个上坡，就到了小学校那里。这时，包抄过来的人更加多了。这里有个风俗，遇到打野猪的事，凡参与者人人有份。在那个日子普遍比较清苦的年代，能够弄到一块野猪肉吃一吃，毕竟是件好事。

野猪见那么多人朝它包围过来，且人人手中都挥舞着“利器”，不免有些慌不择路，一头钻进小学校的院子里。大家自然紧追不舍，呼啦啦一下把小学校的大门围得水泄不通。有人机灵，把两辆架子车摞起来，把小学校的大门口堵了个严严实实。

野猪一看没了退路，更加狂躁不安，“咚”的一下朝一扇木门撞去，木门一下子扑倒在地上。野猪迅疾地钻进了屋里。大家还没有看清是怎么一回事，却见一男一女两个人赤条条地从屋里跑了出来。这其中，还夹杂着女人惊恐的哭叫声。直到这时，大家才看清，那男的，是小学校的校长陈鹏云；女的，是小学校的女老师徐凤兰。两个人赤条条从屋里跑出来不稀奇，稀奇的是这俩人不是两口子！这事当然有些尴尬可笑，但谁也没敢笑出声，反倒大声地喊着陈校长和徐老师往大门口这边过来。陈鹏云、徐凤兰也顾不上害羞，一起用手捂了私处往大门这边跑。两个人在大家的帮助下翻越了大门口的路障，早有人慷慨地脱下自己的衣服给两个人披在了身上。

至于那头野猪，当然被众人打死了。不但被众人打死了，而且按照规矩，凡参与者人人有份，陈鹏云和徐凤兰也都分到了一块野猪肉。不过，两个人实在是没心思吃呀。两个人的事情本来十分机密。只是时间长了，不免粗疏大意，偏巧那天清早起来迟了，就发生了那样的事。

在当时，这样的事是十分严重的道德事件。陈鹏云被免去了校长的职务，徐凤兰被调到了另外的学校。

作为打野猪这件事的始作俑者，刘东十分懊悔。陈鹏云、徐凤兰都是刘东的好朋友，经常借书给刘东看。但是事情一旦发生，常常会朝着人们预料之外的方向发展，这真是一件没有办法的事。

那一年，我幸好没打狂犬疫苗。

狗　毒

石　鸣

狗咬了我一口。

换句话讲，就是我被狗咬了一口。

这里有三个要素：狗、我、咬。我们单位看门的曹大爷那两岁还差一点的小胖孙子都知道这件事里有三个要素——狗、咬、我，但我的主任却只看见了两个。小胖子看见狗嘴黏在了我的腿肚子上，小手一拍屁股一撅就叫了一声：“狗咬叔叔啦！”叔叔就是我，我就是叔叔，小胖子的话主谓宾齐全，一个要素也不落地点明了事件的实质、肇事者、受害者。小胖子才一岁零九个月。一岁零九个月就明事理，以后一定是个人物。

但我的主任却只看出了两个要素：狗和咬。我被狗咬了，我要去打狂犬疫苗，我要请半天假。根据我以前学过的知识，这是个容易被人接受的三段式推理。但我的三段式碰上我的主任，就像一阵风碰到了墙，没一点效果。“不就是被狗咬了一口吗？就要请半天假？”我的主任说。轻描淡写。轻轻松松就将“我”这个要素省去了。

是啊，狗咬了肉骨头一口我是用不着请假的，狗咬了别人一口我也是用不着请假的。但现在狗咬的是“我”呀，狗牙里有狗毒，不是我请假谁请？所以我向主任强调：“主任，我，被狗咬了！”

“知道了，不就是狗咬了一口吗？这城里那么多人养狗，也没见出什么乱子嘛。”主任再次把“我”这个要素省去了。

科室几年，我知道主任早就把我忽略习惯了。想想也是，你不陪主任喝茶打麻将唱卡拉OK，你怎么能奢望主任不忽略你呢？算了，既然主任已经习惯了忽略“我”，那我就举个例子做个假设吧。比如，就假设是主任的麻友被狗咬了。麻友被狗咬了，狗嘴里有狂犬病毒，麻友就要去打狂犬病疫苗，要不以后三缺一怎么办？

所以我说：“如果是小谢被狗咬了，小谢也是要去打狂犬疫苗的。他也要请半天假。”

“我说小石啊，你费这么半天嘴皮子，原来就是想下午不上班啊？还拿出你文绉绉的腔调来！你下午有事，告诉我，难道我不会放你半天？你看你这拐弯抹角的，还把小谢扯进来。”

“孙主任，什么把我扯进来了？”说小谢小谢到，手上还拿着几页纸，又送什么来了？

“打狂犬疫苗。”主任说。

“狂犬疫苗？是防疫站下的指标吗？我这就去落实。”小谢说。

“是小石要打。他说他被狗咬了。”主任说。

“主任，刚才那么多人都看见我被狗咬了。哎，你问小谢，小谢刚才也看见了。”

“噢，我还以为你刚才逗狗玩呢。”小谢对我说。

“小谢，你怎么能这样说呢？你看见我被狗咬了的。”

“就算狗碰了你一下，就需要打疫苗吗？请假去打狂犬疫苗，你有没有搞错啊！现在城里的狗，龙子龙孙似的，哪有什么狂犬病毒？你早饭吃什么？午饭吃什么？晚饭吃什么？也就是早饭两个馒头午饭一碗面条晚饭一碗米饭一荤一素吧？你知道狗早饭吃什么？午饭吃什么？晚饭吃什么？都是喝牛奶吃牛排吃特制饼干长大的，以前的皇帝都没这样吃的，你说从哪里来狂犬病毒？还有啊，你被狗咬了，关孙主任什么事？你不知道孙主任工作有多忙？”小谢说，一口气为狗们树立了高贵纯洁的形象，好像他是狗的亲善大使，好像那些牛奶牛排特制饼干都是他亲口吃了似的。当然，他也许还真吃过——那肯定是孙主任喂的。他既然吃过，那他站在狗的立场讲话也就不足为奇了。

所以用不着理他。我看了他一眼，直接对主任说：

“是狗，就有狂犬病毒。不管它是什么狗，不管它住高楼还是平房，也不管它被有钱人还是没钱人养，只要它是狗，它就有狂犬病毒。它咬了人，人就该去打狂犬疫苗。我们单位没有疫苗，所以我要到医院去打。我要去医院，就要请半天假。”

“原来你就是想请半天假啊！你告诉孙主任，只要理由正当，孙主任什么时候没同意过？但你也要理解孙主任的难处嘛，一点小事就去请假，那工作谁来做？”小谢说。

“小谢，你怎么能这样说呢？主任，这不是小事，我真被狗咬了。连曹大爷的小孙子都知道我被狗咬了。”

“咦，你这话是什么意思？你说谁连曹大爷的小孙子都不如了？”小谢说。我看见主任的脸色一下就不好看了。

“主任，我不是说你……”我感到脑袋一阵发紧。

“孙主任，现在看来，他真是被狗咬了。您听他这话，八成是狗毒发作了吧！您离他远一点，别感染了。”小谢说。

这话把我气晕了。我讲道理就是狗毒发作？再说了，我就是狗毒发作了，责任在我吗？所以我对小谢说：“你怎么能这样说呢？再说了，我就算狗毒发作了，难道是我的责任？我被狗咬了，我早就该去打狂犬疫苗了，但我却在这里耗了一个多小时。”一想到这一个多小时，我就忍不住生气：“一个多小时啊，狂犬病毒足以弥漫到我的全身钻进我的血管进入我的心脏进入我的大脑毁掉我的青春毁掉我的生命，我要是出了问题这责任谁来负？”

“你别借毒发疯。你被狗咬了，难道要主任负责？”小谢对我说，然后又对主任说，“孙主任，您别听他瞎叫嚷。您宰相肚里能撑船，不和他计较。他这不是中了狂犬病毒吗？您知道的，狂犬病毒会让人发疯，估计他这就是狗毒发作，连说话都带毒。”

“小谢你他妈才疯了！你他妈说话才有毒呢！”我一气，对着小谢将主任的桌子拍响了。

“你吼什么？比声音大吗？我看你确实是狗毒发作了。不像话！”主任提高了音量，“简直是乱弹琴！办公室里你撒什么疯！快拉出去。”

门外进来几个人，一用力就将我拖了出去。小谢在一边喊：“小心，别让他咬了！”

我这天下午终究没去医院打成疫苗。我悲观地发现，虽然狗一咬我我就想到了要去打狂犬疫苗，但我终于还是没有去打成。虽然第二天去补了一针，但是有效果吗？况且小谢那毒，打针能消灭吗？我一心想老老实实过日子，何曾想到会被狗咬？不过现在担心回避都没用了。狗毒已经留下了，大家都知道我中了狗毒，就只能面对。当然，大家也要面对，主任也要面对。就像有些人说的，狗要咬人，狗急了要跳墙，狗不讲温良恭俭，狗毒在我身上一蔓延，我就体会到狗不会毕恭毕敬地对主任说：主任，我下午晚来几分钟行吗？狗对着主任就是一阵狂吠：我中午去商场看减价，要迟到一两个小时。

我感到身上的狗毒随时都有发作的冲动。

不要以为你一辈子就是穷人。

假如你长得像马云

张格娟

说起来也很奇怪，那是很平常的一天，我和墩子两个人赶着牛刚从山里回来，就有一大群人围住了我们。

墩子吓坏了，撒开腿就跑，他气喘吁吁地跑了一大阵子，才发觉后面根本没有人在意他。

墩子就又折回来了，因为他不可能丢下我一个人不管的，我们俩是好朋友。墩子的娘前几年出去打工再也没有回来，他和他爹两个人生活着，日子比我们家还艰难。

我被困在人群中，有好几个人拿着相机和摄像机，对着我拍摄。

有人说，像，真像，简直就是马云的翻版。

“太他妈像了，赶明儿问问马云去，这是不是他小子当年闯下的祸根呢？”

“这发出去，整个一网红呀！”

“你爸和马云是不是弟兄俩呢？”

“你是不是捡来的孩子？”

“你叫什么名字？你们家几个孩子？你父母是谁呀？”

七嘴八舌的议论，我的头都晕了，我站在人群围成的圈里面，茫然地看着他们的嘴，发蒙。

什么马云？马云是谁呢？网红是个啥呢？

“来，小朋友，看这里……对，对，就这样，看着我的镜头笑。”他们就这样指挥着我，让我笑，对准我不停地拍摄。

我笑了，笑得嘴唇都抽搐了，我依然在傻笑。

墩子以为，我们俩昨天打了一只野兔的事儿被这些人知道了。他从人群里钻了进来，拉起我就跑。我也瞬间反应过来了，跟着墩子拼命奔跑。

我们俩在前面跑，那些人跟在后面追赶着我们。

不幸的是，我被脚下的一块石头给绊倒了，打了一个趔趄，倒了下去。

墩子又返回来打算拽我起来，还没等到他拉我，我已经被人抓住了。

“小子，你们跑什么啊？”

“叔叔阿姨，求你们放过我俩，我俩把野兔给你们就是了。”关键时候，还是墩子急中生智。

“什么野兔，我们不要你们的野兔，我们只是想给他拍张照片。”一个穿着马甲、衣服上有六个兜的人，指着我说。

“为啥？”墩子疑惑了。

“因为他长得像马云。”

生在山里长在山里，每天只知道在山上放羊，别说网络，村里电视也没有几部，谁知道马云是天上的哪朵云呢！

“马云不是云，他是阿里巴巴集团的主要创始人，有好多好多的钱。”

我和墩子这才相视一笑。

原来是我跟这个人长得像啊？

其中有一个拿相机的阿姨，拿出手机让我看了一段视频，那个人在台上演讲。

还别说，长得还真有点儿像。

阿姨说，你只是跟他“撞脸”了，不要怕，我们不会伤害你，只是在帮你宣传，说不定你就火了。

说句实话，我这张脸，就没有人愿意跟我“撞”，只不过，那个叫马云的是个大人物，刚好是我“撞”了人家的脸。

这些人走后五六天，我们这个小山村就开始沸腾了。

一向只有自行车和小三轮车通过的小路，现在却车水马龙，各种各样的小汽车蜂拥而来。

大家都是来看我这张脸的，有人要跟我合影，有人要找我签名。

合影就合吧，过了几天，村长带着镇长上门了。他们带来了慰问品，有时令水果，还有五百块钱。

镇长还没走，县长就来了。他给我们镇长和村长说了，要修路，要把我们的小土路变成柏油马路。

没过多久，我们村就大变样儿，一条宽阔的柏油马路通向了村外。村里好多老人都说，没想到，这小子，又矮又瘦一小屁孩儿，长得跟猴似的，还有这么大作用呢。

县长决定，在我们村发展旅游，家家户户都办农家乐。

当然，我成了他们的重点保护对象，吃穿住行都由镇上专门派人来管。

我不能再放牛了，为此，墩子很失落。看着墩子一个人赶着牛去山上，我也想去，可他们不让。

有一天，市长来看我了，他问："你还有什么要求吗？"

市长看起来很和蔼，我说："我朋友墩子家很穷，你们能帮帮他吗？"

市长面露难色说："山里的穷孩子多着啊。"

后来，又来了一个拍电影的摄制组，说我们村可以作为外景拍摄地，要拍一个什么喜剧电影。总之，这一切都因为，我长得像马云。

他们拍的视频我看了，字幕是这样的：不要以为一切都是梦想，假如你长得像马云。不要以为你一辈子就是穷人，假如你长得像马云。

我眼里，你是全世界最美的女孩。

钟 情

周洁茹

大卫第一眼见到露西就爱上了她，一见钟情，如果这世间真有一见钟情的话。

也不是因为露西有多美，只是露西笑起来的时候，眉眼弯弯，嘴角都带着笑，像是前世里就见过似的。

自从接新生接到了露西，大卫再也没空替学妹们修电脑了，周末也不带学妹们去中国店买菜顺便看场电影了。大卫的心思全在露西的身上，大卫是真的想跟露西，大卫是认真的。

只是露西总是淡淡的，大卫的示好，都像是看不到。

大卫四处打听了一下，都说露西没有男朋友，国内的也没有。大卫便加快了追求的脚步。可是都得不到露西的回应，露西像是不认识他一样，明明接机的时候又是多看了他两眼的。他把她的行李送去宿舍的楼下，她也说了感谢的话，虽然她致谢的样子也很淡，“谢谢啊”三个字，在大卫听来，无疑是天籁。

镇上只有一间小杂货店，东西既贵又少，店主傲慢，中国学生几乎不去那儿。只有露西常去那家店买东西，露西不会开车，也没有人载她去中国店。露西不像其他的姑娘，一个电话，把男生们支使来支使去。露西总是在傍晚的时候，一个人去，再一个人走回来，抱着大纸袋，里面装着罐头或者芹菜。

一个陷入爱里的男生会为了爱情做什么？谁也不知道。上届有个师兄听说国内的女朋友变了心，走去厨房拎了一把菜刀就去搭飞机，然后被机场保安按在了地上。这个段子，每一届中国学生都当笑话来讲。

大卫不想成为笑话，从小就聪明透顶的大卫，小学到大学总是班长、学生会主席的大卫，竟然也为了一个新生女孩，每个傍晚都去小杂货店转悠，傻傻地，顾不上店主的眼白直直地白过来。

大卫终于等到露西，提出帮她拎纸袋，被拒绝。

然后是第二次，被拒绝。

然后是第三次。

露西我喜欢你。大卫说。

我不喜欢你。露西说。露西抱着她的纸袋，这次是一捆胡萝卜。

大卫说为什么？为什么不喜欢我？我这么喜欢你。大卫其实长得不错，大卫也从来没有失败过，无论是学业上还是情感上。

露西竟然笑了一下，眉眼弯弯，大卫整个人都乱了。

露西说，你喜欢我什么？

小杂货店的街旁，一棵树下，天色有些暗了，树叶的阴影印在露西的脸上，美丽极了的黄昏，又说不出来的伤感。

你为什么喜欢我？露西又说，你凭什么喜欢我？

就是喜欢。大卫说，第一眼，就是喜欢，全是喜欢。

露西说，我美吗？

美。大卫说，我眼里，你是全世界最美的女孩。

露西说，我聪明吗？

聪明。大卫说，我眼里，你是全世界最聪明的女孩。

露西又笑了一下，暖暖的水汽浮上了眼帘。露西说，小学五年级的时候，我近视了，可是我不知道近视是什么，我看不清楚黑板，也做不了功课，班长就说你好蠢，班长说你蠢，全班就说你蠢，我每天早上都害怕上学怕到呕吐。我戴上了眼镜，我是全班第一个也是唯一一个戴眼镜的，班长叫我四眼妹，全班就叫我四眼妹，我睡前都哭，因为梦里全是四眼妹的声音。家里人把我转去了另一所学校，我仍然自卑又绝望，我总是一个人，走路埋着头，我的整个少女时代，我都以为自己是全世界最丑最笨的女孩。

大卫望着露西，大卫的心都要碎了。

露西停顿了一下，说，第一眼见到你，我就认出来是你，我永远不会忘记你的脸的。班长，你还好吧？

办公室里的事情就这样，谁能没个这事那事的呢？

猜猜我是谁

韦如辉

张三看小说入了迷。

小说的情节很抓人，张三的一颗小心脏，被男主人公与女主人公的缠绵故事弄得波涛汹涌。

嘟嘟嘟，张三的手机响了。王五提醒张三接电话。张三看小说时，王五给他打着掩护，若是暗访的来了，王五会不失时机地咳嗽几声。办公室里的事情就这样，谁能没个这事那事的呢？关键的关键，大伙儿要互相照应。

一般的电话，张三懒得去接，特别是这个时候。打个什么电话呢，张三不耐烦地想。一看显示屏，是浙江某地的，张三更没有接听电话的兴趣了。他手指滑动，直接挂掉了。可是，那个电话很固执，一而再再而三地响个没完没了。

王五也烦了，他喝了一口茶，把茶杯掼到桌子上。

张三接了电话：你哪位？

对方没有回答自己是哪位，却反问张三，你是张三吗？

张三坐了起来，心想，他怎么知道我是张三？

张三回答，我是张三，你是哪位？

猜猜我是谁。对方没有正面回答张三，也没告诉他是谁，他让张三猜猜他是谁，是不是很有意思。

张三顿了顿，也就是想了想，他是谁？自己在浙江既无远亲，也无近邻，更没有同学同事，张三实在猜不出来。

张三尴尬地笑了两声，他不好说猜不出来，也不好说不知道。

对方说，哎呀，张三，你真健忘，连我都猜不出来，哎呀，你啊，真是！

张三的脸红了红。可是，他真的猜不出来他是哪位。

对方又连说了几个哎呀，才自报家门，我，刘大牙。

张三立马站了起来，在不大的办公室里踱着步：哎呀，你真是刘大牙？

对方说，一点不假，千真万确。

刘大牙就在张三的办公室楼下。

刘大牙从张三脑海的底层，泡沫一样地浮出了水面。

三十年前，张三跟刘大牙在同一个小学里读书。两个人关系不一般，曾经一块向女生厕所的粪坑里扔砖头。

也就是因为扔砖头，跑慢了的张三被一群同学堵住了。他们说，他妈的，坏不能坏成这样！旁边有两个眼泪没干的女生，指使着男生说，干掉他！眼看张三就要被他们干掉，刘大牙跑回来了，跟那个领头的扭打在一起。

张三跟刘大牙自然吃了亏。而刘大牙不服输，他张开大嘴，将自己的那两颗大门牙，狠狠地嵌到了那个男生的肩膀里。

学校开除了刘大牙，张三也受到了警告处分。

此后，刘大牙就从张三的世界里消失了，而且一消失就是三十年。

张三对刘大牙永远不会忘记，他只是把他埋在记忆的深处。

两个人在小酒馆里，喝得东倒西歪。

张三才知道刘大牙去了南方，如今已腰缠万贯。可不是吗，刘大牙的宝马车，在张三的眼里闪来闪去。

在小城待了两天，两个人把沾点文化气息的地点逛了个遍，刘大牙才依依不舍地回去了。

两个人加了微信，热烈拥抱，发誓从今往后，苟富贵，无相忘。

一晃半年过去了，树叶子开始一年一度地飘落，准备着来年的重生。

张三在办公室里看小说，两个警察进来了，问，谁叫张三？

张三吓了一跳，他赶紧站起来，两条腿还在微微发抖。

王五的目光转向张三。张三回答，我是张三。

张三被带到一个单独的房间。两个警察一个问，一个记。

你跟刘大牙什么关系？

张三回答，小学同学。

你知道他是干什么的吗？

张三回答，不知道。

你跟他有业务往来吗？

张三回答，没有。

张三并不很清楚刘大牙的情况，他只有回答不知道或者没有。

送走警察，张三打刘大牙的手机，关机。发微信，不回。一个月、两个月、三个月过去了，张三没有一点儿关于刘大牙的消息。张三把刘大牙的微信和号码全部删除了。

有一天，张三在厨房里忙活，刘春花喊张三，过来，快过来，这个人不是你的同学刘大牙吗？之前，张三没少在刘春花跟前炫耀刘大牙。

电视里正在播放一条新闻，播报员播报说，我市招商引资工作取得重大突破，一个超十亿元的项目，即将破土动工。

刘大牙在镜头里春风得意，旁边一大堆人簇拥左右。其中一个人张三认识，他不是经常做报告的重要领导吗？张三挠着头皮想。

张三的头蒙了，这个刘大牙到底是谁？

锅里的面条煳了，一股难闻的气味窜到客厅里。

张三跑过去，嘴里哎呀一声，心里说，坏了。

第三辑

当我们谈论爱情时

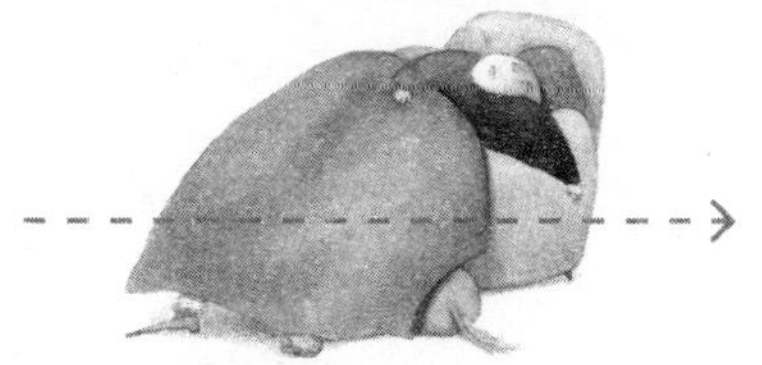

这个世界上真的有一种东西叫作前男友的。

再　见

周洁茹

他说你怎么只听陈绮贞呀。

她说因为她的每一首歌都会转弯啊。

他说《千与千寻》为什么要看十遍呀。

她说每一次看都不同啊。

他不再问那些蠢问题了。

她也不用再答蠢问题。

已经是三年前的往事，她去了台北，他成为前男友。这个世界上真的有一种东西叫作前男友的。

她记不分明九份的咖啡店，海岸线，望山的民宿，只有那些台阶，走都走不完的台阶。

也真的找不到千寻走过的那些街，《千与千寻》都看了十遍的，后来又看了十遍。

很多没有面孔的人停在半山拍照，一张又一张，好像无数张牙舞爪的无脸怪。她只觉得蠢。

那些夜深下来更红的灯笼，转角的茶店，到底只是一部悲情城市，与千寻又有什么关系。

能够看二十遍动画片的过去，也真的回不去了。寻找自己名字的故事，并不低过一个时代的故事；一个人的故事，也是一个时代的故事。只是回不去了。

她去十分放了天灯，回台北的路上，她吐了。路太崎岖。

她以为过不去的思念，到底也过去了。不过三年。

她想着要回来，她也没有觉得自己是要一直留在台北的，忠孝东路的人群，滚热的太阳。台北不是家。

她回来了。她想过再见面的时候她会问他，你爱过我吗。他会问她，那么你爱过我吗。她没有问，他就没有问。只是一个拥抱，柔软又亲切的拥抱。

她说还好，你一直在。

他笑笑。

他说我下个月就走啦，我要结婚了。

她看着他。

她说，哦。

她从未说过分手，可是他们是分了手的吧。她曾经跟新的朋友们提起他，用的是前男友这个词。

谁都没有讲出口的分手。他们仍然会通电话，她在电话里拜托他一些琐碎的家事，她不需要说出来除了他她没有别的人可以托付。可是，如果她的离开也算是一种分手。

她说哦。

她说那你爸妈呢。

他说我不会去那么远啦，像你那样，周末我们还是会开车回来。他的眼睛也是笑着的，他说，你呀，太远啦。

她突然觉得，刚才的那个拥抱，他是胖了。

她突然觉得，他的离开，是永远的。

她想起来她的一个新朋友约她在傍晚饮一杯酒，她的朋友说爱过又隔了多年再见面的男女，没有一个爱字的对话，只是一句，你爸妈身体还好吗。原来这才是爱，他妈的真爱。她的朋友要了一杯不加水的烧酒，那一杯酒过后，她的朋友痛哭起来。

在朋友痛哭的时候，她望向玻璃窗外，烧起来的红云，明天一定会很热。

她说还以为你会一直在。

她说想不到你走。

她说我不知道说什么好了。

他看着她。

他说我怕我爸妈孤单，给他们养了一只狗，也想给你爸妈送一只过去，他们说不要。

他说就给你爸下载了一堆歌，也不知道他满不满意。

她说谢谢。

前男友做成这个样子，不知道是太成功还是太失败。

可是他要离开了。

她后来又去了香港，这一次不知道是三年还是十年。

他结了婚，有时候回去，和父母吃一顿饭，和她的父母吃一顿饭，或者和父母们一起吃顿饭。他拍菜的照片发给她，她回复他一个微笑。

她从来没有见过他的妻子，他的父母一直不接纳那位妻子，他说他又能怎么办呢，他的妻子又没有过错。

他说这样的话，她又觉得是负担。很深的厌倦。

有的前夫还是家人，有的前男友倒也能够成为家人的。

她约会了几个人，有一个人很打动她，他说每一个人都有一条自己的河，每一条河都拥有一个能够记住他名字的人。这个人后来不见了。

她后来想起来他能够打动她，还是他说过的记住名字的河川。

千寻年幼的时候掉在河里，河神赈早见琥珀主救了她，后来在神隐之地，他又救了她。千寻当然也回报给他，救来救去，血还有眼泪。他们说是爱情，她不这么觉得，当然也不是友情。这世界上的情那么多种，分不清楚。

千寻说我们还会再见面吗，他说一定会的。

夏天，她去了吉卜力工作室在香港的手稿展，她才知道，人物和景物是分开来画的，就像拍一场真正的电影。

太多排队的人，她才知道，宫崎骏还有小王子对香港人来说是这么重要。

展场的角落，很多人画自己的小画贴在墙上。她画了一只煤炭鬼，孤独的煤炭鬼，望着天，大眼睛。她踮起脚，把那只煤炭鬼贴得很高。

展览结束的前一天，她又去看了第二遍。她几乎忘了她画过的小画，夏天终于过去了，她的生活没有改变，她想着要离开。香港不是家。

墙上已经贴了好几层画，密密麻麻，她的画仍然很清楚地贴在最上面，只是旁边，多了一张陌生人的画，眼睛更大的另一只煤炭鬼，很细致的绒毛。这只煤炭鬼靠着她的煤炭鬼，细细的环绕的手臂，像是一个拥抱。

于是，她想起来，她欠他一个正式的说出来的，再见。

你的爱情里有个BUG。

伤心水煮鱼

周洁茹

1. 吕贝卡

如果不做爱，我们就没有了爱的基础。吕贝卡说。

我看了她一眼。端来伤心酸辣粉的阿姨也看了她一眼。

他的原话。吕贝卡说。

伤心吗？我说。

为什么要伤心？吕贝卡说。

那你是做还是不做呢？我说。

我不知道啊。吕贝卡说。

我把堆在酸辣粉上面的那团疑似肉碎混合葱姜蒜拨出去。

你不吃肉就不要叫酸辣粉嘛。吕贝卡说。

我说我是不吃肉，但是我吃辣啊。

吕贝卡看着我，葱也是肉吗？

是。我坚定地说。

那你做还是不做呢？吕贝卡说。

我继续拨那团东西。

那你到底是做还是不做呢？吕贝卡坚定地问。

关我什么事。我说，我又不是男的。

2. 葛蕾丝

在伺候老板和伺候老公中间选一个。葛蕾丝说，你选哪个？

老板。我说。

葛蕾丝说，你有病啊，你可以不伺候老板也不伺候老公的嘛。

我迟疑了一下，说，那，我自己做老板？

你行吗？葛蕾丝说。

不行。我说。

那你豪气个啥？葛蕾丝说。

老公？我说。

你行吗？葛蕾丝说。

老板老公我都不伺候了行了吧。我说，我下辈子不做女人了。

我下辈子不做人了。我又说。

先把这辈子过了再说吧。葛蕾丝说，下辈子你还能做人？想得美吧。

3. 吕贝卡与葛蕾丝

明天晚上去吃素好不好？吕贝卡发了一条微信到我们的群，明天十五。

我说，好。

葛蕾丝的回复下午才来，而且是语音的。好啊好啊好啊，她是这么说的。宁愿说三遍好啊也不打一个字。能不打字她就不打字。

吕贝卡跟我投诉过葛蕾丝，最危难的时候，她想要找她倾诉，葛蕾丝说她没空。“没空”这两个字都是用的语音。

老板不在，我得留公司加班。葛蕾丝又补了一句，要出不来，别等我。

我老板要是不在。我说，我肯定天天往外面跑啊。

还是吕贝卡好过。葛蕾丝说，太太们的日子都好过的。

吕贝卡叫起来，你们来试试！

葛蕾丝果然没出现，连个微信也没有。

吕贝卡点了个海带。

海带可能是动物。我说，我不吃。

海带是植物。吕贝卡坚持，要不素菜馆里也不会有。

反正我不吃。我说。

那你黄油也不要吃。吕贝卡说。

为什么？我说，黄油是牛奶。

我怎么一直以为黄油是牛的油。吕贝卡说。

你去网上查查好不好。我说，在家里呆呆呆傻了吗？你还是学生物的。

你以为都像你跟葛蕾丝？吕贝卡说，在家里呆呆呆了十年还找得到工作？

职场拼杀也残酷的。我只好说，葛蕾丝肯定又在加班。

吕贝卡哼了一声。

真是忍看朋辈成主管啊。我笑着说。

一年就升主管。吕贝卡也笑着说，你会不会觉得她被潜了？

我不想笑了。我说我不觉得。

4. 老公

很多时候性骚扰就是一种对女性的驱逐机制。葛蕾丝说。

很多时候驱逐来自同性。我说。

葛蕾丝笑笑。

职场拼杀也残酷的。我说。

宁愿被杀也不要回去被老公杀。葛蕾丝说。

有那么夸张吗？我说，宁愿看老板的脸色也不要看老公的脸色，最多只能这么说。

宁愿被老板杀也不要被老公杀。葛蕾丝坚定地说。

好吧。我说。

5. 十万

最理想的生活状态是什么？

有每个月给十万家用而且从不出现的老公？我说。

是上班！吕贝卡说。

上班忙了就没有空婚外情了。我说。

吕贝卡白了我一眼。

要是我还能上班，吕贝卡说，我宁愿不要这每个月的十万。

我能跟你换吗？我说。

6. 老板

你被潜了吗，葛蕾丝？我说，你喝多了我不喝，所以我也只是问一句，你别介意。

葛蕾丝笑笑。

原谅我。我说，就不应该说出口的话，我也是昏了。

我付出了什么代价你知道吗？葛蕾丝说。

我知道。我说，那谁说的，我们没有被潜，但是我们必须为不被潜付出代价。

我们没有被性骚扰，但是我们必须为不被性骚扰付出代价，那谁是这么说的。葛蕾丝说，潜和性骚扰不同的。

那么你是被潜了还是被性骚扰了呢？我说，当然这个问题跟你升职无关。

听过那个笑话吧。葛蕾丝说，一个关于送礼的笑话。

没。我说，现在还有送礼的？违法的好不好。

有个女的去办事。葛蕾丝说，她就准备了两张卡，一张金额不算大的超市卡，一张贵重的银行卡。她是这么想的，如果对方态度热情，有希望，就把银行卡留下，如果对方冷淡，放下购物卡走人，也算体面。对方很热情啊，喝茶聊天什么的。她觉得机会很好，留下银行卡，对方也收下了。回到酒店一翻包包，完了，送错卡了，银行卡还在包里，冷汗都出来了，再翻，超市卡也还在。此时，房门外传来了刷卡的声音……

我看着葛蕾丝。

葛蕾丝大笑起来。

我说葛蕾丝你这么会演你去写小说啊。

这个故事还是我的老板当笑话说给我听的。葛蕾丝说。

你的老板会给你说笑话吗？我说，我的老板简直把我当个笑话。

同事聚餐啊。葛蕾丝说，老板讲笑话，大家是笑，还是不笑呢？

不笑。我说，没听懂。懂了也装不懂。

所以你老板当你是笑话啊。葛蕾丝说，你要笑，大笑，而且要笑得比谁都要大声。

所以你升职了？我说。

7. 伤心水煮鱼

如果不做爱，我们就没有了爱的基础。吕贝卡说。

吃水煮鱼吧。葛蕾丝说，我不要吃酸辣粉。

我要个豆腐。我说。

不做就不做好了。葛蕾丝说，还威胁啊。

换人好了。我说，男人多得是。

不做的男人多得是吗？吕贝卡说。

那就做好了。葛蕾丝说。

太罪恶了。吕贝卡说。

起心动念就是罪。我说。

端来水煮鱼的阿姨看了我们一眼。

为什么不叫伤心水煮鱼呢？我说，听起来比伤心酸辣粉伤心多了。

有什么好伤心的。葛蕾丝说，有老公养，有用人服侍，不用工作，大把钱，大把时间，天天睡到大中午……

葛蕾丝，你上次讲的笑话有个 BUG。我说。

我从来不讲笑话。葛蕾丝说，你看我像是有空讲笑话的人吗？

如果那个女的留下了房卡，她自己是怎么回到房间的？我说。

葛蕾丝沉默。

吕贝卡把水煮鱼往桌子中间推了一下。

什么叫不工作老公养，我每天都是一大早就起床的，而且太太们也都是有追求的好不好？吕贝卡生气地说。

什么追求？我说，整天打牌，八卦，浪费空气，浪费食米，消耗地球资源，也不知道活着干吗。

你别忘了你也曾经是太太团的。吕贝卡说，你做太太的时间也不短。

可是我不是了啊。我说，我早就被赶出来了。

你们以为我们无能？吕贝卡说，崔西，还记得崔西吧，每天都写作的！她写了多少作品你知道吗？

我又不写作。我说。

还有凯西，摄影水平不知道多高呢。吕贝卡都有点结巴了，她一直一直一直在拍照！她拍的照可是最好的！

葛蕾丝大笑起来。自我感觉都这么好，写作啊？摄影啊？出来啊，一秒就滚。

一团碧池[①]。我说，都不知道外面的世界多大。

她们又不用出来的。葛蕾丝说。

我都不认识你了。吕贝卡说。

你从来就不认识我。我说，你也从来没有认识过葛蕾丝。你们不无能，你们只是会同我们讲，没有米吃快要饿死了，怎么不去吃肉呢？

吕贝卡站起来往外面走，水煮鱼一口还没吃。

葛蕾丝若无其事地举起了筷子。

---

① 碧池，英语 bitch（婊子、贱人）的音译。

这样的爱，超过一次就太多了。

广州爱

周洁茹

她第一次去广州的时候，广州的地铁还很新。他带她看地铁站，他带她看黄昏的市民广场，年轻小夫妇牵着孩子，他说这可真幸福。于是，她以为幸福就是这样。

她小学的时候有过一个广州的笔友，她的笔友寄给她丝做的手环，还有一张照片，那是冬天，她的笔友穿着裙子，背景是很多很多花。

她们的通信一直延续到二十岁，在广州见面。她的笔友和照片里一样，可是和她十几年的想象不一样。从小学到大学，她的笔友经历过的爱恨情仇，都仔细地讲给她听，她是她千里之外的姐妹。可是面对着面，她的笔友从来没有这么陌生过。

她说你的彼得呢？你要跟他去香港的。

她的笔友说她不记得她讲过什么彼得了。

她说这十几年的信我都保存着，连信封都好好的，每一封信我都是好好地读的。我又是这么盼着你的信，日日等着邮差来。

你的信叫我活下去。她说。

她的笔友笑了一下。

她说等下要去买点青菜，如果旁边有什么街市的话。

她的笔友说你要来广州结婚吗？

她说我不会结婚的。她停了一下，她说我说过的结婚可能不是真的。

她的笔友说好吧，你去买菜吧。

她们互相拥抱，说再见。

她没有去买青菜，他买了青菜又炒了青菜。炎热夏天，他的背上全是汗。

她喝到的第一口凉茶，在广州，甘蔗水的颜色，盛在高脚杯里。他们说不是甘蔗是雪梨，川贝雪梨。

他带她去见朋友，只有一次，于是她到底是他的爱人，一次。无论后来发生什么，他仍然是那个站在广州街头的电话亭打电话打到一分钱都没有了的爱过她的人。

这样的爱，超过一次就太多了。

她在鸿福堂买了好几年川贝雪梨海底椰，有一天店员说你要试试苹果雪梨吗？她说好喝吗？店员说好喝呀。她说还是川贝雪梨海底椰吧，热的。

这就是她与广州全部的牵绊。

她与深圳的联系还多一些。

她小学的时候有过一个同桌，长得很好。她的同桌说她将来一定要有一个像她家那样的浴缸。有一天同桌拿了美院姐姐的小塑像跟她交换自动铅笔，同桌说喜欢所有的好东西，心里想要就一直想要。同桌第二天就后悔，要她还塑像给她，同学们都叫她还给她，她发现换回来的自动铅笔已经坏了，但是说不出来。

她回家过春节的时候接到了同桌的电话，同桌说你家的电话号码二十年都不变的啊？同桌说你们冬天冷吧？同桌说她现在在深圳了，深圳不冷。同桌说老公是香港人，有钱，又爱她；又爱她，又有钱。

她后来坐在深圳，一个人吃饭的时候，总疑心一抬头就见到她，即使隔了二十年，她都不会忘记她的脸，可是她再也没有见过她，深圳这么大。

深圳是他们说的，实现梦想的地方。不是广州。广州端庄，骨架大，风情万种，深圳就是一个放大了的深圳机场，富丽堂皇，吓死所有的密集恐惧症患者。

会说广州话的男人，她只认得一个，面目模糊了，只记得他高大，张牙舞爪的女人都围绕着他，于是他看女人们都没有表情。天全黑了，她远远地望见他同一个女人走在海边。她睡了一觉醒来，他们还在海滩上说话。他们都说些什么呢？她一直放不下地想知道。

她想那就是广州男人的样子。

后来她在香港又遇见一个会说广州话的男人，香港人人说广州话，可是她只认得他一个。

她说完一句话，他要想一想才能答，他说的话，她多数听不懂，她只是看着他的眼睛，诚实的好眼睛。

《深夜食堂》里片桐把戒指藏在神龛八年，全都交托给神明。若是错过，只好错过。神又安排他再见爱人，她已为人妻，活得庸常。他说一起离开，重新生活。雪落下来，她脱了围裙开了门，他等在门外，戒指和机票。

老板说，你的人生不是只有你自己。

她已站在门外，说，我的人生就是我的。

若是只到这里，相爱的男女，就能在一起。

可是没能只到这里，丈夫和小孩替她庆贺生日，又老了一岁，她就关了门。她的人生果真不是只有她自己。

片桐慢慢地走过食堂，薄雪的地，窄巷，两级石阶，孤独地走掉。红色围巾白色和服，那双木屐，伤感到死。

算命师傅说，因为前世伤害他人，现世就会为了追寻自己的心而漂泊。

她只认得一个香港男人，他的长相，就是这么一个确切的片桐。

那些自己炒的青菜很好吃，那些他给过的幸福。

她离开广州的时候，在一家小店吃煲仔饭，好吃的煲仔饭，吃到吃不下，他说为什么还要吃。因为她的眼睛里全是眼泪。

有的男人因为女人的低抛弃她。可是抛弃也是相互的，耀眼过的女人，怎么会低得下去。

她发现他有左右逢源的根，就放了手。他以后的风生水起，都与她没有关系了。

她没有再去广州，香港这么近，她都没有再去过。

白云山的尽头不过是一根水泥柱，绑满了锁，锁情锁爱，日晒雨淋，锁全锈了。

这是一个可以倒过来阅读的故事。

没有那么爱，有那么傻也行

秦　俑

1

第一次约会，是16岁那年的情人节。

他约她看电影。他知道，这部电影里有她的偶像。

第一次离她那么近，恍若能闻到她发梢的味道。第一次拉她的手，心怦怦乱跳，手心里全是汗。

一场近三个小时的电影，好像一会儿都演完了。

从电影院出来，她问他，好看吗？

嗯……他不知该怎么回答。从走进电影院开始，他的脑子里就是一片空白。

广场上，一个卖花的男孩走过来。

哥哥，给姐姐买朵花吧，便宜卖了，一朵十块。

他站在那里，脸一下子红到耳根。她也有些尴尬，拉着他就走开了。

一路上都没说话，直到送她到小区门口，他才红着脸说，我很想送你一朵花，但我的零花钱，都买了电影票。

2

23岁那年的情人节，他决定要做些什么。

他约她吃饭，吃完饭又陪她看电影，看完电影又请她吃甜点。

时间一点一点地过去。他终于低着头说，今晚，我们睡外边吧？

她倒是落落大方，好啊。

他心里的小雀儿要欢呼了。拉着她的手，从春熙路走到总府路，从人民路走到大业路，然后又从锦兴路、新光华街一直走到文翁路、武侯祠大街。

好像这辈子从没走过这么长的路。

还是没有找到有房的宾馆。

要不，你送我回宿舍吧。她看到他的脸上写满了无奈与失落。

求了半天，宿管大妈才骂骂咧咧地来开门。

他是个害羞的男孩。走了那么一路，他都只是拉了拉她的手。

那一会，在骂骂咧咧的宿管大妈面前，他突然抱住她，然后大声地说，王晓沐，我喜欢你。

3

那年的情人节，正好是农历的大年初一，他俩在巴黎度蜜月。

但是，一点儿也不幸福，一点儿也不浪漫。

那天去逛老佛爷百货，兴奋地买了一堆有用没用的东西，回到宾馆，发现护照丢了。

早知道她的性格大大咧咧，怎么就让她来保管护照呢？

大半夜的时候，他们顺着回来的路，一路找回老佛爷，连地铁站的垃圾桶都没有放过，奇迹并没有发生。

重新回到宾馆，他翻来覆去，一夜无眠。她倒是好，一沾床就打起了呼噜。

第二天，她跟着他去警察局报案，去大使馆补办证件。

耽搁了两天时间，而且是临时护照，接下来的旅程也要受到影响了。

对这件事情，他一直耿耿于怀。

后来有一次，他终于问她，丢护照这么大的事情，你怎么能做到好像没事儿一样？

她回答说，因为有你啊。

一句话，就让他的心里坦然了。

4

他 32 岁娶了她。两年后，有了孩子。有了孩子后，六一儿童节就比情人节要重要得多了。

也是，你还奢求一个 42 岁的职场男能有多浪漫？

那个情人节的下午，闺蜜给她打电话，有件事不知道该讲不该讲？

你讲呗。

我遇到了你家那位，他和别的女人在开房。

闺蜜说得有板有眼，连宾馆和房号都说出来了。

她不信，一大早他就上班去了。

犹豫了一下，她假装客户给他公司打电话。是助理接的电话，张总不在，您明天再与他约。

她的心一下乱了。连打他手机的勇气都没了。

也许他回家了。她找了个借口回到家。

他不在，保姆已经将孩子接回家了。

看着活蹦乱跳的孩子，她的心里泛起一阵阵寒意。

寻思良久，她给他发了一条微信：今天过节，知道你工作很忙，忙完记得早点回家。

微信很快就回过来了：你真傻，结婚十年的情人节，本来想给你点惊喜，快来宾馆找我吧。

她的眼泪，这才一崩就出来了。

5

她 74 岁，胰腺癌晚期。不想去医院受罪了，他就在家里陪着她。

那天她话特别多。她说到了小时候的事。她讲有一次，她想吃冰淇淋，他去给她买，跑了好远的路才买到，等他将冰淇淋带回来，都化得差不多了。

他说，都翻篇了，还想这些事情干吗？有什么想吃的东西，有什么想去的地儿，都说出来，我陪你去。

今天是情人节吧？她突然问。

是的，外面很热闹，要不我陪你出去逛逛。

不逛了，老头子，有三十年没送过我花了，你去给我买一束花吧。

花有什么用？我还是在家陪着你吧。

去吧，去吧，我就要一束花。

他下楼了，那天也是奇怪，他走过一条街，又走过一条街，没看到花店，连卖花的也没有遇到。

不知怎的，他有些心慌。

终于找到了一个小花屋，他想了想，要了九朵玫瑰。

插花的女孩一直在笑着看他。

捧着花，他走过一条街，又走过一条街，急慌慌地往家赶。

他打开家门，拿着钥匙的手直颤抖。

她安静地躺在床上，似乎睡着了。

花买回来了，他轻唤着她的名字，眼泪都快出来了。

她懒懒地睁开眼睛，看着他手里的花，笑了。

她说：你这是怎么了？我还没死呢。我要努力陪着你，多陪一天是一天。

一个合格的前任，就应该像是死了一样。

写情诗的男孩、星巴克男孩和像死了一样的男孩

秦 俑

写情诗的男孩

暗恋是会生根的。

他的暗恋，全长在诗歌里。

他每天都写诗。整整一年，他写了三百多首诗。

每一首，每一行，每一个字，都是他对她美好的幻想。

这些诗写在本子上，写在博客上，写在校刊上。很多人都知道，在中文系，有这么一个写情诗的男孩。

她似乎蒙在鼓里，毫不知情，她始终只是他生命中那个渐渐远去的模糊的身影。而他也终于没有勇气，将这份爱公之于众。

后来出现了另一个她。

第一次，有女孩主动邀他看电影，去夜色朦胧的江边散步。而且，这个女孩还红着脸说，都说学长你有才华，我觉得学长你长得也很好看啊。

就是这样，好像只有经历过无望的爱恋，才真正懂得珍惜触手可及的缘分。

他们走到了一起。谈婚论嫁，生儿育女，只是时间的问题吧。

但他还是忍不住，偶尔去翻翻那些长满了诗歌的日记本。

那一天，他决定要将几大本诗歌与她分享。他讲他的第一次心动，那些冷的热的、甜的酸的，暗恋的日子。

她笑着说，其实我都知道啊。

你知道什么？

我知道你这些诗都是写给我的啊……其实，学姐早就告诉我这个秘密了。那个叫穗子的学姐，你还记得她吗？

他又怎么忘得掉这个名字。

那个他曾经暗恋的她，那个叫穗子的女孩。

星巴克男孩

在星巴克，她又遇见了他。她的前任男友，准确地说，是前前前任。

有两三年没见了吧，他还是瘦高瘦高的，脸还是那么好看，在吧台里认真地忙碌着，连背影都是那么熟悉。

现任就坐在边上，正为咖啡里加糖太多可能会让肚子变大而埋怨。

她记得前任也不懂咖啡的，不喜欢喝，甚至有点儿讨厌。

她也说不上有多喜欢吧，就是想凑个热闹，排个队，拍个照，发个朋友圈，然后自己给自己点个赞。这么多年，好像一直就是这么过来的。

他是不是也看到了她？她心里想，要不要过去跟他打一声招呼？或许可以问问他，你不是不喜欢咖啡吗，怎么来星巴克工作了？

他应该还记得她。毕竟他们在一起两年多。他也许会很惊讶，因为她和他分手就去了另一个城市。他也许已经有了新女友。他也许会说，哦。

她有些走神，全然没注意现任因为咖啡加糖太多，去吧台找前任说事。他的嗓门那么大，好像全星巴克的顾客都能听到似的。他说："你们的咖啡也太甜了吧！星巴克的糖都不要钱吗？"

她迅速逃出了星巴克，桌子上的咖啡还冒着热气，连照片都没顾上拍。

只有不懂咖啡的人，才害怕咖啡是苦的吧。

像死了一样的男孩

说分就分，她开始着手从生活中清除与他有关的一切。

先是各种联系方式：微信、微博、QQ、手机号码、电子邮箱……能删除就删除，能拉黑就拉黑，甚至连曾经的共同好友，也都删了个遍。

然后是家里的大扫除，他用过的水杯、盖过的被子、看过的书、趿过的拖鞋、看了一半的 DVD……恨不得将与他亲热过的自己，也一并垃圾桶里见。

她说，一个合格的前任，就应该像是死了一样。

但他不这么想，他还是会不经意地在她的生活里横冲直撞。

有时是一张明信片，有时是一个陌生电话，有时是一个新的好友关注，有时他出现在朋友与她的谈话中……一切细节都在显示，他还在关心着她，通过朋友的朋友的朋友，通过一切可能的方式，就好像他从来没有离开过。

这让她心生厌恶，更加处心积虑地防着他。而她的防备，又反过来让他更加变本加厉地想要窥探她。

他就像她的影子，只要有光，就会投射到她的墙壁上。

直到半年后，她和他相遇在地铁站。

这是一场没有预谋的相见。她看到了他，他应该也看到了她。她想躲开他，但无处可躲。他正面走了过来。两个人擦肩而过，就好像从来都没有认识过。

这个时候，她才知道，在他的世界里，她其实也早已经死过了。

风吹过来，你的消息，这就是我心里的歌。

喊我的名字

非　鱼

这是一个听来的故事。

暂且叫我的朋友C吧，他说：给你说个好玩的事。

故事的主人公是柴金宝和柳眉秀，他们都是六十多岁的老人了。当然，从他们的外表和精神状态上看，完全不能归到老人的行列。对了，他们都是单身，原因各不相同，无非是丧偶或离异。C没有说得很明确，这不重要。

有一天，有人对柴金宝说：给你介绍个老伴儿吧。

他的第一反应竟然是：叫什么？

小城太小了，在他这个年龄段里，符合他机关退休干部身份的，几乎都是熟人，或者说拐一两个弯，就是熟人。

对方说：柳眉秀。

柴金宝六十多岁的心脏猛地跳了几下：我认识。

可他真的认识吗？不。他没有她的电话、微信，甚至，连她如今的模样都不知道。

在中间人的安排下，柴金宝和柳眉秀终于坐到了一张桌子上，面对面，喝茶。

柴金宝似乎很紧张，端茶杯的手有点哆嗦。她问他：不舒服吗？他说：没有没有。除了血压有点高，我身体很健康，年前刚体检过。他这话说得很像年轻人急赤白脸的告白：我有车有房。他一直盯着她看，柳眉秀，你就是这个样子，应该是这个样子。

她有点不好意思：要不，我先说一下我的情况吧。

他说：我知道。

我有个儿子，结婚了，孙女上幼儿园了。

我知道。

我退休七年了，平时在老年大学学绘画。

我知道，你还练书法。

柳眉秀愣了。当他在前面说我知道的时候，她理解为他的口头禅，或者只是客气的应答，当他第三次说我知道，并说她还练书法的时候，她才明白，关于她的情况，他是真的知道，且如此具体。他在来之前打听得这么详细吗？

柳眉秀的脸上稍显不悦，觉得他这样做很不礼貌，两个还没有见面的人，有必要做这么多准备工作吗？此人心思太过缜密了。

她起身想走，柴金宝才发现自己太过鲁莽，心急了。他忙喊她：先坐一下，听我给你解释。

于是，柴金宝又讲了一个略显离奇的故事。当然，故事的主人公还是他们两个，只是那时候他们都还年轻，二十多岁。

那时候，他们刚大学毕业不久，同事说要给柴金宝介绍对象，他欣然答应，骑着一辆破旧的自行车，去那个大柿子树下等介绍人和姑娘。同事临时有事，委托她妹妹代替她领着姑娘来了，三个人碰了头，同事的妹妹先走了，马大哈的她甚至都忘了告诉他们俩，对方叫什么。小城在那个时候更小，几乎没有可以压马路的地方，没走几步就是麦田、深沟、树林，他们以柿子树为圆心，来来回回走了好几圈。他喜欢上了这个姑娘，一见钟情，他能感觉出，她对他也抱有好感。

第二天，当他去问同事姑娘叫什么名字的时候，才发现，同事已经出差走了，时间还挺长。年轻的柴金宝坐立不安，焦急地等待着同事回来。那时候都没有电话，他们俩分别时彼此什么都没留。等到第五天，同事依然没回来，他按捺不住，直接去那个姑娘单位找她。站在她单位门口一棵树的后面，眼看着那栋小楼里走出一个又一个人，但都不是她。他想问，却又不知道她叫什么名字。

柴金宝又去等过一次，依然没有看到她。直到同事回来，他着急忙慌地问同事，她叫什么，如何联系。同事才想起来，还有这么一档姻缘事。同事说：她叫柳眉秀。他忙托同事帮忙联系，说明他的态度。

晚了。柳眉秀等不到柴金宝这头的回信，以为他不同意，当另外有人给她介绍了一个男孩时，她赌气似的答应了，而且已经见了两面。

就这样，他们错过了四十年。但柳眉秀这个名字，这个人，却住进了柴金宝的心里，他总是在有意无意间搜索她的消息。她结婚了，生孩子了，提拔当科长了，当副局长了，提前退休了，儿子结婚了，上老年大学了，爱人生病去世了……他始终没有去找过她，尽管这很简单。

实在是太离奇了，柳眉秀一直微微摇着头，她对此一无所知。只记得有一个跟她见过一面不了了之的男孩，他们俩明明很聊得来，却没有了下文，她甚至连他的名字都不知道。

柴金宝，我叫金宝。这回记住了？

她竟然微微红了脸：记住了。

还有什么可说的呢？一切都顺理成章。他们向亲戚朋友隐瞒了四十年前的故事，开始四十年后的恋爱、结婚。

在新的家里，柴金宝不停地唤着：眉秀，帮我拿一下毛巾。眉秀，帮我递一下茶杯。眉秀……

而柳眉秀则还有点不习惯，只是喊他老柴。柴金宝很不高兴：你能不能喊我的名字？我叫柴金宝，金宝。

她喊不出口，他居然在她再喊老柴的时候，没反应了，闹起了小儿脾气。

柳眉秀说：你这个人，都这把年纪了，叫啥不一样？

柴金宝说：不行，就得叫金宝。把这么多年你没叫的，都补上。

爱情本就是个奢侈品。

当我们谈论爱情时

非　鱼

砍瓜切菜，哼哼，说起来容易。

女人的逻辑看似毫无章法，内里却经过了严密的计算，严丝合缝。

比如，严老太，对了，严老太是严晶晶。四个女人，不同的老太，我是郑老太。严老太请我们泡温泉，解除武装，骨头都泡酥的时候，她轻描淡写地说：姐，准备结婚了。

三个老太懒洋洋地转过头：滚。你儿子都十四了。

她趴在水池边上，给了我们一个圆润的屁股：我说真的。

有故事。八卦的女人热情四溢，擦干湿漉漉的身体，把严老太围在中间。

严老太端起一杯果汁，慢条斯理地抿一口，放下，调整一下姿势，把身体在躺椅上安放得起起伏伏。然后说：我早离了啊。

四个老太炸了三个。作，作不死你！小安子不要给我们啊，帅得流鼻血。

帅有什么用？

是啊，有什么用？好像也并没有什么用。

严老太是我们四个中那只骄傲的白天鹅。大院里长大的孩子，父母都是海军，那做派，哪儿哪儿都透着一股劲儿，大气，还婉约。当年的小安子，一头扎在她爱的旋涡里，差点憋死。

她总说我们是散兵游勇。四个人来自不同的阶层，凑到一起，实在不易，共同点就一个：中年妇女。说具体点：为了一个吃喝玩乐的目标走到一起的中年妇女，互诉心事，各家的根根梢梢，大都了如指掌。

严老太每次在外，小安子就跟个遥控器一样，要不要接啊，要不要送啊，啥时候回啊，带没带伞啊……周到，絮烦。这样一个又帅又贴心的小安子，严老太居然说不要就不要了。

唉……你啊。这是资源浪费知道不？曾老太痛心疾首。

严老太换了个姿势，妩媚一笑，什么也不说。

我知道严老太有隐疾，但不具体。隐疾在她儿子身上。

小小安明明是她十月怀胎生的，她对他却一点也不上心，充其量就是尽到一个母亲最基本的本分，养大他。说到感情，她似乎对这个孩子压根爱不起来，甚至不如一只猫。

小小安上初中住校，严老太开始在家里养猫。一只，两只，三只，四只……一进家门，猫叫声此起彼伏，来回乱窜。她怀抱着一只黄的，脚边卧一只黑的，眼里水波荡漾，满满的宠爱。我说她：看小小安你也没用过这样的眼神。

路上遇一只流浪猫，脏兮兮看不清本来面目，眼角糊满了黑黄色的眼屎。那只猫冲她叫一声，严老太就心软如泥，撇下手里的包，一把抱起那只猫，从快餐店里要来一杯水和纸巾，蹲在路边慢慢给它擦去眼角脏物。对此，我很不耐烦：你这是爱心泛滥。可是，小小安打电话的时候，她又是那样焦躁：知道了，知道了，这事跟你爸说去。

这事跟你爸说去，似乎成了严老太的口头禅。见到小安子，我们打趣他：瞧你把老婆惯的，你一个人又当爹又当妈，不委屈啊。小安子一笑：自己的老婆自己的儿，委屈啥？

什么世道！爱情本就是奢侈品，让严老太生生弄成了孤品。现在倒好，孤品也让她给摔了，就此绝世，她又弄一赝品。

我们得见见这赝品。

小酒馆里，三个人对两个。韩老太踢我一脚，偷偷给我发微信：粗糙的赝品都算不上，简直就是次品，残次品。

我也这么认为。更严重的是，严老太介绍说，他们俩是在牌桌上认识的。

那顿饭，除了严老太，我们三个几乎没有吃，也没有喝。面对这样一个人，哪有心思吃饭喝酒？

和那个次品分开，四个人来到海边，沿着长长的堤岸，我们一直走，走到一块大礁石上。我发现，严老太的泪已经流到脖子了。

曾老太刚说了一个字：你……立马被她截住：什么也别问。海风吹过来，腥，冷。

我们四个中年妇女，像不经事的少女那样，并排坐着，让风把头发、衣角吹起，把严老太的泪吹起。

要经历多少难以启齿的苦痛，才能攒出这一窝又一窝的眼泪？我扭头看看严老太，她的泪还在飞。

严老太还是和那个次品结婚了，我们五个人正经吃了一顿饭，算是婚宴。既然是她选的，就必须祝他们幸福。

此后，我在路上碰见过小安子。他依然帅气，旁边有一个女人，长相和气质和严老太都没法比。

我给严老太汇报，她淡淡地说：我知道，那是他高中同学。她甚至没问那个女人的具体情况。

我试图想象被省略的细节。也许关乎爱情，也许关乎生活，也许关乎谎言。真相，又有谁知道呢？即便是知道了，又如何呢？

反正像我们这样的人——生来彷徨。

姑娘，你是不是失恋了

非　鱼

那时候，我刚和她大吵一架。她把门摔得叮里咣当，丢给我俩字，混蛋。

然后，我去吃牛肉面。牛肉面拉得太粗，这我能忍。我说了微辣，依然放那么多辣椒，我也能忍。为我端面的姑娘那么丑，我还能忍。而且，那个塌鼻子大圆脸的姑娘脾气还不好，她居然把我的一碗那么粗糙的牛肉面朝我面前一蹾，汤洒出来，滴里答啦从桌子上往地上流，我眼看着她的大拇指从碗里出来的时候沾满了油汪汪的辣椒，她还甩了甩。

但凡她的容貌或者脾气占了一样，我也不至于动怒。但哪头都不占就有点不讲理了。

姑娘，你是不是失恋了？

姑娘立马警觉起来，瞪了我一眼。她的眼睛还不算难看。

我问你话哪，是不是失恋了？

她又瞪我一眼。吃你的面，操闲心。一口陕西普通话。

我绝对不是操闲心，失恋了要哭出来，要不会憋出病的。

你才有病。

你这啥态度？我好心好意问你，你咋骂人呢？

塌鼻子大圆脸的姑娘把大拇指在墙上挂的一块来历不明的布上抹抹，给了我一个深深的白眼，坐一边玩手机去了。

也许是听到我们的对话，也许是没有人吃饭，闲了，厨师出来了，手里拎着一根棍，不像是擀面杖。

浑身上下油渍麻花的厨师把棍在一张桌子上敲了敲，不多的几个食客都抬头望着他，他在每个人脸上狠狠地扫一遍，接着敲他的棍子，只不过有了节奏，四三拍的。

姑娘冲我撇一撇嘴，有点挑衅的意思。

嗳，这就怨不得我了。

我操起那碗面，手一扬，碗飞出去了，面条与汤分离，各自沿着各自的轨迹在空中划过，落在过道与桌子上，一部分汤落到了姑娘的裤腿上。

厨师停止了敲击，姑娘大张着嘴，其他食客选择夺门而逃。我其实也不知道接下来要干吗，想扔就扔喽。

姑娘最先反应过来，立马站起来，一张圆脸上两片嘴唇翻飞，我的耳朵里哇啦哇啦乱成一团。厨师就淡定多了，他只是停止了他的四分之三拍，在我肩上敲了一个休止符。

醒来的时候，我的身上依然能闻到牛肉面腥辣的味道，脸上似乎有血，胃里空荡荡的。

还能怎么样？我在寂静的街道上，像一个醉鬼一样摇晃。再晃一会儿吧，明天，就要和五道口说再见了。她？不行，想起来胃就疼。三年了，二锅头、茄子面、炭烧咖啡、帆布包、小酒窝，都长在肉里了，撕都撕不开。树叶乱飞，灯光乱飞，迷离难熬的夜啊。

巷口奶茶店的门还开着，贵州姑娘小美在。哥，回来这么晚，给你冲杯奶茶暖暖。

我靠在灯箱上，费劲地嚼着那些黑色的合成珍珠。对小美说，明天我就回去了。

小美说，我也想回。可回去了又想来。

他妈的北京。

就是。

她果然没回来，这是预料之中的。如果她回来了，我真不知道该说什么。她的小兔子牙刷还在，小熊头的毛巾也在，粉色的拖鞋也在，揉成一团的睡衣也在，那只小格子发夹不在。

我把她的东西一一放整齐，把我的归置到一起。

她居然把我的画全卷好了，还裹了厚厚一层报纸。也许就像父亲说的，我真不是那块料，还不如回家办培训班。我已经靠模仿过了半年，画廊老板说，炉火纯青，销路好得很，他可以再给我接活。

我去过他的画廊后院，那间小屋子里窝了五六个人，什么样的画都画，哪个年代的都有。我进去，几个人看着我，一脸冷漠，他们很可能和我一样，都曾是美院的高才生。老板告诉我，你来，一个月少说也有两三万。

她不让我去。说她不喝炭烧，不吃松饼了。

我跟她商量。要不，跟我回去算了。

不行啊，太远了。她噘着嘴，那颗小酒窝不见了。

东南西北，朝哪儿走都不对。我开始怀疑我的画笔出了问题，它们不听使唤，那些颜料也出了问题，怎么调都不对。

汪峰很费力地反复唱那一句，反正像我们这样的人——生来彷徨。我经常替他担心，那个调提不上来，最后一句飘了飞了。现在，是我飘了，飞了。

我把那些颜料倒进了马桶，画笔用一把火烧了。她抱着我哭，然后捶我，骂我，我让她滚。

北京西站真冷啊，芜芜杂杂人真多，有来的，有走的，就是不知道有没有和我一样狼狈的。

车开了。枕着她帮我卷起来的画卷，我开始想她，想北京，想贵州姑娘小美，想那个塌鼻子大圆脸的陕西姑娘。对不住了，该哭的人不是你，是我。

陆羽觉得自己是把婚姻思考得透彻的女人。

嗨，我要敲你门了

陈毓

陆羽走进小区大门，看见公示栏前簇拥着一圈儿脑袋，每张脸上的表情都有点嬉皮。陆羽凑上去，见一张A4白纸上龙飞凤舞地写着:请不要在早上寻欢!

陆羽心中窃笑，纵然人家早上寻欢，只要是在自己卧室，还要征询你的意见？她把被指责一方欢乐的场面和乱了心的邻居都想象一回，觉得生活真是有趣。

尽管搬来两年，可陆羽几乎不认得这里所有的人。陆羽当初买这套房时丈夫是坚决反对的，但反对无效。陆羽实在喜欢这样的社区，住在一群陌生人中对她来说有鱼返回浩渺之水的安全感。陆羽不打算和这里的任何人混熟，她喜欢有距离的人际关系。

比如自己楼上住着的那对夫妻，她就从未有想要认识他们的心思。

陆羽楼上的两口子显然属于相对安静的人，安静到你根本判断不出家里有人还是没人。从偶尔制造的动静可以判断出他们的生活规律，每隔两周的周末，楼上才会有响动……就连他们的争吵似乎都有规律。开场似乎都一样，先是女人低声控诉，男人如寒蝉噤声，偶尔爆一声低低的抗议……间隔不久，是女人隐忍不住的穷追的声音，很重的摔打声，最后，终于有一件东西碎在地上。争吵声到此会有一个休止。

为什么会这样呢？陆羽每次都会在对方的吵闹摔打声中追问生活。

尽管被惊扰，好在不是天天如此，陆羽竟一次次谅解楼上的“两人战争”。

因为知道对方相比自己更不痛快？从对方的不堪生活中比照出自己是幸福的？一次陆羽在办公室偶尔说起这事，对桌的同事说，如果我是你，我就上去敲他们的门：凭什么要让邻居陪着他们打斗呢？陆羽笑意盈盈地说，我不敢去，我担心人家会把气撒到我头上。

陆羽淡淡地说，他们吵的时候我就搬到老聃的屋子里睡觉。老聃是陆羽的老公。老聃经常出差，不在家的日子居多。

自从陆羽度完蜜月，就和老聃分房睡了，她忍受不了老聃的呼噜声。就这样，结婚五年，陆羽再也不能和老聃在一个床上度过一个通宵。

陆羽觉得自己是把婚姻思考得透彻的女人，她知道自己对婚姻的期许，作为一个外地人，在这个每天都涌动着数百万人口的城市里，居有定所，身有所依，有自己想要的安静如静水的生活，不是很好么？陆羽不像很多女人那样，吃丈夫的醋，盯丈夫的梢，她明白如果一个人要背叛你你是看不住的，唯一积极的办法就是设法保持自己在对方心中的魅力。当初陆羽嫁给老聃的时候，就被她的熟人圈子戏称为天鹅肉被癞蛤蟆吃了。陆羽笑着说，我们就是一对和睦相处的癞蛤蟆和天鹅，这有什么不合适呢？蛮好的。找个一辈子能把握的男人，就是陆羽对婚姻的最初设想，她自信能够好好经营她和老聃的婚姻。

现在，她以楼上那对夫妻为镜子，照见生活的千疮百孔，觉得自己和老聃的安静就是幸福。陆羽想，老聃和自己也有意见分歧的时候，但是，只要她闭紧嘴巴，耐住性子，不和老聃说话，要不了一天，老聃自然会想办法和她和解。这就是生活。

但是这次，老聃在和陆羽吵架后离家了，吵架后不回家，还是头一次。

又一个周末深夜，陆羽再次听到楼上夫妻千篇一律的争吵。

“咚”的一声，惊得陆羽急看天花板上的灯。

老聃不在，陆羽搬去老聃的卧室。

她看老聃枕边的书——《希区柯克小说精选》，这本书似乎在老聃枕边放很多年了。陆羽随手一翻，就翻到《恩爱夫妻》那篇，说一对彼此有了外遇的恩爱夫妻，丈夫觉得假如自己提出离婚，无疑如杀妻。妻子觉得丈夫把她当生命和荣誉一样爱着，如果自己提出离婚，必定置丈夫于灾难之中，唯一的办法就是杀了丈夫。丈夫也觉得只有自己先杀了妻子才是善良的。

陆羽奇怪一本跟随老聃多年的书自己竟然第一次翻阅，正打算看下一篇，楼上恰恰爆发出一声歇斯底里的喊叫，如冰川雪崩。不知是被小说迷惑，还是受了同事的多次挑唆，陆羽连拖鞋都没换，径直上了楼。

陆羽敲门，轻轻地；再敲门，怯怯地；再敲，这回，就有点不罢休的意思。门在陆羽不抱希望，准备退回去的时候豁然打开，陆羽眼前一亮，旋即一黑，陆羽的脑袋被一件当头飞来的布蒙住了，陆羽在暗中听见一声吼：你滚开，今生都不要再让我看见你！砰的一声，门关闭了。

陆羽把脸从那块布中解放出来，见蒙住自己的是一件灰色男式西装，陆羽陡然看见一枚闪光的啄木鸟袖扣，吓了一跳，这枚袖扣不正是上月老聃过生日时她送给他的礼物么？陆羽下意识地在衣服口袋里乱摸，她竟然摸出了老聃的皮夹子。

陆羽站在那扇紧闭的铁门前，只觉眼前有无数的羽毛在飘飞，又似乎是茫茫的一片白雾兀自弥漫。

时光流逝，恰似他们在一起的样子。

寒冷的子宫

陈　毓

子安不吃槐花饭，尽管柯文是那么爱吃。一个被窝里的两个人，不爱同一样东西，这也不奇怪。

子安不爱槐花饭，直接的理由是槐花散发的气味让她联想到精液的气息，这让她反感。子安永远记得，她和柯文第一次做爱，就差点被那气息弄呕吐的尴尬，她惊讶那么洁净的柯文竟然会释放这样不洁的气息。子安觉得那气味就是横在她和柯文之间的障碍，难以逾越。她想，婚前要是试一试，她没准就不和柯文结婚了。

但是，别的男人呢？别的男人也是那种气味吗？

柯文在子安耳边喃喃，他说会好的，会好的子安！

往后再和子安亲近，柯文都要仔细清洁身体，他甚至在私处抹子安喜欢的那种带木香调的香水，但是没用，只要柯文喷涌而出，子安就会用百米冲刺的速度冲进洗手间，然后，柯文的耳朵里就是那像秋雨淅沥连绵的花洒喷淋的水声。

你洗得都可以去做祭品了！柯文有一次冲着洗手间大喊。他不确定子安听清楚了没有，卫生间的水声停了片刻，又再度响起。

柯文是一个凡事都不喜欢深究的简单的男人，正如他追求子安，因为子安是他喜欢的，那子安是否喜欢他？谁喜欢过子安？只要子安最后能嫁给他，他就满足，就觉得胜利了。这一次，当子安惊跳起来冲进洗手间，柯文真的觉得无趣和懊恼，但是，他睡着了，却又在子安的惊呼中清醒过来。子安说，你竟然不去清洗？你要我一晚上都笼罩在你的那种气味里？

哪种气味？天下女人有像你这样的吗？柯文不悦，但他太渴望睡觉了，他匆匆去了洗手间，再回来，倒头就睡，睡得理直气壮。他用脊背告诉子安，你是不是太矫情了？

既然时间都不能治愈子安的病，那就算了，反正那病又不要人的命。柯文想。

槐花饭是柯文最喜欢吃的，但是，自从和子安结婚后，这种只有在自家厨房才能烹制出来的鲜美味道，从柯文的食谱里消失了。在消失了多年后的这个五一节，却又注定出现在柯文面前。

这个五一节，柯文带子安去邻近的小城看姐姐，正是槐花鲜美的时节，姐姐亲自去山上采摘了槐花蕾，用心做了槐花饭招待柯文夫妇。

柯文在一盘槐花饭前的表情就像是当着妻子的面会见初恋情人，尴尬、紧张、兴奋、小心翼翼。

柯文有几分羞涩地把嘴凑到盘子上，吞了一小口，然后不管不顾地把脸俯在那盘槐花饭上，左右开弓，直到一大盘槐花饭一粒不剩。

子安看得目瞪口呆，她甚至忘了弥漫整个屋子的淡淡槐花味。她看见柯文眼里的贪婪，子安联想到饥饿的狼把羊压在身子底下，柯文的欢喜看在此刻的子安眼里近于可耻。

子安再看柯文姐姐，姐姐脸上那份因为柯文的满足而派生出的满足和幸福，叫子安嫉妒。她想，自己这一生大概都不能在柯文那里种植出这样的一株情感奇葩。姐弟俩的亲情远胜于他们的爱情？柯文的口腹之美远胜于他们的床笫之欢？子安不由得联想。

子安觉得一股热流顺着双腿不可阻挡地汹涌而下。

竟然在不知道自己怀孕的状态下流产了。这样的糊涂事情却在子安这里发生了。子安觉得自己大概属于天都不爱的那种人吧。

因为不喜欢那股槐花味，子安和柯文亲近时都用杜蕾斯。柯文反抗，子安用独睡对抗。柯文投降。时光流逝的样子恰像是他们在一起的样子，温吞的，说不出不好也说不出好，说不清快还是慢。

直到他们想要孩子的心思冒上心头，但是，子安却怀不上孩子了。柯文某次说，大概是子安内心对槐花味的抵触导致了她寒冷的子宫对精子的谋杀。

寒冷的子宫？柯文的声音萦绕在子安耳边，如咒。

有哪个胎儿愿意住在寒冷的子宫里呢？子安想。

但是，她和柯文不是一直用杜蕾斯吗？

现在，是杜蕾斯出卖了她？还是柯文？

现在，这个不想待在自己寒冷的子宫里的孩子提前出走了，把她、把柯文、把杜蕾斯集体嘲笑了一回。

子安把手搭在腹部，她刚刚准确知道子宫在身体里的位置。她觉得一股似曾相识的热流涌出了身体，用手去摸，手心里是一把自己的眼泪。

泪眼模糊的子安看见柯文的脸在房间门口探进来，让她联想起那天柯文在姐姐家俯在槐花饭盘上的脸。一股难以压抑的厌恶从子安心里胃里奔涌而上。

关于爱情，我好久没有这么感动了。

筷　子

王　溱

他喜欢筷子，她也喜欢筷子。两人就是在一家卖特色筷子的店遇见的。

你知道筷子为什么长七寸六分吗？他问。

因为人有七情六欲。她笑道。

你知道筷子为什么是一双吗？他又问。

一根怎么夹东西呀？只能串肉丸子咯。

她大笑。他也笑。

相见恨晚，两人很快就住到一起，没有登记，没有摆酒，像两根筷子，很自然摆到同一个筷子盒中。没有登记是因为，户口本在家人手里攥着呢。她家人不同意：他可大你整整一轮！将来你伺候他呀？他家人也不同意：准是盯着咱家钱来的。

不登记就不登记吧，她拎上两个包，打个车到他家，他给她脖子上系上一条红彤彤的丝巾，就算嫁过去了。这两个包，一个是衣服，另一个，满满的都是她收藏的筷子。于是，他家里形形色色的筷子又有了新玩伴：象牙的，玉石的，檀木的，竹子的，金属的……两人没有举行仪式，筷子倒是享受了十分正式而尊贵的仪式：崭新的铜盆，绣着喜字的小手帕，沐浴，擦干。每一根都被细细擦得非常干净，特别是玉石的筷子，都能照见人影了。那人影是两个，头碰头挨着。

她拉着他一起买菜，挑着芹菜打趣地说：吃芹菜，人勤快。他一愣，勤快什么？她捂嘴笑，勤快点锻炼啊，锻炼才能长寿。他嘟囔着，生命的质量比长度重要，却把那盘芹菜扫个精光。

他挽着她去海边散步，给她讲自己小时候饿着肚子，躲在柴火堆后翻哲学书的事。她说，幸好你没成为哲学家。他又愣，为什么？她眨眨眼，苏格拉底说了，如果你娶了个糟糕的老婆，你会成为哲学家。我，不糟糕吧？

他笑了，她也笑。

世界很大，我们只能看到一部分。她说。

是的，我们只看了很小很小的一部分。而且还只看到表层形式。他说。

我想看更多。她说。

我也想。他说。

要不，我们去环游世界吧。她突发奇想。

嗯。他也兴奋起来。

她找来世界地图，摊开，两人头碰头地看，手指很快叠到了一起——希腊，那个古老而神秘的地方。她说，那是维纳斯、丘比特诞生的地方。他说，那是亚里士多德、柏拉图等哲学大家诞生的地方。

可是，钱呢？他有钱，可存折和卡都给家人扣着呢。他想回家取，她不许，那我真成了冲你的钱来的了。她又说，我有点积蓄，不够的，我们想办法挣。

他们腾出一间房，帮几个小孩辅导作业，几个月过去了，除去开销所剩无几。他惴惴提议：卖筷子？他的收藏里，有一双掐丝珐琅筷，价值不菲。

她皱眉问，你舍得？他抚平她的眉，筷子两只脚，就是要带我们去逛世界的。

他们终于去了希腊，没有跟团，他们要找的就是自由。他和她拉着手，在雅典大学里慢慢走着，学生们经过时，都忍不住多看几眼这对“校园情侣”。他和她拉着手，在爱琴海边慢慢走着，感受着外国的海的包容。他们又去了意大利、西班牙、葡萄牙……他不想回国，她也不想，在这里，他们可以是名正言顺的夫妻。

可他们还是回国了，毕竟，哲学是理性的。可哲学又是感性的，他们带回了大包小包想给亲人的东西，最后都送给了邻居。

人们说，你俩好像天天都在热恋咧。

她笑了，他也笑。

可美好的日子没过几年，他，忽然就倒下了。

她没有流泪，表情平静，仔仔细细收拾着他的遗物，好像他走得理所应当。她照常买菜，照常散步，回来就替他伺候那一根根筷子，擦了又擦，好像完全听不见他家人歇斯底里的哭骂声。按照遗嘱，房子归她，包括那些筷子。

人们又说，好像，她也没有多爱他咧。

据说他的葬礼很风光，是在全市最贵的墓园，宴请前来吊丧的，整个五星级酒店包了场。可是，她都没有出席。她挑了一双他最喜欢的紫檀筷，用白绸打了个蝴蝶结，等宾客散尽，悄悄放到他的墓边，确切地说，是他和他原配夫人的墓边。

她卖了房子，把钱捐给一所中学建了个哲学馆，他们收藏的筷子成了里面的珍藏。一切安排妥当，她背起行囊，按着之前两人计划的路线继续出发。直到走不动了，眼也花了，记忆也不太清楚了，恍惚中，她又听见他问：你知道筷子为什么是一双吗？

她当然知道了，一阴一阳，合起来才叫圆满。咱老祖宗的哲学哟，本来就不比古希腊差。

哦，那是当初两人相遇时他问她的，那年，他 76 岁，她 64 岁。

爱情来得太快，就像是龙卷风。

33天的爱情

王　溱

掰着手指头数了数，正好33天。于是，沐沐抽出三根小蜡烛点上，怎么看怎么不对劲，又气呼呼地拔了，拿起刀狠狠地插进那个巧克力蛋糕。

分手快乐！沐沐把一块蛋糕推到他跟前。

这小子竟拿起叉子就要吃，沐沐赶紧喝住，干吗呢？还没拍照呢！

他鄙夷地转着手中的叉子，你不是又要发朋友圈吧？

跟你结婚可是发了朋友圈的，离婚当然也得发！不然别人怎么知道我又恢复单身了？告诉你，追我的帅哥，排着队能把这商场绕三圈呢！

他戏谑地说，是追债的能把这商场绕三圈吧？就你那点工资，还LV，还天天小龙虾。

沐沐啪一声把LV手包拍到桌子上，我就用LV，怎么了？这可是我自个儿挣钱买的，婚前财产！

他不说话了，默默等沐沐拍过照发过朋友圈，才胡乱扒拉几口蛋糕，含糊地问，行了吧？可以走了吗？

不行，还没拍离婚纪念照呢。

还拍！他把满嘴的蛋糕咽下去，叫道，有完没完啊！

少废话，沐沐一指对面的广告牌，说，就那儿，我们都拿着离婚证。

他一脸不乐意地走过去，刚接过自拍杆就条件反射换上惯用的表情，一把搂住沐沐，摆出一个耍酷的姿势。沐沐也顺势倒在他胸口，比出耶的手势。不知道的，还以为他们手里拿的是结婚证呢。

咔嚓一声，他把自拍杆塞给沐沐，转身就跑了，留下沐沐在广告牌底下发呆。

还记得，几个月前，两人就是在这块广告牌下认识的。在这里相遇，又在这里结束，也算是有始有终吧。

那时候广告牌上正做着一个鞋子的广告，广告词还挺煽情的："今晚你跟谁走？"沐沐在这句话前面连摆了十几个 pose 自拍，怎么也不满意，刚好他路过，咔嚓就帮她拍出了两米大长腿和尖尖小脸，像动漫女主角似的。沐沐看他的眼神立马不同了，聊了没几句就跟他走了。你别说，刚开始那会儿他还真把沐沐迷得七荤八素的，有型，会玩，什么跑酷、蹦极、攀岩，看得沐沐连连惊叫。攀岩完还吊在半空呢，就俯下身搂住沐沐来了个深吻，简直就跟电视剧里一样一样的。沐沐心里的公主梦瞬间爆发了，迫不及待就拉着他去领了证，反正也就是九块钱的事儿。他没房没车，收入也不算高，这沐沐都知道，谈这些也忒俗。非要说钱的话，领了证俩人各自租的房子就能退掉一个，也算省了一笔吧。没几天沐沐就发现这钱还真省不得，谁跟他住谁知道！运动完回来不洗澡就往沙发上躺，臭袜子扔得到处都是，说好了谁吃得慢谁收拾，他三两口就能把外卖扒完然后扔下盒子打游戏去了，气得沐沐剥着最爱的小龙虾都不是味儿。这也就罢了，俩人一到月底就财务告急，他居然还刷爆信用卡又入手一套徒步装备，说什么钱就是拿来花的啊，不花钱那挣钱来干吗？这话沐沐同意，但问题是得有钱啊。沐沐反问：信用卡都被你刷爆了，那我拿什么去买这一季新出的口红？

广告牌现在换成了包包广告，全透明的，里边钱包、口红、镜子、手机，一目了然，广告语依然煽情："我对你毫无保留。"看着看着，沐沐忽然觉得，这倒是个不错的离婚纪念品，就跟他俩的婚姻一样，啥也没剩了。沐沐对自己说，过几天发了工资就去买一个。

包包买不起，小龙虾还是买得起的，回到家，沐沐就拿起手机叫了两斤小龙虾，破天荒要了变态辣的，好让味觉也能深刻地记住逝去的爱情。沐沐一边吃一边刷朋友圈上的留言，有祝她离婚快乐的，也有叫她远离渣男的，甚至有人直接求约会。沐沐嘴巴呵着辣气，熟练地用小拇指挨个回复。想起今天上午民政局那个老女人大呼“你们才结婚一个多月啊”，沐沐就觉得好笑。谁没事离着玩啊？还不是不爱了呗。那女人问沐沐为啥不爱了，沐沐本想说我是处女座，受不了他狮子座的邋遢自私，又怕她理解不了，于是说不为啥，突然就不爱了。他也在一旁说，对，就是不爱了。沐沐鄙夷地瞪了他一眼，这时候倒默契了？

变态辣的小龙虾可不是盖的，才吃几只，沐沐的嘴唇就像充了电似的。她吸了吸鼻涕，忽然想起来应该打个电话跟家里说一声吧。问题是，是打老爸家呢，还是打老妈家呢？犹豫一会，还是打到了老妈家。沐沐想，这种事还是别让后妈知道的好，别害她把鼻子笑歪了，那可是花了老爸好几万整的！

于是沐沐就拨通了老妈的电话，告诉她自己结婚了，才一月，又离了。

她妈听了只是哦了一声，说反正你也不是第一次了。倒是旁边的姥姥抢过电话说，妞儿，啥时候回来啊？姥姥给你做你最爱吃的馅儿饼。

一阵记忆中的香味沿着电话线袭来，热乎乎的，香喷喷的，沐沐的肚子忍不住咕咕叫起来。沐沐舔了舔辣得没有知觉的嘴唇，忽然像饿了好久的孩子一样，委屈地叫了声姥姥，哇哇大哭起来。

这世界上相爱并且能够相守的人啊，请珍惜你们的幸福吧。

我在天堂等着你

潘 格

初春的青藏高原，依然是寒风凛冽，白雪皑皑。远山玉带缠绕，天空纯净似光滑的蔚蓝色丝绸。不时有放牧农人赶着肥硕的牛羊，哼唱着古老而久远的歌谣。

此情此景，让我们这支由五个人临时组成的小分队情不自禁又唱又跳，兴奋如孩子一般。

我们此行的目的地是一个叫作神仙湾的哨所。在中国巨大的版图上，它茕茕孑立地矗立在边陲之上。从得知团里要去神仙湾的那一刻起，我就陷入了极大的兴奋和期待中。说了你也许会很吃惊，这一车五个人，职务最高的团长已经是大校，我们此行不是去完成什么重要任务，而是送一个姑娘去神仙湾哨所结婚。

姑娘叫杨丽，是一名普通的小学老师；她未婚夫，也就是哨卡那端的那个小伙子，我们这些陪送者虽然未曾与他谋面，但对他早已了如指掌。

他叫赵刚，神仙湾哨所的连长，五年前，从一脚踏进神仙湾时起就再没离开过。在长达五年的时间里，他们传递爱情的方式就是书信，天高路远，电话很少能打通。可即便是书信联系都十分艰难，在神仙湾，一封书信走上半月十天再正常不过，遇上大雪封山，走上半年都有可能。五年来，他们矢志不渝地坚守着自己的爱情，默默咀嚼着分离的甜蜜和苦楚，无数次将约定好的婚期一推再推。最后，首长实在看不过去，说，小赵我放你假，马上回家结婚！倔强的小伙子笑笑，说，回不去，我正带连队搞实战演练呢。首长灵机一动，那把新娘子接过来，就在咱神仙湾举行婚礼！

就这样，赵刚和杨丽两个人的婚礼成了一项政治任务。而我，有幸在部队首长的指派下陪同新娘子一同进藏。

汽车颠簸在喀喇昆仑山上。随着眼前的景色越来越壮丽，我们肺腔里的憋闷也越来越严重。为了进藏，此番我是做了充分准备的。可每天生活在都市丛林里，除了在跑步机上锻炼自己的双腿，又能怎样呢？随着海拔的升高，我开始悲伤地意识到此前的努力都是徒劳。

大家不再唱跳，在这个连喘口气都困难的地方，氧气罩成了我们的救命稻草。终于，在海拔上升到 3000 米左右时，随队的一个小护士忍受不住高原反应，被送下山。新娘杨丽显然也到了极限，频繁地呕吐。休息时，团长跟她商量："实在不行的话就休息一天，明天再上哨所？"她摇摇头："上吧，我想早点儿见到他。"

汽车艰难地跋涉在蜿蜒的路上，没过多久停下了，司机抱歉地告诉我们，剩下的路汽车根本无法开上去，只能靠我们的双腿慢慢丈量。

于是，团长、新娘子、司机、我和随队的一名医生一行五人甲壳虫一样执拗地前进。所幸并没走多久，山上的战士们冲下来，把我们几个人连拉带拽地拖进哨所。

婚礼的喜庆让简陋的哨所焕然一新，红花是战士们剪了毛毯和塑料纸自制的，喜字是战士们手写的。那些可爱的战士，最大的也不过二十几岁，脸上挂着高原红，满是憨厚的笑，拉着新娘子一口一个"嫂子"地叫着，仿佛久违的亲人。新郎被推搡着拉过来，看到千辛万苦投奔到自己面前的爱人，小伙子激动地搓着手，竟然说不出一句话。

在团长简单的发言过后，仪式开始了。原本设计好的婚礼程序全都用不上了，大家根本听不进任何话，只是挥舞着酒杯高喊：干了！干了！新郎和新娘被人簇拥着，一杯接一杯地灌酒，那场面，我一辈子都没见过。

瞅了个空隙，我悄悄离开了。一名年轻的小战士紧跟在我身后，小心地问：“首长，您不高兴？”我笑说：“不是，是这帮家伙太疯狂了。”小战士诚恳地说：“我来这里两年了，从来没见到过这么多人，也从没这么开心，谁说神仙湾的男人是和尚命？嫂子这不走进我们哨所了吗，以后肯定还会有更多的女孩走进我们神仙湾！连长结婚了，婚礼就在咱神仙湾，你说，我们怎么能不激动……”

喧闹一直持续到很晚。那一夜，几乎所有的战士都喝哭了，他们抱着头，流着泪唱：姑娘啊姑娘，嫁人不要嫁别人……

电话骤响，突然接到执行紧急任务命令。一下子，所有人的酒都醒了，迅速投入战斗。新郎赵刚就是在这个时候冲进人群的，临走，他对新婚的妻子说：“等我回来，我要亲自挑开你的红盖头。”

我们所有人笑着推搡他，别磨蹭了，快去快回！

黎明时分，哭声炸雷似的在高原安详宁静的上空响起。我们一行人飞速地冲出去，彼时婚房外已经聚集了很多人。

小战士呜咽的诉说让我们知道了事情的大概经过：新郎执行完任务后马不停蹄地赶回来，一进门就发现新娘子蒙着盖头一动不动地坐在床上，依然保持着数小时前端坐的姿势，赵刚觉得有些异样，轻轻呼唤了一下爱人的名字，却没有得到回应。他走过去推推他的新娘，这才发现，在他离开的短短几个小时里，幸福就这样和他擦身而过。他永远失去了自己的最爱，阴阳两隔！

队医的诊断是高原反应引起的休克导致窒息。

没人有异议，这个结果其实很多人早就猜到了。在这里，在神仙湾，生命有时候就脆弱到这么不堪一击。

组织上决定三天后举行新娘杨丽的葬礼。三天里，我们亲眼看到了一个生命的存在和死亡，亲眼见证了一段爱情的结合和离散，悲伤如同河流静静淌进每个人的心脏。

按照规定，杨丽的骨灰要由专人负责送回故乡。临别那一刻，赵刚将怀里的骨灰盒紧紧抱了抱，仿佛抱着一生的至爱。他将她往胸口靠了靠，轻轻说了一句话，顿时在场所有人都忍不住哭出声来。赵刚说："杨丽，如果来生你还找我，要记住，赵刚在神仙湾，无论这辈子还是下辈子，我都在这里，你一定要记住了，在天堂等着我！"

又一个五年过去了。高原的青草绿了又黄。曾经的连长赵刚在一次执行任务中牺牲，永远留在了神仙湾。

故事结束了。其实不是故事，是真事。还能说些什么呢？这世界上相爱并且能够相守的人啊，请珍惜你们的幸福吧。

爱人，是两只萤火虫，只有在漆黑的夜里，才能看见彼此的光。

爱　人

鲁念安

你仰着脖子，大厅里人潮涌动。他们经过你的身边，对你微笑、祝福。音乐朦胧，你看着那个男人游移于各色女人之间。他刚刚成为你的丈夫，他没有注意到你。你靠在角落的墙壁上。

L刚刚离去，你并没有邀请他。婚宴进行到一半，舞池退场。你坐下休息，他突兀地出现在你面前，像从前无数个日子一样，目光如炬，轻易地把你烫伤。

他说，恭喜，恭喜。

你熟悉他的冷漠和尖锐。十个月前，他还计划要与你一起去越南。你十六岁遇见他，在那之前，你是一个无所畏惧的孩子。你们在一起六年。他像所有的流浪诗人一样，满脸忧伤，在酒精和尼古丁的麻痹下写出假装纯情的句子。

你一直都不知道他是否真的爱你，求证的过程终于耗费了你的整个青春。也许他只是需要一个女人，陪着他，彼此拥抱，彼此摧残。他喜欢叫你“爱人”。以后的日子，你独自品尝这两个字，危险，又让人沉迷。

你觉得有些凉意。舞曲再次停止，你的丈夫从舞池中走出来，在人群的间隙里寻找你。他优雅成熟，面容平和。七个月前，你独自来到这座陌生的城市，穿合体的裙子，梳整齐的头发，做一份正式的工作。只要你愿意，你便是一个可人的女子。他向你求婚。他说他爱你。连戒指都没有准备，你毫不犹豫地答应。从来没有人说过爱你。从来没有。他亲吻你的时候，你想起L曾经写的一首诗：爱人，是两只萤火虫，只有在漆黑的夜里，才能看见彼此的光，拥抱彼此。

L离去的一刹那，你终于感觉到疼痛。你看着他穿过人群，他的手掩藏在口袋里，一步步地离开。你只是看着，不动声色。疼痛从腹部往上涌，你几乎站不住。你拿起桌子上的长外套，裹住自己。你的丈夫走过来，紧张地扶住你，问你怎么了。你说，有点儿累，休息一下就好。侍者把你送到休息室，你呼吸急促。偌大的休息室空无一人。你躺下，觉得身体的热量正在散失。暖气开得很大，你还是觉得冷。你记起了童年，外婆用身子为你暖手。从那时候起，你就是一个极度渴望温暖的人。

离开L的时候，你没有带走任何东西，你甚至什么也没有说，只留了一张字条。你从未想过要离开他，他曾经是你全部的信仰。只是你突然发现，你已不想再流浪。你想要的，是平淡的生活。有一个人，在你身边，拥抱你，说爱你。而L，他，永远都不会为谁停下来。他所有的生活，只是行走，不停地行走。他有时暴怒无望，用所有恶毒尖刻的语言骂你，把你撇在一边；有时则会抱着你哭泣，仿佛要把你镶进他的身体，这一刻你便有些恍惚，这个男人，也许真的是爱你的。

你想起了你们曾经几乎拥有的一个孩子。你那么喜欢孩子，他们是生命的果实，一辈子都可以追逐的光。可是后来，你偷偷去了医院，你到死也会记得那个医生冷冰冰的面孔。你没有告诉L。你很想要一个孩子，可是，L一定不想。在L和孩子之间，你要做出选择。以后的日子，你曾无数次幻想过他的模样，胖还是瘦，男还是女，眼睛是否如你一般清澈。

你躺在床上，不能动弹。你听到大厅里传来的声响，宾客们肆意地欢笑，华尔兹舞曲仍在跳跃。你张开嘴，呼吸已经有些困难，腹部不再觉得疼痛，你听到血慢慢流出来的声音。时钟转得飞快，已经过去十分钟了吧。

十分钟前，在宴会上，L靠近你，贴近你。你看着他，然后便听到那声进入身体的脆响。你没有任何表情，只是看着他，用手捂着腹部。他的目光从未如此地忧伤与温柔。他对你说，我爱你。你靠在角落的墙壁上，看着他转过身，一步步地离开……

当人们发现新娘的时候，她已经死去。她像个孩子一样蜷伏在床上，从腹部的伤口流出的血洇湿了床单。从来没有人见过那样的姿势和神态。她流着泪，嘴角带着笑。

——在最后的时刻，你仿佛看到了L，你想起他曾经写的诗。在你独自为那个夭折的孩子哭泣的时候，他曾无比温暖地念给你听：爱人，是两只萤火虫，只有在漆黑的夜里，才能看见彼此的光，拥抱彼此。

痴子和阿飞的爱情。

叶三情史

邓洪卫

我们那，有一段时间把流氓叫阿飞。据说上海人都这么叫。阿飞一般都留着长头发，穿着喇叭裤，或牛仔裤。喇叭裤裤脚那个大呀，走起路来晃晃的，赛扫把，把地扫得干干净净的。牛仔裤呢？都把裤脚扯坏了，灯笼穗子一样，显得另类，与众不同。

阿飞里也有女的，不多。叶三就是女阿飞。

叶三，大名叫叶丽芳。好像跟一个香港歌星名字差不多。但很少有人叫她名字，都叫她叶三，或者三姐。

阿飞都讲义气，爽快，包括在感情上。叶三原本不是阿飞，在校时，她性格外向，喜欢独来独往，到街上看电影，看录像。被一些社会上的人盯上了，逗她话说，还到学校里找她。有一回，两拨人为她拉开架势决斗。叶三看了，觉得刺激，就跟胜了的那方好了。就成了阿飞。

当阿飞这几年，叶三风风光光，没人敢惹。有快乐必有痛苦。叶三为此堕了几回胎，身子骨虚。

叶三没觉怎么样，但叶三的父母急了。叶三的父母总觉得有人对他家指指点点。这样下去，女儿就毁了。

托人找关系，从外县过来，进了我们厂。虽然从外县过来，还是有人知道叶三的声名。他们指指点点：听说没有，叶三是个阿飞。

都对她心怀戒备，不敢对她乱讲。

厂里边有个人，叫魏二，跟叶三上一个班。魏二也来自外县，人很实在。不知怎的，他特喜欢叶三。不仅喜欢，而且着迷。帮叶三打饭，把好吃的菜都夹给叶三，吃完了，还抢着洗碗。上下班，都带着叶三。为了方便带，魏二还买了辆摩托。有时叶三骑，有时魏二骑。

叶三说，我不是好人，你不要跟我交往。

魏二说，你怎么不是好人呢？

叶三说，我真不是好人。

魏二说，谁是好人？谁是坏人？有什么标准？我喜欢你，你就是好人。

叶三叹了一口气，说，你真是个痴子。

厂里人都在背地说魏二痴。可又不敢当面跟魏二说什么，怕魏二去告诉叶三。

叶三说，既然我们搞对象了，那这样吧，我的工资存起来，留着以后办大事用，就用你一个人的工资。

魏二说，好。

有一天，叶三说，我有个表哥在宁波当兵，我们从小一起长大的，有感情，我想去看看他。

魏二说，好。

魏二把这个月的工资都交给叶三，叶三打点行装，就去了宁波。

一去一个星期。回来魏二请叶三下馆子。那时候刚流行吃火锅，就到重庆火锅为叶三接风。

魏二问，见着表哥了吗？

当然见着了。

你跟表哥提到我了吗？

没啊，提你干啥。

魏二低下头，有点沮丧。

叶三笑了，说，提了你的，他说以后回来看看我们。

魏二笑了，给叶三夹了一块肉。

两年后，叶三的表哥真的回来了。叶三对魏二说，我表哥回来了，今天要来看我。

魏二说，太好了，我们请他吃火锅吧。红红火火，多好。

叶三说，你先不着急，我去见见他，他还有战友要见，要一起吃饭。

魏二说，那我明晚请客。

叶三出去了，晚上没有回来。第二天早上回到自己宿舍。

魏二正在门口等她。两人进了屋。叶三对魏二说，咱们到此为止吧。

怎么了？

他不是我表哥，是我男朋友。

啊？

他回来了，我要跟他结婚了。

魏二蒙了，说，怎么这样啊，你不是骗我啊？

叶三说，这次不是骗你。

叶三想了想，又说，不过，以前也不是骗你，是给你上堂人生课。

魏二呆呆地看着叶三，不知说什么好。

叶三从抽屉里拿出个存折来，说，这是这几年我存的工资的一半，有两万块钱。现在你有两个选择，一是把存折拿去，一是我们俩真正好一次。

魏二说，三儿，存折我不要，我只想你跟我好一次，我们谈了两年，你都没跟我好一次。

好吧。

缓缓地脱了衣服，露出自己的身体。虽然打了几次胎，但身体依然饱满，皮肤光滑温润。

好完了。叶三说，这下好了吧。

魏二起身又一次看了看叶三，低着头，往外走。

叶三说，等等。

魏二回头。叶三递过存折说，你全拿去吧，感谢你陪我这两年。

魏二说，我不要。

叶三把存折塞到魏二的口袋里。魏二低着头出了门。

身后传来叶三的声音：二啊，你记住了，今后，能爱的爱，不能爱的，千万不要爱。

叶三又说，不要跟个痴子一样！

魏二哭着回了自己的宿舍。

叶三结婚了，跟她“表哥”。婚礼上，魏二没来，但他给叶三寄来存折。

结婚后，叶三跟“表哥”没有孩子。不是没怀孕，怀了两次孕，又丢了。

叶三控制力差，怀了孕还出去运动，喝酒。本来就不牢固，一折腾，就丢了。

就再也没怀上。

“表哥”叹了口气说，没人管得住你，自己怎么就管不了自己，你真是个痴子。

叶三流泪了，说，我怎么也成痴子了呢？

春天弥漫着卡布奇诺的气息。

第28个春天的卡布奇诺

海　飞

28岁的春天来临的时候，奇诺开始丢弃自己的一些东西。她待在一个人的屋子里，整理了旧鞋子、旧日记、旧衣服，以及旧的爱情。她把它们装进垃圾袋，全部处理掉。这时候她突然发现自己变得干净而简单。她站到窗台边，对着空气挤出一个笑容。她想，我要独身，我不要旧爱情，也不渴望新爱情。

28岁的春天，奇诺喜欢跑到新梧桐咖啡馆，她热烈地爱上了那儿的纯正意大利口味的卡布奇诺。许多服务生都认识她，她在靠窗的位置坐下来，把目光抛向穿城而过的一条江的江面时，一杯温文的卡布奇诺，顶着白色的泡沫出现在她的面前。这个春天奇诺还看到了一个久违的人，那是一个干净的男人，坐在另一张桌子边上，露出像小孩一样的笑容。奇诺也笑了，说，卡布，卡布。

男人也在喝着一杯卡布奇诺。男人叫卡布。卡布是奇诺的高中同学，后来两个人考上了不同的大学。卡布在高中时代曾经热烈地追逐着奇诺，死皮赖脸地像小流氓一样纠缠她。有一次，卡布制作了一只风筝，上面写着一个大大的"其"字，在校园的操场上放飞。奇诺不喜欢这个卡布，因为她不喜欢流里流气，不喜欢打架的男孩子，也不喜欢放风筝这样的矫情把戏。奇诺有一天站在江边，对卡布说，你怎么就不拿江水当镜子，照一照自己。卡布洋溢着的笑容，在瞬间淡去，他怔怔地看着奇诺远去的背影。

奇诺看到卡布站了起来，他竟然拄着拐杖，他的一条裤腿管，是空荡荡的，像一道填空题一样。卡布坐到了奇诺身边，说，久违。奇诺也笑了，说，久违。

奇诺想起去年同学会的时候，卡布没有来。同学们说，卡布住院了，好像病情有些严重。但是奇诺不敢想卡布的病，竟然会是丢掉一条腿。卡布还年轻，也只经历过 28 个春天。

卡布和奇诺的话并不多。卡布变得温文，不再像高中时代那般的愣头青。卡布望着奇诺笑，他轻声说，我曾经纠缠你，但是我现在不敢纠缠你了，因为我少了一条腿。卡布的笑容很纯正，但是笑容里仍然藏着一些邪邪的东西。奇诺也笑，说，我想独身了，我要让我自己简单。奇诺接着说，我，可以问你的病情吗？

春天弥漫着卡布奇诺的气息，或者说卡布奇诺弥漫着春天的气息。在这样的气息里，卡布说了一个故事。卡布毕业于警校，后来当上警察，再当卧底，再端掉一个贩毒集团，同时，失去了一条腿。卡布讲得很平缓，像是从远处流来的流水。奇诺听得很沉重，她很深地看了卡布一眼，突然觉得，生活想要简单也不一定能简单得了。

卡布和奇诺在咖啡馆分手。很淡的笑容，随意的一握手，好像友情同时占据了两个人的心灵。像水一样。

奇诺接到了姑妈的电话。姑妈说，我要给你介绍一个大款男朋友。奇诺笑了，说，我不需要大款，也不需要男朋友，我要独身。姑妈说，那你见一见这个人吧，我总得有个交代。明天，城市广场。

第二天，城市广场上，奇诺见到了大款，理着一个板寸头。奇诺笑了，说，大款。大款也笑了，说，奇诺。奇诺对大款的印象不坏，她陪大款在广场散步。这时候她看到了卡布，坐在轮椅上和一群孩子疯玩。奇诺望着卡布的笑脸，她看到了卡布高中时代的影子，那是有棱有角的青春。卡布的手里牵着一根线，一只风筝飞得比天还要高远。风筝上用行书写着一个大大的“诺”字，飘逸而俊秀。

奇诺和大款告别。奇诺说，我有男朋友了。大款说，你昨天为何不向你姑妈说明？奇诺笑了起来，说，刚才还没有，现在有了。她望了一眼不远处的卡布。大款的目光也望向了卡布，是他吗？大款说。奇诺点了点头。大款说，那是个警察，我认得他，他端了我亲兄弟的窝。奇诺淡淡地说，世界真小。大款说，我和我哥也早就断交，我们全家都不和他来往，所以，你别多心。我对那个幸福的警察，没有成见。奇诺仍然淡淡地说，你人不错。我和卡布，能不能请你喝杯咖啡？大款笑了。

在新梧桐咖啡馆，坐着幸福的警察、简单的奇诺，和板寸头的大款。奇诺举了一下杯子，对大款说，这是第 28 个春天的卡布奇诺。

第四辑

最会讲故事的人

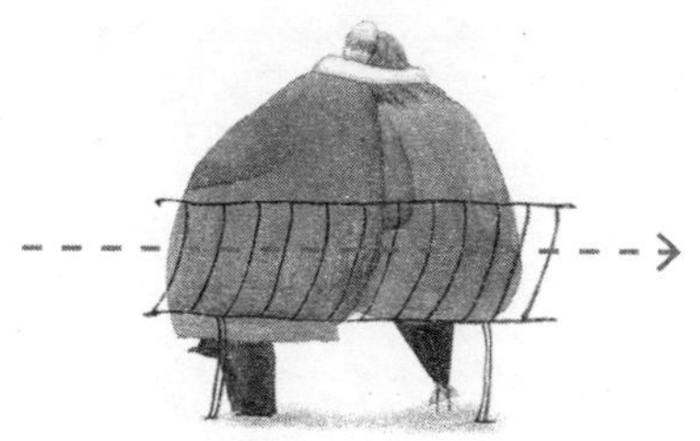

我世界里的最后一个笑话，已经被我吃掉了。

讲个笑话给你听

顾　鹰

我是一条从来都不笑的鳄鱼。

这世界，已经没有一个可以使我发笑的笑话了。

我的爷爷奶奶、外公外婆、爸爸妈妈、叔叔伯伯、姑姑婶婶、哥哥姐姐们都很担心我，为了逗我笑，他们拼命搜集各种各样的笑话，但是，他们讲的笑话越多，我的脸就绷得越紧。

在我们鳄鱼学校，笑话是一门必修的功课。

校长说，这个世界可以没有很多东西，但不能没有美和幽默感。

校长说，想要拥有幽默感，第一件事情就是要学会欣赏幽默；想要学会欣赏幽默，最简单的途径，就是要学会说笑话；而要学会说笑话，最简单的方法，就是多听笑话。

我讨厌听笑话。

因为，我世界里的最后一个笑话，已经被我吃掉了。

所以，我的笑话课总是0分。

我的班主任很着急。他认为在我的笑话考0分这件事上，他不可避免地负有一部分责任。所以，每天放学后，他都把我留在教室里，给我补习笑话。

不得不承认，我的班主任是这个学校最幽默、最敬业的老师，为了帮助我补习笑话，他搜集了大量生动有趣又不常见的笑话。可是，即使这样，补习了一个学期后，我的笑话课成绩依然是0分。

我的班主任呆呆地望着一脸悲伤的我，说："也许，这世界上真的有不爱听笑话的鳄鱼，就像这世界上有不爱吃红烧肉的人一样。"

我的同桌叫小佳。不知是班主任的授意（小佳是笑话课代表），还是其他原因，小佳特别喜欢给我讲笑话。

"麻烦你帮帮忙，听我讲个笑话，明天就要讲笑话测验了，我需要练习一下。"每次小佳总喜欢拖着我，让我当她的听众。

小佳是一条天生具有幽默感的鳄鱼。有好几次，小佳的笑话差点让我笑出来。

这让我很害怕。我向班主任申请调座位，坐到了距离小佳最远的一个角落。

每次小佳过来找我，我都找各种理由避开她。

"一条没有幽默感的鳄鱼，是永远不会快乐的。"小佳跟我说了这句后，再也没来找过我。

那一天，天气很阴郁。学校里到处在流传着一个可怕的消息：小佳被池塘妖怪绑架了！

据说，池塘妖怪的身体里注满了不快乐，他已经几十年没有笑过了。需要很多很多的笑话，才能把他逗笑。但是，池塘老妖把小佳吓坏了，她一看见他，就吓得再也讲不出一句话，更别说讲笑话了。

没办法，池塘妖怪只好带着小佳来到学校。

"快放了我的学生，我来给你讲笑话。"我的班主任第一个冲了出来。

"除非你的笑话能把我逗笑，我才放了你的学生。不然，我连你一起吃！"池塘妖怪说。

班主任一连给池塘妖怪讲了三天三夜的笑话，可是，还是没把池塘妖怪逗笑。

"你讲的笑话一点都不好笑！"池塘妖怪生气了，"如果再没有一个笑话可以把我逗笑，我就把她吃掉！"

老师和同学们都吓坏了，大家纷纷在脑袋里搜寻着各种各样的笑话，并且轮番讲给池塘妖怪听。可是，还是没有一个笑话把池塘妖怪逗笑。

“看来，今天我的午餐就是这条鲜美的小鳄鱼咯！”池塘妖怪把吓得瑟瑟发抖的小佳举起来，张大嘴巴，做出要一口吞了她的样子。

“让我试试吧。”在一片惊叫声中，我迈着颤巍巍的步子，来到池塘妖怪面前，“不过，您先放了她好不好，如果我讲的笑话不好听，您就吃了我。您看，我比她强壮，肌肉更多，口感更好。”

我闭上眼睛、大着胆子说完这些，感觉全身的肌肉已经比石头还硬了。

“这似乎是个不错的主意。”池塘妖怪打量了我一番，然后把小佳丢到教室的角落里，“开始吧，小家伙，可别耍花招，我池塘妖怪可不是好惹的！”

于是，我给池塘妖怪讲了我人生中的第一个笑话：

从前，有只小鸟和一只蛋成了好朋友，她每天都给蛋讲好多笑话，让蛋每天都开开心心的。小鸟给蛋讲了 99 个笑话后，蛋说：“明天，我就要孵出来了。等我孵出来后，你再给我讲第 100 个笑话吧。”

第二天，一条鳄鱼早早地从蛋里钻出来，等着他的好朋友来给他讲笑话。这时，一只小鸟飞到了鳄鱼前面的一根树枝上。鳄鱼刚好肚子饿了，一下就张大嘴巴，吃掉了树枝上的小鸟。

鳄鱼等啊等啊，等了好久，都没等到他的好朋友。

“有人说要来给我讲笑话的，为什么到现在我还没见到她？”鳄鱼问池塘里的一只青蛙。

“笨蛋，你已经吃掉了你的笑话！”青蛙告诉鳄鱼。

“哈哈！哈哈哈！真是一条笨鳄鱼！我从没听过这么好笑的笑话！”池塘妖怪笑了起来，他笑得前仰后合，最后倒在地上，打起了滚。

那天，这个笑话其实只逗笑了池塘妖怪。据说，这个笑话让池塘妖怪笑了足足三个月。

“其实，那条鳄鱼并没有吃掉那个笑话，他只是吃掉了一颗笑话种子。希望他能给那颗种子一个新的生命，学会笑，而不是和那条鳄鱼一起慢慢枯萎。”有一天，在上笑话课之前，小佳走到我的座位边对我说。

那天的课堂上，我一直在想小佳的话。

后来，我终于想明白了。

小佳说得对，我应该给那颗笑话种子一个新的生命。

唯有让这颗种子好好地生长，才是安慰她的最好方式。

有一种年少叫童话。

三个童话

顾　鹰

1. 一个童话来敲门

笃笃笃——

雪夜里，一阵很有节奏，又很礼貌的敲门声。

“是谁啊？”躺在床上却毫无睡意的老奶奶很欢喜地问。

下了好多天的雪，没人串门，没人说话，孤单寂寞的滋味真不好受。此刻，哪怕是来一只熊，老奶奶也想拉着它说几句话。

“我是一个童话。”那声音听起来暖和和的。

“请进！请进！”老奶奶拉亮了灯，披着上衣，准备起床给童话开门。

吱嘎——门被童话推开了。

一阵暖洋洋的风吹进了老奶奶的屋子，壁炉里的火燃了起来，杯子里的水变热了，凉飕飕的被窝马上变得暖烘烘的。

“我猜，童话肯定是个毛茸茸、暖洋洋的小家伙！”老奶奶把这个故事讲给了好多的孩子听，一遍又一遍地回味着。

笃笃笃——

清晨，一阵很有节奏，又很礼貌的敲门声。

“哪位客人起得这么早啊？”正在厨房忙碌的妈妈，连忙赶走打了一半的哈欠。她每天都是家里睡得最晚的一个，但每天都起得比太阳还早。

“我是一个童话。”那声音听起来清脆脆的。

“欢迎欢迎！我已经好久没读童话啦！”

童话站在炉灶边，和妈妈攀谈了一个早晨。

那一天的清晨，吹过脖颈的一缕清风、树枝上的一阵鸟鸣、石缝里的一朵小花，甚至一片掉落在草丛里的小树叶，在妈妈眼里都焕发出了一种别样的神采。

妈妈的脑海里，甚至涌起了学生时代读过的一些小诗。

“我们的生活，到处都是光，到处都有诗，生活就是一个童话！”妈妈的脸上，焕发出了久违的活力和光芒。

笃笃笃——

深夜里，一阵很有节奏，又很礼貌的敲门声。

“忙着呢，别烦我！”埋首在作业堆里的中学生很不耐烦地说着。

“我是一个童话。”那声音听起来活泼泼的。

“童话都是骗小孩子的故事！”中学生推推眼镜，又舔了舔嘴巴，似乎在怀念一种记忆里的味道。

童话悄悄地来到孩子身边，拉开窗帘，让月光轻轻地映照在孩子身上。

“我给你讲个故事吧……”童话用一种梦幻般的声音，轻轻讲述着。

听着听着，中学生摘下眼镜，他的眼前似乎出现了一片美妙的星空，一片起伏的麦田，一片波涛汹涌的大海……

“生活不止眼前的作业，还应该有星空、麦田和大海！”中学生苍白的脸上，涌上了难得的红晕。

那个爱溜达的童话，它对自己所做的一切都很满意。

于是，它继续不停地溜达着。

也许，有一天，它也会来你家敲门。

如果童话来敲门，你准备好了吗？

2. 一个童话受伤了

一个毛茸茸的小童话受伤了，变成了一个硬邦邦、黑乎乎的童话。

从前，毛茸茸的小童话爱唱歌，现在，它整天都黑着脸，满口脏话，有时候还说谎。

从前，毛茸茸的童话很善良，喜欢帮助别人；现在，它一看见人就皱眉，不是扔石子，就是使绊子。总之，别人越不开心，它就越高兴。

从前，毛茸茸的童话喜欢阳光，它像一株向日葵一样，每天都追逐着阳光，在阳光下奔跑，在阳光下欢笑；现在，它总是躲在黑乎乎的地方，哪怕一丝微弱的光芒，都不愿去触碰。

渐渐地，这个毛茸茸的童话，变成了一个硬邦邦、黑乎乎的小怪物。

“讨厌的小怪物！”

“难看的小怪物！”

“肮脏的小怪物！”

人们越是不喜欢它，它就变得越是难看。

有一天，一个小女孩和她的同伴们在小树林里玩捉迷藏，小伙伴们让小女孩闭着眼睛趴在一棵大树上，等他们数到 100 的时候，再去找他们。

但是，小伙伴们没等数到 100，就悄悄地离开了小树林。

小女孩等着等着，一不小心睡着了，等她醒来的时候，发现天黑了。

“乐乐、米米、小豆——”小女孩着急地呼喊着她的伙伴们。

“他们回家了。”躲在黑暗中的小怪物看到了这一切，冷冷地说着，“他们欺骗了你，他们丢下了你！”

“他们只是先走了，明天我们还是好朋友。”小女孩听了小怪物的话，却一点都不伤心，还是笑眯眯地说着。

“小傻瓜！”小怪物在黑暗里吐了一口口水。

“你一定饿了，吃块饼干吧！”小女孩从口袋里掏出一块饼干，递给小怪物。

小怪物咬了一口，甜甜的，真好吃。

“还有吗？”小怪物问。

“明天再给你吧。”

“你明天还会来吗？”

“你想吃饼干我就来。”

没过多久，小树林外就传来了小女孩父母的呼唤声。

“我得回去了。”小女孩说，“明天我会给你带好吃的饼干。”

第二天，小女孩带着饼干来到小树林，她在一个最茂密的树丛里找到了小怪物。小怪物吃饼干的时候，小女孩给小怪物唱了一首歌。

这首歌，从前小怪物也经常唱。

小怪物吃着饼干，听着歌声，有点儿想哭。

小女孩还给小怪物讲了许多童话故事，阳光照在小女孩身上，看起来美得就像一个小天使。

听着那些熟悉的童话故事，小怪物忍不住呜呜地哭了起来。

泪水冲走了小怪物身上的脏东西，渐渐地，它不再硬邦邦的，而是恢复了从前毛茸茸的样子。

“哎呀，原来你是那个毛茸茸的小童话呀，我记得你，小时候你经常来跟我玩呢！”小女孩望着眼前的小童话，开心地笑着。

3. 一个笨童话

有一个地方，叫凉凉国。

这个地方特别冷，花草树木都不愿去安家，童话们也都不愿意去拜访。

有一个喜欢抱抱的童话，听说了凉凉国后，便想去那里看一看。

一路上，好多人都劝说这个童话——

"凉凉国的人都不相信童话，你去就是用热面孔贴冷屁股。"

"别傻了，你去那里，只会自找麻烦！"

"别去那种鸟不拉屎的地方碰壁啦，还是去找女人和孩子们玩吧，他们比较容易相信童话。"

"曾经也有童话去过那个地方，但是，最终还是灰溜溜地回去了……"

"我希望做点有挑战的事情。"喜欢抱抱的童话说。

"笨蛋！"

"真是顽固不化！"

人们在它的背后指指点点。

喜欢抱抱的童话走啊走，终于来到了凉凉国。

凉凉国终年都被白皑皑的积雪覆盖着，人们穿着兽皮制成的衣服，住在冰雪堆成的房子里。

凉凉国的人，不管男人还是女人，不管老人还是孩子，他们谁都不相信童话。

"你好！"喜欢抱抱的童话热情地张开双手，想跟那里的人们问好拥抱。

"滚开！"凉凉国的人这样跟它说。

凉凉国的人对喜欢抱抱的童话冷言冷语，有的还拳打脚踢，三天两头，喜欢抱抱的童话总会受点小伤。

"他们好可怜啊，不会说'你好'，不会说'晚安'，不知道什么叫快乐，不懂得拥抱的美好，更尝不到友情的滋味……"喜欢抱抱的童话看着白皑皑的凉凉国，心里觉得很悲伤。

它决定留下来，留在凉凉国，让这里发生一些不一样的变化。

喜欢抱抱的童话发现凉凉国的人喜欢喝茶，于是，它建造了一个"童话茶馆"，里面有从各个地方运来的顶级好茶。

每天，喜欢抱抱的童话都用微笑迎接着来"童话茶馆"的每一个人，热情地跟每一个人说着"你好"。

一开始，孩子们好奇地来到“童话茶馆”，喜欢抱抱的童话给他们制作美味的奶茶，还给他们讲好听的童话。

孩子们都喜欢上了“童话茶馆”，只要一有时间，就来“童话茶馆”，而且都不愿离开，无论大人如何哄骗打骂，不到该睡觉的时候，都不愿挪动步子。离开的时候，他们都会主动跟喜欢抱抱的童话来一个拥抱，说一句“晚安”。

渐渐地，大人们也被喜欢抱抱的童话讲的童话故事吸引了，他们纷纷来到了“童话茶馆”。经过一段时间后，他们会用礼貌的语调彼此之间说“你好”，分别时会依依不舍地说“再见”，女人之间甚至开始流行拥抱问好……

女人们开始栽花，男人们开始种树，鸟儿们也被吸引到了凉凉国。它们在大树上筑巢，在“童话茶馆”的窗台上唱歌。蝴蝶们在花丛中翩翩起舞，老人们快乐地结着伴，在花丛中晒太阳，在树林里散步……

不知不觉中，拥抱成了这里的问候动作，大家发现轻轻的一个拥抱，拉近了人和人之间的距离，让交谈也变得更加流畅了……

凉凉国发生了翻天覆地的变化，连名字都换成了暖暖国。

后来，喜欢抱抱的童话把“童话茶馆”交给了暖暖国一位睿智的年轻人打理，自己踏上了新的旅途。

因为它喜欢去尝试一些有挑战的事情。

“看吧，只要相信童话，凉凉国也能变成暖暖国。”曾经说过喜欢抱抱的童话是笨蛋的人，现在这么夸赞它。

每一个童话，都是血淋淋的现实。

卖火柴的小姑娘

王　溱

她穿着打着补丁却又鲜艳无比的衣服，一看就是为舞台而做的；她手里的火柴盒比烟盒还要大，每一根都像小火炬，以便观众可以看清楚。她对这些道具谈不上满不满意，反正就演呗，生活哪一天不是在演？

六一节汇演，家长也要出节目。这个角色是学校老师指定要她演的，谁让她天生一张娃娃脸呢。其他家长嘛，过往的风霜雨雪全写在脸上，再来挑战这么稚嫩的角色显然太过牵强。这曾经也是她引以为傲的资本，不高却稳定的工资，没趣却也不累的工作，抹的是屈臣氏分不清牌子的护肤品，这么多年来时间倒也没怎么骚扰她，她就只管躲在蛋壳中孵着岁月，安安稳稳波澜不惊。

但几天前一场同学会搅乱了一切，把她的蛋壳狠狠敲开一条缝，焦虑和欲望从四面八方撑开裂缝，没多久就啪嗒一声碎成渣了。她一下失去了庇护，空气层层叠叠压得她窒息，一点点的风都足以让她汗毛竖起。

罪魁祸首应该是以前天天被罚站的李圭，他如今竟成了知名上市公司的CEO，开口闭口不是区块链就是中美贸易战，硬生生把同学会变成了高端经济论坛。

成绩很差长得还不错的同桌阿兰，这会儿成了时尚代言人，手挽LV挎包，脚蹬GUCCI凉鞋，明星同款露背裙，卡地亚钻戒，鲜红的双唇轻轻抖动着“传授”秘笈：女人哪，必须舍得为自己花钱，可别一不小心就活成廉价的女子。

还有那个不声不响的田丽，她居然真的独自踩单车穿越了西藏某个无人区，一下成了名人，同学们都围着她带来的相册时不时发出惊叹。

更可气的是当初跟自己争班长没争上的那个满脸雀斑的刘姗姗，从国外镀金回来的，满嘴汉语夹英语，偶尔叹息一下，又要上 EMBA，又要上礼仪课，天天还要留意华尔街动态，忙啊，末了还要半开玩笑地说：有什么办法呢，这年头，不进则退，可不能被时代抛弃呀。

被时代抛弃并不可怕，可怕的是被曾经自己瞧不起的同龄人远远抛在身后。她忽然觉得自己的生活毫无道理，没钱没权活得不精致也就罢了，居然还不上进！这是最可怕的，曾经是优等生的她第一次觉得自己很穷，太穷了！哪方面都太穷了！

她感到了饥寒交迫，是的，就像她扮演的卖火柴的小女孩一样，在漆黑的夜里，只能对着别人家窗户飘出来的烤火鸡味道茫然搓着双手。她的忍耐力显然没有小女孩那么好，才片刻就决定要把火柴擦燃，为什么不呢？火不就是拿来取暖的吗？

她果断擦燃一根火柴，眼前顿时亮堂起来。她昂首阔步走进领导办公室，甩下一封辞职信说，这样半死不活的工作，明摆着就是温水煮青蛙，别耽误了老娘的前程！领导惊愕的表情在摇摇晃晃的火光下十分滑稽。

她大笑着又擦燃了一根火柴，地点转换为太古汇奢侈品商店，这个她从来都是远远望着不曾踏足的地方，今天她要把所有的店都扫一遍，把所有的信用卡都刷爆，把自己彻彻底底变成一个身价百倍的女人。光鲜的衣服，闪亮的指甲，精致的妆容，果然让她感觉到了前所未有的自信，对，就是这种感觉，一种人生即将改变的感觉。

她趁热打铁又擦燃了一根火柴，一鼓作气把积蓄都拿出来，给自己报了许多的班，英语的，口才的，礼仪的，插花的……怎么精致怎么来。

好了，断舍离了，内外兼修了，剩下最重要的一根火柴，该是为自己的前程谋划了，她擦燃了最后一根火柴，却迟迟想不到自己到底可以做什么，这么多年的机关生活，自己只会送送文件，打打字，整理整理档案，别的好像啥也不会，从头学起显然也来不及了。眼看火柴很快就要燃尽，她越来越着急，越急就越想不出来，火光中渐渐浮现一张怨妇的脸，皱纹如藤蔓般蔓延，色斑像果子一样挂在藤蔓上，身体渐渐蜷缩，只留下一张犀利的嘴在喋喋不休中咒骂着世间的不公。她吓坏了，只觉得一阵天旋地转，像是被谁拼命摇晃，一睁眼，却是女儿焦急的脸：妈妈，你怎么在这里睡着了？就快到你上场啦！

她揉揉眼睛，自己就蜷在后台外边的走廊上，手上小火炬一样的火柴棒还在。她庆幸地摸着胸口长长吁了一口气，莫名其妙地说了一句：卖火柴的小女孩死得有点太着急了。

女儿一脸茫然，妈妈你说什么？

她摸摸女儿的头说：长大了就好了。

女儿还是茫然，谁？谁长大了就好了？

如果得不到王子的爱，你将变成海上的泡沫。

海的女儿

王 溱

都说她来自南边一个小渔村，谁也不知道她的真实身份。

巫婆的话犹在耳边：喝了我的药，鱼尾巴就能变成人类的腿，每走一步如踩刀尖。巫婆还说，如果得不到王子的爱，你将变成海上的泡沫。

她颤抖着扯下头上的花，义无反顾地把脚挤进高跟鞋，弓着背，平移脚跟，对抗着钻心的疼。所幸大楼里所有穿高跟鞋的女孩走路都是弓背平移，甚至有人偷偷贴上了止血贴，谁也没觉得她怪异。

她的王子就在这栋大楼的顶层，是这家跨国企业的少东家。她的美貌轻而易举为她谋得了前台的位置，面试官甚至都还不知道她最难得最与众不同的能力其实是——听觉。

听，这是涨潮的声音，那是退潮的声音，也就是一般人统称为海浪的声音；这是客轮来了，那是货轮来了，其他人只知道有船来了。她这样的技能，适合到业务部，公司的货运码头天天船只不断。

可是，她在前台。

前台也好啊，她能从电话里听出对方是在哪里打电话，也能从电话里听出对方的心情。她总能恰如其分地把各种信息在合适的时候传到王子的专线里。

只靠一根细细的电话线维系着虚无的没有质感的爱，终究不是办法。她悄悄酝酿着，捕捉着电话线那端的声音里隐藏的心事和诉求，在所有人都毫不知情的情况下，一举帮公司拿了个大单，成为销售部的一员。销售部在三楼呵，离王子更近了。最重要的是，每周一上午，王子都会亲自到销售部开会。其实就是狮子大开口布置任务和声情并茂打鸡血。他说什么都行，那节奏像极了海浪拍打在岩石上，太美。

她的业绩很好。她必须业绩很好——只有业绩最好的几个，能得到王子亲自的握手嘉奖。周一她基本不洗手。

只是一星期一次哪够呢？她悄悄报了个文秘培训班，时间管理不难，资料分析不难，做 PPT 也不难，她聪明着呢，成为王子的秘书，自然也不难。她从三楼又一跃到了顶楼，她的高跟鞋在顶楼的大理石地板上咯噔咯噔，不痛，也不累。

现在对她来说最难的，是抽空去海边走走，好久没听到海浪声了呵，她想家了。也没事，把手机铃声设为海浪的声音，什么时候都能听。

她超凡的听力继续发挥着巨大的作用，王子细微的语调差异，在她耳朵里就是浪尖与浪底的区别；王子怒了，怒气拍打着海岸，她也分得清是发生了飓风还是雷暴。客户语气里任何一丝细微的狡黠，像沙蚌，潮水退下时企图迅速钻入沙中，却被她一把扔入篓中。

你亲自去办吧，我只信得过你。王子经常这么说。说这话的时候，他的声音是温柔的，带着若有似无的暧昧。

习惯了用两只脚走路也挺好的，习惯了听手机的海浪声也挺好的。最好的是她可以天天看着他，目不转睛。

公司每年都会选择到那家海边的度假村开年会，据说是王子定的，他说我们做海运生意的，就该接近大海。她暗喜，她把这个理解为爱屋及乌。

今年的年会晚餐是在一个很有情调的海洋主题餐厅，墙面嵌满了各种贝壳，还画了个 Q 版的美人鱼。就是画得丑了点，她如果仔细看会被气死。不过她才没空仔细看，她忙着给王子打电话。年会就要开始了，王子却不知跑哪去了。

在她锲而不舍的电话轰炸下，王子终于来了，挽着一个女孩。女孩穿着渔家女俗气的染布衣，头发盘了圆髻，上面插了好几朵鲜艳的花。

各位，我有事宣布，王子清了清嗓子说，他的声调跟平时有点不一样，今天请你们帮我见证，我订婚了。

说着他拉起女孩的手，深情地说，这是大海送给我最珍贵的礼物。

她死死盯着女孩的眼睛，那双眼睛的内容是那么深邃，像时空隧道，翻腾着浪花。

正出神，耳边真的传来了隐隐约约的海浪声，她条件反射掏出手机，没响。她四顾问：谁的手机响？

有人拉开落地窗的大窗帘，一大片海就蹦了出来。她惊愕地盯着窗外，忽然放声大哭起来。

同事小心翼翼地询问怎么了，她抽泣着说：我，我就要变成泡沫了！

当然，她最终没有变成泡沫。

一个这么能干的总裁助理，怎么可能变成泡沫呢。也不可能回小渔村去，像小时候那样打打鱼，唱唱歌，看看《安徒生童话》，做做梦。

她换了家公司，换了个王子——反正世界上又不只他一个王子。

那样的年代，我们只想活在童话里。

拇指姑娘

王　溱

1

“老太婆，真的有拇指姑娘吗？”

“当然啊，她就在你的烟盒上坐着呢。”

“她从哪儿来的呢？”

“当然是从花蕊里来的。我捡到了一颗种子，把它种在花盆里，开花的时候，拇指姑娘就出来了。”

“对，安徒生童话里也是这么说的。那，她长什么样？”

“她呀，有长长的金褐色的头发，圆圆的脸蛋只有指甲盖那么大，眼睛也圆圆的，像极了我们的小孙女。”

“真好，那她一定还有一对小酒窝——她怎么不说话？”

“她说呀，她还唱歌给我听呢。”

“我怎么听不见呢？我眼睛看不见，耳朵还是好的呀。”

“她太小了，声音也很小，我得把耳朵贴近了很仔细地听才能听得到。来，靠近点，你仔细听听。”

“不行，我还是听不到。”

“唉，你的耳朵越来越不灵光了。”

“是的，我整个身体都越来越不行了，这几晚我都疼得睡不着觉。给我根烟吧。”

“恐怕不行，我刚才说了啊，拇指姑娘就在你的烟盒上坐着呢，看样子她并不愿意挪开。”

“这样啊，那算了。”

2

“老太婆，你在干什么呢？我怎么感觉你一刻也没有停下。”

“嘘！我在逮癞蛤蟆。”

“为什么要逮癞蛤蟆呢？”

“你忘了吗？安徒生童话里说，拇指姑娘会被一只可恶的癞蛤蟆抱走的，你愿意我们的宝贝也被带走吗？”

“那当然不行！我来帮你吧。”

“好的，你帮我拿住这一只，可别让它逃了。我再去捉一只。”

“有很多吗？”

“我不知道，它们都躲在湿漉漉的泥巴洞里，我必须找个工具把洞挖开。”

“天哪，如果我们的宝贝被捉去那样的洞里就太可怜了。”

“是的，在它们动手之前，我必须把它们都捉住。”

“你打算怎么处置这些坏家伙呢？”

“还没想好，把它们煮成一锅汤怎么样？”

3

“老头子，外面有一些花开了，我带你出去走走吧。”

“我恐怕走不动了，我的四肢已经僵硬。”

“那就太可惜了。我们的拇指姑娘就在那朵最美的郁金香上跳舞呢。”

“多想看她跳舞啊！能给我说说吗？”

“嗯，她梳起了高高的发髻，穿着一件蓝白相间的礼服裙，旋转起来的时候，就像一群白鸽掠过蓝天。那朵郁金香在她的脚下摇呀摇，摇呀摇，绽放得更灿烂了。”

“真美啊！我们的拇指姑娘一定很开心吧？”

“当然，她最喜欢阳光和鲜花了。你还记得吧？安徒生童话里的拇指姑娘为什么不愿意嫁给富有的鼹鼠呢？”

“记得，因为鼹鼠只喜欢躲在阴暗的角落，而且讨厌鲜花。”

“是的，那你还愿不愿意跟我一起出去走走呢？”

“好吧，你搀我一下，我试试。我可不能做一个让我们的宝贝讨厌的人。”

4

“老头子，老头子，你怎么了？”

“我，我想，我很快就要离开你了。”

“为什么这么说？”

“我感觉不到自己的身体了，一点儿都不痛了。”

“我明白了，你要去没有疼痛的地方了。”

“对不起，留下你一个人可怎么办呢？”

“不用担心我，我还有拇指姑娘呢。”

“哦，是的，拇指姑娘，她现在在做什么呢？”

“她正坐在燕子的背上呢。可爱的燕子会带着她飞过高山和大海，寻找一个温暖美丽的地方。总有一天，她会带我去到那样的地方。”

“多好啊，希望她能早一点找到。”

“是的，我们都会想念你的。”

5

以上的四段对话，来自战火纷飞的某国，某一对70多岁的老人——也许是叙利亚，也许是也门，谁知道呢，所有失去和平的地方都是一样的。

他们唯一的孙女两年前在一场空袭中被炸死，女儿女婿失去了联系，老头子也失去了双眼。这两年来，他们怀着与女儿重逢的希望，不停地换地方躲避战火：不断掉灰的地下室、满目疮痍的废墟、满是老鼠苍蝇的垃圾堆……老爷爷的病痛越来越重，只能靠香烟稍微缓解疼痛。可是食物和日用品越来越难搞到了，他们有时甚至要逮蛤蟆老鼠充饥……

整座城市弥漫着白色的烟雾，看起来真实，又虚无，也许是死神的白袍，也可能是天使的轻纱。不管怎样，他们还有拇指姑娘。

读到这，我想，也许你愿意从头再看一遍。或者，再活一遍。

爱情的双方，总是要有一方做出牺牲的。

牛郎织女

王　溱

——嘿，牛郎，你在做什么？

忙啊，我犁地呢。犁了地，我还得施肥耙地，平土播种。这地里的时光溜得比泥鳅还快，耽搁了，这一茬可就没收成了。

等收成了……收成了也停不下来啊，我还得再犁地，播种，抢着时间种晚稻咧。等晚稻收成了也不得闲，我得把稻子打了，拿到集市上卖，换了钱买几筐鸡崽子养着，就养在地里，散落的穗子正好当饲料，等鸡冠子红了，会打鸣了，就该卖了。

这鸡可不大好卖，收鸡的那小胡子，把价格压得贼低，说什么禽流感呢生意不好做，他得多攒点钱，好给老家的媳妇买苹果手机。

想想他也没错，我就把鸡都卖给他了。换了钱，一部分藏瓮子里，一部分又买了种。这不，我得赶紧犁地，把新一茬的早稻种起来……

歇歇？不能歇啊！这两年多挣的加起来，还差着呢。哦，忘了告诉你，我在给织女筹备大惊喜呢。钻石！一克拉的！我算过了，三年，忙个三年就差不多了。织女说过，她最喜欢闪闪发光的东西了。哪个女人不喜欢呢？

急，我是真的急，我撅犁，我疾走，我扯得老牛嗷嗷叫。你知道吗？我已经两年没空去鹊桥了。七月初七，正是最忙的时候，刚收完早稻，就紧打紧赶着播晚稻，尿我都憋着没空撒。我很想念织女，眼下离七夕只有四个月零八天了，我能不急？我说老牛，你倒是走快点呀，老盯着天上的晚霞干啥？天就快黑了，还剩两垄地没犁好哪。

我想好了，万一还是不够呢，我就卖了老牛脖子上的铃铛，那是铜做的，还值点钱。就是对不住我这老伙计了，铃铛它打小就系在脖子上的。可爱情是需要牺牲的，为了织女，我什么都可以做。

你会懂的。对吧？老伙计？

哞！

——嘿，织女，你在做什么？

嘘！小声点，别惊了小喜鹊。那俩小家伙真逗，绕着一颗小米粒扑腾打转，你啄一下，我啄一下，谁也不舍得吞了……

别误会，我没偷懒，我的织霞机还嘎吱嘎吱转。看见那道光了吗？俏皮着呢，刚才还躲云里，这一会又跳出来刺穿了大山。我在等着，等着，等它得意忘形没了防备，我就把它扯来，绕在织霞机上，到那时，每根线都能泛出光芒。

美吧？真美！有了光，我就能织出晚霞最美的模样。我把晚霞挂在天边，牛郎隔得再远也能欣赏。我用的是一种叫思念的线，很长，在织霞机上嘎吱作响。

两年了，牛郎哥已经两年没来赴鹊桥之约了，搭桥的喜鹊们都懒洋洋请了假，成双成对约会去了，我顿时有点寂寞。不过没关系，我还有回忆哪，我的梭子飞舞起来，往昔的日子便在彩霞缝间若隐若现：

日升起时，他扶着犁，我挎着篮。他喊一声嘿哟，我帮他擦汗。

日落时，他牵着老牛，老牛驮着我，我随手扯片云朵，轻轻披在他身上。

丁零零，丁零零，那是老牛脖子上的铃铛，清脆响亮，你便听不到一切生活的难。

离七夕还有四个月零八天，到那时，我又可以披上自己织的彩裙，漫步到银河畔。那里繁星点点，闪闪发亮。我把星光藏进我的梭子里，之后的三百六十四天，只要我一舞起梭子，星光就能跳出来，照亮我和牛郎，仿佛天天都是七夕一样。

——牛郎，织女，你们在干什么呢？

哦，对，已经是七夕了，忙活了三年的牛郎和盼了三年的织女，终于可以如愿了吧？

牛郎瘦了，深凹的黑眼圈里，竟奇妙地迸出了炯炯的光。他兜里有一颗钻石哪，是钻石给了他能量。他在想，织女看到钻石时，会是什么模样？是尖叫呢，还是惊得一个踉跄？或者跳起来，搂住他开始转，一圈，两圈。

你猜，我给你带了什么？最最闪亮的。

一束阳光？织女笑了，她想起那束俏皮的光。

不对，再猜。怎么能是一束廉价的光呢，为了它，一年一熟的水稻，我愣是种了两茬呢！

莫非是，一颗星星？织女有些激动，有一颗属于自己的星星，就不用偷偷把星光藏进梭子里了。

不对不对。怎么能是满天都有的星星呢，为了它，我把老牛的铃铛都卖了呢！

到底是什么？织女问。

牛郎颤抖的手开始在兜里摸索。

糟了，钻石呢？牛郎把整个兜翻过啦，没有。

织女也帮着翻，没有。

银河上，星光很晃眼，钻石到底在哪呢？

你负责貌美如花，我负责赚钱养家。

田螺姑娘

王 溱

这是他人生的第一份工资。他兴奋地揣着并不厚实的信封进了商场，出来时信封瘪了大半。

他把新买的裙子包好，藏在某个能让她惊喜的角落。他们租住的单间只有十来平方米，简陋，却十分温馨，她的巧手总能把一切装扮出爱情笼罩的模样。他最爱轻轻刮她的鼻子说，呵，能干的田螺姑娘。

他的田螺姑娘发现裙子果然很开心，穿上后在他面前旋转了一圈又一圈。然后她恋恋不舍地脱下裙子拎起菜篮子出去买菜，她说今天要做三明治，庆祝他第一次领了工资。

很快她的菜篮子里就有了一颗风华正茂的生菜，一根衣服快爆开的胖火腿肠，几个骨碌滚的西红柿，还有几个一惊一乍唯恐被打烂的鸡蛋。不过这些家伙没机会上餐桌了，他赶到的时候，这些东西都以一种不太雅观的姿势贴在水泥路上，色彩倒很丰富，跟蜷缩在血泊中的她的身体一起构成了一幅很艳丽的画。

他听不见警察的询问，也听不见她家人歇斯底里的哭声，他脑子里只有那幅画，你看，她蜷缩的身体就跟缩在田螺壳里一样的，只是壳碎掉了。

他步行回家，开门，一屁股坐在茶几兼餐桌旁。餐桌上两片三角形的面包平铺在盘子里，他拿起来，喃喃道，没有夹馅料的三明治还能叫三明治不？刚说完，她就匆匆走过来了，她说，等等，我出去买点生菜鸡蛋吧。

他转头看着她，她正穿着他新买的裙子，像仙女，这么美的裙子怎么能跟生菜鸡蛋什么的混在一起呢？

还是就这么吃吧，他说，然后拿起面包狼吞虎咽。

第二天他起了个大早，步行好几条街去上班。其实坐公交车也就两块钱的事，可他的田螺姑娘叉着腰说：你需要多动动啦，整天坐在电脑前面不动，你的猪蹄就快变成火腿那样啦。过一会儿，她又掩嘴笑道，走路上班一天能省下四块钱呢。是的，一天能省下四块钱呢。他脑子里浮现她掩嘴笑的模样，酸痛的双腿忽然又有劲儿了。

他很勤奋，没几个月就有很好的业绩，拿到的信封又厚实了一点，拿到信封的他又兴冲冲去了商场。

回到家，餐桌上已经摆了两碟菜，米饭的热气也吱吱从电饭锅里冒出来，他的田螺姑娘正在满头大汗擦着地。看着她辛苦的样子，他忽然觉得那个田螺姑娘的传说太不靠谱了：那男的怎么能让田螺姑娘整天就知道洗衣做饭收拾房间呢？那男的怎么就能心安理得享用呢？我可做不到！他郑重其事地看着她说，亲爱的田螺姑娘，你就穿着漂亮的裙子，优雅地坐着就行了，有我呢。他还俏皮地套用了一句网上流行的话：你负责貌美如花，剩下的交给我。

他到底是个说到做到的家伙，当真系上围裙开始洗菜做饭。她穿着他新买的裙子，笑盈盈地坐在椅子上看着他。

他拿起抹布认真仔细地打理房间，她俏皮地在他打扫过的地方蹦来跳去。

他使劲又笨拙地搓洗着衣服，她伸出手指一戳，啵，破了一个泡泡。

他哼着歌，她一直保持微笑。

房东来收房租，从门口探头一看，干净明亮，啧啧赞，不错呀小伙子，会过日子！

他心里暗暗高兴，田螺姑娘也这么夸我呢。

街口卖早餐的大妈说，小伙子，一个人不容易呀，大妈给你介绍一个吧？

他吓得连连摆手，不用不用，谁说我一个人了。

月复一月，年复一年，每到发工资的日子，他都会去商场买一条裙子，他喜欢看她穿上新裙子那兴奋得发红的脸蛋，然后绕着他一圈又一圈地旋转裙摆。

她问他，为什么对我这么好呀？

因为我不能失去你呀！他说，你知道吗，有一次我也不知道怎么回事，居然幻想你出车祸死了，这太可怕了，我会活不下去的。所以我必须竭尽全力照顾好你，不让你出一丁点问题……

他的勤奋和能干终于有了回报，才几年工夫就存够首期按揭买了一套房子，他高兴地对田螺姑娘说，我们终于有自己的窝啦！

搬家的时候，搬运工惊讶地发现，自己满头大汗扛上楼的那几大箱子，居然全都是裙子！优雅的礼服，端庄的职业裙，俏皮的短裙，风情万种的民族裙，几十条款式各异的裙子被他用衣架撑开，摆满了整间房子，沙发上一套，餐椅上一套，床边挂一套……见搬运工看着他发呆，他不好意思地说，都是我爱人的裙子呢。说完，扭头朝着餐桌那边说：亲爱的，你坐着别动，等我给师傅倒水就行了。

搬运工扭头一看，餐椅上就挂着一套裙子，哪有人？

实在很苦的时候，就舔一口棒棒糖。

猪八戒的棒棒糖（外一篇）

周洁茹

当猪八戒还是一只猪的时候，喜欢上了一个妖精。可是一只猪跟一个妖精会怎样呢？他们没有房子也没有吃的。妖精走了，给猪留下了一支棒棒糖和一封信。妖精在信里说，她要奔她的好前程，叫他忘了她，实在很苦的时候，就舔一口棒棒糖。

猪娶了财主家的女儿，猪每天辛苦干活，有了房子也有了吃的，贤惠妻子。若不是不小心露了真面目，猪会是永远幸福下去的猪。

猪只好跟着一个和尚，一条龙，一只河妖和一只猴妖去西天取经。和尚师父说了，那才是所有妖怪的好前程。

师父骂他蠢的时候，舔一口棒棒糖。猴妖捉弄他的时候，舔一口棒棒糖。白骨精死的时候，也舔一口棒棒糖。到后来一把火烧了七只蜘蛛精的洞穴，他已经不会心疼，舔一口棒棒糖，不过是喜欢上了那一口甜的滋味，当作了奖赏。

猪八戒最后成佛的时候，舔光了最后一口棒棒糖。每天好吃好喝好生活，竟然怀念起了那支棒棒糖。叫人去买，总也买不到对的。用他净坛使者的身份去找当年的那只小妖精，也找来找去找不到。

有一天无聊去斗战胜佛处坐坐，说起成佛的路。斗战胜佛说，那些个女妖精，心性都很奇怪，我是记得还有一只把自己化成棒棒糖的小妖怪的，你说奇怪吧。喂，师弟，你怎么哭了？

流沙河

她急着过河，宽阔的河面，望不到尽头。渡口孤零零一只船，船夫衣衫破旧，面目愚钝，像是生来痴傻的人，被乡人遣来做这辛苦的摆渡人。

天色已晚，她不想冒这个险。

她在河岸坐了半晌，河面上滚着薄薄一层细沙，三千弱水深，她咬一咬牙，上了船。

船到河中央，船夫停了木桨，现出项下九个骷髅，一张脸已变得狰狞。她叹了口气，说，等等，我讲个故事，你听完再杀我不迟。

从前有个身份卑微的婢女，整日做些端茶倒水的杂事，一天又一天，时间过得飞快。直到有一日遇见了他，也是身份卑微的小官，沉默寡言的男子。若这世上真有一见钟情这回事，这就是了。可是一个婢女，跟一个不得志的武官，会有什么未来呢？即便是王母的亲孙女，尊贵的公主，爱上凡间的男子，不也要被捉回天庭？终日以泪洗面，只争得一年一会。

她眼睛望着他，忧烦着她的将来，没有明天的明天，心烦意乱间，打破了琉璃盏。她怔住，正欲下跪谢罪，他先她站了出来，眼睛望住天帝，说是他失手打破了的。

原是小事，天帝竟然大怒，当场绑了出去。皇帝的心，谁知道是怎么回事呢？

她赔尽笑脸，四处打听，终于探到他被贬入人间，已经面目全非。她要去找他，宫里的姐妹都劝她不要去，天上一日，人间十年，即使相见，他也是记不得一丝半毫前尘往事了。她执意要去，冒死偷下人间，一路风霜，终于寻到这条流沙河，只为见他一面。

他沉默了一会儿，问她，人间好么？

她答，好。

他说，比天上好？

她答，比天上好。

他说，他于她，只是怜悯，他代她受罪，原是无心之举。他也爱上了一个人，不过是个男子，尊贵的男子，他们又有什么未来？

她说，好吧。

他便弄翻了船，化作一尾大鱼，吃了她。此时天色大变，风卷云涌，他仰了头，安然受那七日一次，万箭穿心之刑。

一场痛苦的单相思次第展开。

公主与妖精

周洁茹

淹城公主

淹城公主的父亲，原是山东以东奄国的君王，追随朝歌城王子武庚复国，兵败。族人多迁往秦地，王族则越过长江，去到江南，凿河为堑，堆土为墙，建了淹城。公主的母亲在南迁的路途中病故，公主跟随父亲住在淹城，淹城公主的名字就是这么来的。

奄王经历灭国之痛，又怜悯公主从小没有母亲，对公主非常宠爱。公主到了成婚的年纪，没有走出过淹城一步。

吴国的王子带来贵重的礼物求亲。吴国是江南的大国，奄吴结盟，可保奄国遗族平安。奄王应允了婚事。

淹城公主听到这个消息，并不欣喜。从子城宫殿的高处望去，跑马冈烟尘飞扬，父亲正与吴国王子驰马，王子的身形都看不大分明。

淹城形似人眼，城墙三道，黄土筑成；护城河三道，宽十二丈，不相通流。子城最高，内城又高于外城，三城三水的出入口都只有一个。子城与外城间的一道土冈，由东向西，就是跑马冈。

父亲寡言，平日里也只在跑马冈驰马。淹城公主自小就从子城宫殿眺望那道跑马冈，有时候也望得见三道水里漂游着的独木舟。江南的匠人砍倒粗壮的大树，剖空树心，烧黑树的枝节，刻上花纹。那棵树便不再是树，成了一只能在水面行走的舟。

淹城公主一天天长大，没有走出过淹城一步。这三道城，没有人来侵犯，也不去侵犯别人。淹城的公主，没有人知道她，她也不知道外面的人。被忘记的公主，终被记起，淹城公主并不欣喜。

吴国王子请求淹城公主在城头栽下豆藤，以城墙上开出豆花见证两国友好，也是婚娶的好时辰。奄王欣然应允。于是淹城公主亲手种下了豆藤，豆藤很快爬遍淹城城墙，开出美丽的花朵。吴王突然病重，飞书王子返吴。吴国王子离开后，豆花凋谢，藤枝枯萎，吴国随即火攻奄国，万千火箭飞上城墙，干枯的豆藤遇火即燃，淹城即变火城。

奄王战死，淹城公主投水自尽。

淹城今天还在，城外三个山头，称作头墩、肚墩和脚墩，是当年埋葬淹城公主与淹城子民的地方。

星星妖精

当公主突然出现在森林，那个住在橄榄树心里的妖精，还不知道悲剧已经开始。本来他可以做快活的树妖、草精，收集地底下的金子，教训说谎的顽童，可是他看到了她，他开始了胡思乱想。一场痛苦的单相思次第展开。幻想的火，燃烧——燃烧而欲毁灭。

一个英俊的王子出现，引去了她的心。

妖精用头撞地，却死不了，因为他是妖精，撞地，就钻进地里面去了。妖精投河自尽，也死不掉，因为他是妖精，投水，就漂在水上了。火烧不嫌痛，土埋不觉闷。

英俊的王子露出了毒蛇的本来面目。公主发现了最爱她的是那个妖精。她痛哭了三天三夜，第一天哭，自己被欺骗；第二天哭，没有真正的王子真正地爱她；第三天哭那个妖精实在太丑。

她只好去爱妖精，她也没有别人可以爱。两个相爱的人莫名其妙地久久地看来看去。他们俩没有别的事情，也没有游戏好玩，就一天到晚你盯着我，我盯着你，死死地看。

国王带着大军来到了荒凉的森林。公主得救了。

国王为了让公主忘掉离开家后的一切悲惨遭遇，从巫婆那里买了一碗忘忧汤。喝下了汤的公主，一觉醒来，发现庭院外面一片春光明媚，她高高兴兴地叫上小朋友去花园里荡秋千。

妖精杀不死，国王苦恼万分。巫婆从极乐西方取来一道咒符，贴在王国的须眉山上。这样一来，妖精便永远无法踏入王国半步，哪怕越过了国境线一毫米，也会头中打鼓，心里冒烟，肝肠寸断。妖精只能一天一天沿着国境线兜圈儿。

后来，王国化成一颗恒星，妖精化成了一颗行星。

我要为自己挑一个最好的小伙子！

聪明的豆娘

蓝　蓝

滴哩吧啦城有个姑娘。以前她是个小姑娘，后来她长大了，就成了一个苗条漂亮的大姑娘了。大姑娘有个名字，叫豆娘。豆娘是一种小昆虫，比蜻蜓小一点，绿绿的身体，薄薄的透明翅膀。但我们的豆娘可不是虫子，她是个知书达理的好姑娘，她还有个和她长得一模一样的孪生妹妹。

姑娘大了要嫁人，豆娘总也不慌不忙。“我要为自己挑一个最好的小伙子！”她说。虽然她这么说，可总不见她像别的姑娘那样到大街上或者广场上去，偷偷寻找自己中意的小伙子。她一天到晚待在家里，要么看书，要么帮母亲干家务。她的妹妹却爱和别的姑娘们一块儿玩啊闹的。时间一长，母亲和父亲都有些着急。

“我们可不想把你留在家里养老，我们还盼着早一天抱上胖胖的外孙呢！”老两口互相做了鬼脸，对豆娘说。

豆娘笑了，说：“好吧，明天我就到广场上挑一个最好的女婿来。”

第二天，滴哩吧啦城的居民都知道漂亮的豆娘姐妹要挑女婿的事情了。

广场上来了三个人：一个是英俊的士兵，一个是城里最有钱的人的儿子，还有一个是衣衫褴褛的农夫。三个人都想向豆娘求婚。

豆娘客气地把三个人都请到家里，说：“我要请教你们三个问题，回答完后还要请你们在我家过一夜。”

豆娘的三个问题是：一棵树为什么会跑？世界上最大的耳朵在哪里？人间

无所不能的是谁？

有钱人的儿子说："锯倒了树，拉走它不就是跑了吗？大象的耳朵最大。人间有钱就无所不能。"

大家听了一阵哄笑。

英俊的士兵说："树会跑是因为人把树移栽到别处了。世界上最大的耳朵是听别人说话的耳朵。人间只有英雄无所不能！"

人群中传来赞许的声音。

农夫说："一年一年，树在时光中奔跑。沉默里有世界上最大的耳朵。人的幻想无所不能。"

豆娘惊奇地看了农夫一眼，微笑着点点头。她的妹妹却一直盯着那个英俊的士兵目不转睛。

到了晚上，豆娘的父亲把三个人分别带到三间屋子里。每个屋子里都只有一张床和一个漂亮的大柜子。

"你们有整整一个晚上的时间可以好好想想，你们这一辈子最希望得到什么。想好了，打开柜子，你应该得到的东西就会出现。"

说完，老人就走了。

有钱人的儿子躺在床上想呀想呀，又想要很高的官位，又想要美女，想来想去，觉得有钱什么都能得到。于是他就对着柜子说："我要很多很多的金币！"

柜门开了，跳出来一只大大的癞蛤蟆，挥着大棒子把他打跑了。

英俊的士兵想："荣誉是一个士兵最骄傲的标志，但建功立业得有一匹骏马和一柄宝剑。"

于是他对着柜子说："我希望得到一匹骏马和一柄宝剑。"

柜子的门开了，当啷啷，一柄宝剑落到了地上，接着，豆娘的孪生妹妹含着泪水走出柜子，哀怨地说："难道我还不如一匹母马漂亮吗？"

士兵羞愧地红了脸，赶紧上前握住了她的手。

农夫也在屋子里。他站在柜子前，温柔地说："可爱的姑娘，我什么都不需要。我只要你做我的新娘。”

柜门开了，豆娘微笑着走出来，轻轻地搂住了他的脖子。

天亮了，豆娘家的大门外突然传来一片欢呼声和音乐声。原来，农夫就是他们年轻的国王，他很早就知道滴哩吧啦城有位美丽的姑娘。为了娶到一个真正聪明善良的新娘，年轻的国王就乔装打扮来到了这里。

这真是一个喜气洋洋的好日子，豆娘和她的孪生妹妹都找到了称心如意的郎君——只有我，讲了半天，什么也没得到。

他已经失去所有记忆，只会说一个词语：麦片。

最会讲故事的人

秦　俑

有土地的地方，就有讲故事的人。正是这些讲故事的人，塑造了王国的历史、文化和精神。有一天，国王心血来潮，他想知道在他的王国里，谁最会讲故事。于是，我谋到了一份差事，我将踏遍这个国家的每一寸土地，去寻找那个最会讲故事的人。

我翻过 7 座山，蹚过 14 条河，穿过 21 个村镇，听过不计其数的故事，但我想象中的那个人一直没有出现。

第二年春天的时候，在白哈巴镇，我见到了“无人不知的扎玛”。扎玛是一个画匠，他一生只画一个人。

扎玛画的是他的救命恩人。9 岁那年冬天，他不小心掉进河里，一个长着一头鬈发的帅小伙救了他。他冻傻了，等到他想起要向那个救他的哥哥说一声谢谢时，却只看到他消失在人海中的背影。“从那天起，我就一直在寻找他。”扎玛说起 60 多年前的那些往事，好像它们就发生在昨天。

在扎玛的画室里，我见到了那个帅小伙的画像。刚开始的时候，扎玛三个月画一幅他的画像，后来改为一年一幅。扎玛一年一年地长大，他结婚了，他有了孩子，他脸上的皱纹一天比一天多，他头上的白发一天比一天稠。画像上的帅小伙，也随着扎玛一起长大变老。那天的阳光有些忧郁，在那间小小的画室里，我看到时间像河水一样缓缓流淌，像最动听的音乐。

“每一年，我都会抽出时间，带着画像，去寻找我的恩人。我走访过白哈巴镇的每一条街道，问过住在这里的每一个人，都没有找到他。”这么多年过去了，扎玛的脸上还会流露出失落的表情。他后来去过很多相邻的城镇，那个鬈发的帅小伙已经长成了白头发白胡子的老人，他们还是未能相见。

我用很长的时间才从扎玛的故事里走出来。我说：“我好奇的是，这么多年来，你做了那么多的善事。我一路在走，一路在听你的故事。你花60年时间去寻找你的恩人，你的恩人没有找到，你却成了很多人的恩人。”

“40岁那年，我预感自己找不到他了，但我并没放弃希望。有一次，我遇到一个轻生投河的少年，救了他，就像当年他救我一样。那一天，我的世界豁然开朗，与其茫然无助地寻找，不如在旅途上做一些善事，用这些善事去感念他。于是，我一路寻找，一路做善事，大家都叫我‘无人不知的扎玛’。”

那个下午，扎玛给我讲了许多故事。最后，在画板面前，70多岁的扎玛又画了一幅恩人的画像。画中的老人还是帅帅的，一头鬈发全白了，连胡子也是白白的，卷卷的。我看了看画中卷白胡子的老人，又看了看面前卷白胡子的扎玛，惊讶地说：“扎玛，你看看，你画中的恩人，越来越像你自己了。”

扎玛好像没有听到。或许他听到了，却不知道要怎么回应我。

告别扎玛后，我继续上路。我又翻过7座山，蹚过14条河，穿过21个村镇。在一个秋天的傍晚，我到达黑木河镇，找到了“彩虹爷爷的老院子”。这一路上，在不同的城镇，我遇到过17家“彩虹爷爷的老院子”，每一家都说是跟“黑木河的洛伊娜”学的。

在“彩虹爷爷的老院子”里，我见到了洛伊娜。黑夜将临，她和72位老人一起，在与另一位即将离世的老人告别。老人已经无力说话了，他走得很安详。他闭上眼睛，就像进入了一个没有尽头的梦境。“这几年，我告别了27位‘老爸爸’，他们有的被亲人接走，有的永远离开了。每次有人告别，老院子都会安静好几天，好在会有新的老人住进来。”说这些的时候，洛伊娜的脸上写满了忧伤。

10年前，洛伊娜的父亲走失了。他患有严重的阿尔茨海默病。为此，洛伊娜十分自责，这些年她一直在寻找父亲。她没有找到他，倒是遇到了很多流离失所的老人。父亲走后，给她留下了一笔丰厚的财产。为表达对父亲回家的期盼，她开办了“彩虹爷爷的老院子”，专门收留无家可归的老人。10 年间，这里共收留过 99 位老人。对每位老人，无论男女，洛伊娜都亲切地称呼他们为“老爸爸”。

洛伊娜现在是 7 个孩子的母亲，她只有 7 个孩子，却有 99 位父亲。“我还清楚地记得，父亲出走那天，刚好下着太阳雨，天边有一道绚丽的彩虹。”洛伊娜说，“直到现在，我仍然相信我的父亲还活着。在接下来的旅途中，如果你遇到他，你一定能认出他来。他的左下巴长着一个瘊子。他已经失去所有记忆，只会说一个词语：麦片。”

我静静地听着洛伊娜的讲述，内心却波涛汹涌。就在一周前，在另一个镇子的“彩虹爷爷的老院子”，我跟一群人一起，向一位老人告别。他真的太老了，弥留之际只会重复说一个词：麦片，麦片，麦片……他的左下巴处，就长着一个刺眼的瘊子。

“我也相信，他一定还活着。我还会去很多地方，我会帮你寻找他。”和洛伊娜告别时，我不敢看她的眼睛。

前面还有很多的山，很多的河，很多的村镇。我还会听到不计其数的故事，我依然在寻找那个最会讲故事的人。

如果你恰好遇到他，请你告诉我。

它和这个世界唯一的交流只有眼神。

猫的四重奏

冷清秋

1. 你不曾见到一只正在流浪的猫

一人得道，鸡犬升天。

但这里要讲的不是鸡与犬，而是一只猫。

事情的起由如下：作为原猫主的李小乙事业上有了大发展，要调往外地，所以打算把现在的房子卖掉。没想到他家的猫死活不同意，看到来收房的孙小甲瞬间奓毛。

这猫是中华田园狸花种，平时挺文静可爱一姑娘，没想到咋呼起来竟也有这番声势。

其实不怪它，因为卖房协议中不但家电厨具全送，额外还带添一只猫儿——也就是它喵小姐被原主人无情抛弃了。是可忍，孰不可忍！

想它喵小姐与那李小乙原本是贫贱患难之交。当初那小子刚毕业，面黄肌瘦，囊中羞涩，住一破落胡同隔间。得亏喵小姐不嫌不弃，整只猫儿倒贴上来，陪了他三年五载，颠沛流离，好容易有了一合心合意的去处，原以为就此安好，不料想却遭负心如此。

李小乙讨好道：小喵，这都是为你好！

喵小姐：呸！

当初所说的千好万好，不离不弃，都到哪里去了？

而一旁的孙小甲更不要脸，竟涎着脸欲以锦衣玉食来诱惑之。

什么高档猫窝，什么时尚猫盆，柔美猫抓纸，百变猫爬架……呸呸呸！！！

喵小姐此时是通通通通通通不在乎！

不料李小乙竟眼目暗示，让孙小甲再以温言软语相诱。

世间辜情负义莫过于此。喵小姐不免悲从中来。

此处不留爷，自有留爷处。既已如此，多言无益。乘二人不备，喵小姐猛然跳窗而去，等二人追出已不见猫影。

李孙二人捶胸顿足懊恼不已。

喵小姐去了哪里，谁知道呢？它可能去了任何地方，也可能任何地方都没去。

它可能正向你走来，也可能正离你而去。

2. 蜗居的鸡

天地就这么大。

它丈量过无数次，从这头走到那头，也就是一展翅的距离。

主人称呼这里为客厅。有客厅自然有卧室厨房卫生间。但那些地方更为狭小逼仄，主人禁止它进去。而它，也不甚喜欢。

它是从哪里来的呢？它已然想不起来了，也懒得去想。

似乎一开始，它就在这客厅。

当然是不可能的。多半是日复一日的生活把它记忆的凸起给打磨销蚀了。

它每天都有大把的时间来思考：每天早上 8 点之前，主人都会准时出门；下午 6 点左右，甚至更晚，才会归来。

然而它缺乏思考的经验。

毕竟它的视野和思维如同这客厅一般有限和单一。

它曾经有过同伴。主人带回来过一只猫。然而大家彼此语言不通，它讨厌那厮的盛气凌人。其实很有可能它一出生就是孤零零的。

如果说鸡真的有自己的语言，它大概还没有机会去学。

它和这个世界唯一的交流只有眼神。

把鸡作为宠物，本身就是一件不太容易让人理解的事情。

就像鸡不理解它的世界何以只有这几十平方米。

毕竟它从阳台朝外看到外面还有那么大的地方它都未曾到达。

鸡觉得这一切不可思议，但它的主人似乎并不这么想。

鸡知道，其实它的主人也没有到过太多的地方。他也被困在这个城市，每天在家和单位之间两点一线。

为了这几十平方米的蜗居，他已经提前支付了他的后半生。

3. 马语

马非常不高兴，说：为什么要让人当我们的主人？凭什么我们只能住马厩，而人可以住更舒适的屋子？

人说：那你们想怎么办？

马说：时代不同了，规则要变变。

人有点吃惊，小心翼翼地问：那你们准备怎么变？

马说：从现在开始，我们要叫“人”，你们改叫“马”。

人想了想，说：然后呢？

马说：我们要住屋子，你们住马厩。

人说：接着呢？

马说：反正是人现在有的一切我们都要有！

人说：好吧。

从这一刻开始，世界就要变了。

但是且慢，在世界改变之前，人多问了一句——

人说：要不要先吃点儿料？上好的高粱秆子。

马说：好。

人说：如果我多给些，可不可以让我们继续用“人”这个称号？

马一边大嚼特嚼一边说：少啰唆，再来点儿。

人说：这里还有非常甜的井水，如果你们答应继续让我们住屋子的话，我会再给你打一桶过来。

马说：那就别干站着了，快去！

人说：你要不要刷刷毛？我有一把新买的刷子，白色的，毛软硬适中，漂亮极了。

马说：快点快点！

人说：怎么样？满意吧？

马说：很满意，主人，请再多蹭几下。

4. 城市里的动物和森林里的人

小路延伸到尽头是一片原始森林。

去过的人都说好。说森林堪比天然氧吧，淙淙流水堪比百岁清泉，林上有百鸟鸣叫，林下有小鹿奔跑，彼此相安宛若世外仙境。

还说这样的生态环境延年益寿好过工业城市里受污染。

口耳相传，进森林里观光旅游的人越来越多了。

这下动物们受不了了，集体告上法庭。双方争执不下，大家只好坐下来调解。

开发商说，各位不就是图个舒服生活么？这好办，这里给大家每只免费送一个舒适安逸的窝儿，每天按时免费供应高品质高营养食物，吃住终生保障，小病大病都不花钱，这种待遇，我们人类自己都没有！

动物们一听很高兴，痛痛快快地搬出森林，住到了城市里。

城里人的许诺完全兑现。

而且，每天还有很多人来探望它们。

动物们感动万分，决定从此要和人世代友好。

它们甚至还领了身份证，住址栏里写的是“动物园”。

同时，也有越来越多的城里人搬到森林，他们在那里搭建别墅和小木屋，开发温泉泳池。去过的人回来纷纷赞扬：那里的环境真是太好了！

有的人甚至是倾其所有，就为了在森林里能拥有一个安身之地。

结果森林里的楼房越来越多，树木越来越少，最后，森林消失了。

取而代之的——

是一个全新的城市。

你不要乱叫，爸爸只有一个。

新疆五段

谢志强

护　瓜

我们这个新组建的连队发生了怪事：都睡不着觉。一连数日都失眠，传染了那样，开垦沙漠的进度就明显地缓慢下来。晚上睡不着觉，白天哪来的劲儿呢？一天，绰号叫地窝子的职工（他特别能睡，但从来没做过梦。我曾对他说梦，他茫然地说，梦是咋样的东西？）半夜突然喊：都起来，跟我来。连队里，开会、出工、吃饭都敲钟，晚上钟响，就意味着火灾。他没去敲钟，因为是晚上，他就喊。估计连日的失眠，全连职工已抵抗不了瞌睡，反正，听他一喊，都像紧急集合一样出门。月光照出沙漠的金色，还镀了银。我们都睡眼惺忪。他说跟我来，都跟我来。我们没琢磨他有没有资格有没有权利唤醒我们。只问：发生了什么事？他说跟我来，都跟我来。我们跟着他，好像他率领我们出征。我们还自觉地走成列队。后边，起床迟了的人撵上来，仿佛生怕落伍。前边，越来越开阔，沙漠正向我们展开。我猜我们每个人都揣着一份好奇和一个愿望，以为他带我们去看的东西跟我们密切相关。踏着软绵绵的沙子，不知走了多久，他停住脚，说到了。我们看到脚下的沙漠跟广阔的沙漠没啥差别。他说：这是一片瓜地。当然，他遭了咒骂，都说地窝子，你在耍我们。可是，他流露出一副委屈的样子。我们都很清醒。他悄悄告诉我，他梦见一片瓜地，确切的地点就在那儿。由于他没做过梦，他以为那不是梦。后来，我们在他带我们去的那片沙漠，开垦出一片地，种瓜。哈密瓜、西瓜。又大又甜。他干起老行当护瓜。他说跟我带你们来见识的一样，可是，你们就是不信。

蝴　蝶

大礼拜天（农场实行十天休息一天），何为将一个礼拜沉积的疲劳都睡没了，好像清理出了一堆杂物。他起来，太阳升出一杆子高。散漫惯的何为想出去走走。连队前边是沙漠，后边是果园。何为的名字可以理解为“干什么”，除了正式出工有明确的目标，业余的时间，他很放任，他不知该干什么。当然，他会注目连队的姑娘，生出非分之想，可是，姑娘们已名花有主。那天，阳光照进他的寝室，五张床，空了四张，所以，他想出去走走。他采用这种方式填充太阳西沉之前的空白。然后，他出门便看见了一只蝴蝶。连队驻地，没花没草，蝴蝶一定发现了啥。他就追随着蝴蝶。渐渐地，面前出现了果园。蝴蝶越过结构严密的沙枣树刺组成的围墙，轻盈地飞进了果园。枝叶的缝隙，他还是看到了一堆堆雪似的梨花、一朵朵火似的桃花。随即，花的芳香惊醒了似的进入了他的鼻子。那时，何为明确了他该干什么了。他还发现了一个洞，那是羊拱出的树枝间的洞，树刺挂着胡子般的羊毛。他的手脚免不了被枝刺划出印痕。这就是他的初恋，何为在婚礼时如实坦白（婚礼中必有的一个节目）：他钻进果园，无数蜜蜂、蝴蝶，他已分辨不出哪只是引领他冒险来果园的蝴蝶。他看见了那个名叫魏何的姑娘，大概是花儿们的衬托，那一刻，他的眼里，她像花儿那么美丽。连队里，那姑娘名声很坏。据传，她跟连里的领导睡过，怕影响不好，她被换到了果园工作。可是，洞房花烛夜，床单上留下了一摊公正的鲜血。她说大家都说我风骚，我堵不住别人的嘴。新婚第二天，他把留着血迹的床单晾在门口，像一面胜利的旗帜。

镜 子

母亲开始呕吐，于是，她察觉已怀上了我。她不是想要一个孩子而怀上的我，她遇上了自己的事儿。据说，起先她准备打掉我（人工流产），后来，连长、指导员开了个会议，决定保留我。多险呀，差点就没有我了。我弄不懂，要还是不要我，怎么得别人决定？后来，母亲说我是讨债鬼。那时，三年困难时期，她老是觉得饿——怀上我她的食欲大增，好像我是磨面机，她要不断地往里倒麦子，可偏偏没麦子，那个磨就空转，转得她胃难受。我出生了，母亲缺奶。我就哭。连队照顾她，她给我喝米汤，给我做面糊。我看到连队的叔叔，都叫爸爸，爸爸都害怕我叫他们。长大些，我听说，要我诞生，目的就一个，就是找出我的爸爸。我是连队的爸爸们喂大的呢。连长说：你不要乱叫，爸爸只有一个。我念小学时，同学骂我：野种、私生子、捡来的小孩。我不答。我会问母亲：我要爸爸。连队的大人会逗我：你看谁是你爸爸。我说都是我爸爸。连长说：那不行，不能乱说。我发现，连队的大人都喜欢观察、分析我的脸，神秘兮兮的。我已经不轻易叫别人爸爸了。我的脸像一面镜子，它能照出我的爸爸，这是我得出的结论。我就在农场这个连队里到处瞎跑。有时，我也用母亲的镜子端详自己，看看镜子里的自己有谁的影子。我听大人说：那个人躲不掉了，这个小孩，长着长着就会像一个人。再长大些，我知道了连队决定保留我，是想用我照出我的爸爸。我爸爸不认我，他跟我捉迷藏。我怪自己不争气，长着长着就胡乱长了（一个人应当使劲往一个方向长，我希望往爸爸那个方向长，我想爸爸）。不过，连长说：要是逮住了那个乱来的家伙，决不留情。我就不敢乱长了，我不能叫爸爸暴露。反正对我好的叔叔，我就认为是我可能的爸爸。我想，我是一面照妖镜，我叫谁爸爸，谁都害怕。

小男孩

雪覆盖了整个大地。房子、树木都披着银白的雪。雪取消了可供辨别的标志。雪，把人们都逼进屋里。我却趁机溜出来。大人只顾热闹，忘了我。降雪的前两天，阿姨要我跟她去她的连队，还向我母亲许诺，她喜欢我，过几天，送我回来。这样，我就来到她那个连队。我发现农场还有那么个连队，似乎降雪的时候趁机长出来了。她赞赏我挺拔的鼻子和浓黑的眉毛。她要连队的大人都欣赏我。她老是抱起我来，亲我的脸蛋。她制止她的丈夫亲我，她说，你的胡子会扎伤了可爱的脸蛋。她没孩子。我回头望着阿姨的连队，好像整个连队已陷进厚厚的雪里，传来的喧闹声，仿佛捂在被子里发出的声音。我再走，那声音就没有了。无边的雪野，只有我这么一个点。偶尔，一只麻雀飞出雪裹的树，惹得树崩溃似的落下一嘟噜一嘟噜雪花，树枝还发出承受不住的声音。树枝已冻得像冰柱。我迷路了，不知家的方向，想象熟悉的屋子里，炉火轰轰烈烈燃烧，仿佛要拖着一幢土坯屋子奔驰。一群麻雀，爆炸似的飞出，整棵树如同雪堆积的那样，纷纷抖搂着雪，然后，露出赤裸的枝条，还挂着去年秋天的沙枣。随即，一个小孩走出来，好像是他放飞了那群叽叽喳喳的麻雀。他的脸冻得红扑扑的，如一个成熟的苹果。可是，头发、眉毛都凝着雪，衣裤沾满雪。我想起我堆过的一个雪人。他说，我们一起走。我没问他怎么知道我要去的地方。反正我不担心了，显然，他比我小两三岁，却是有主见的样子。我只听到我脚踩出的声音，他走起来没声响。不知过了多久，我出了汗，脑袋像蒸馒头的笼屉。他说，到了。于是，我看到雪影里的烟囱、窗户。小男孩像融化了那样消失了。我到了家。后来，我照镜子，琢磨那个阿姨为啥喜欢我。我发现，我对着镜子里的形象，似乎哪儿见过，是我迷路时碰见的小男孩吧？过了两天，雪融化了，农场的房子、树木，似乎突然长出来了那样。

老马的手

农场副业连马厩里的饲养员，我只记得都叫他老马，40 出头了，还是条光棍，女人嫌他没手。他的两只手，铡草时，齐齐地打手腕处被铡刀铡断了。他还是喂马，给马添草料，牵马饮水，住也住在马厩里的土坯屋里。土坯屋门直对长长的饲料槽，马要吃夜草，他半夜起来给马添草料，还抚抚马鬃，对马说一阵子话。马支棱着耳朵，似乎听他说，还会打个响鼻，老马以为马能听懂他的话。他跟连队的职工不讲话，闷葫芦一个，人家看见他空空的袖子，目光也异样。他身上一股马的气味，好像他是两条腿的马，气味很重。一天傍晚，他照例给大田归来的马饮水。马厩前边有个涝坝，很深。据说，有一年抽水，抽了好几天，水抽不干。而且，不浅下去。那是专供牲口饮水的涝坝。涝坝吊水架子前有块木板，伸进涝坝，吊了水，倒进水槽。那个姑娘就是在长条木板汲水，不慎落水，姑娘不识水性，扑腾一阵，就沉入水中。正巧，老马牵着马到涝坝，老马急，可是，他没手，又握不住棍子，水面只露出一撮头发。他几乎拨拉着水，好像恨自己不长手。据说，连他自己也不知咋回事，他的双手突然长出来了，似乎双手一直缩在袖筒里，他拽住姑娘的头发，再拉住姑娘的手，最后，抱起水淋淋的姑娘。那姑娘是口内（新疆称内地都叫口内）来农场走亲戚找工作的。姑娘嫁给了老马，说是老马抱过她的身子，她就是老马的人。连队职工都说：老马啃上了嫩草。

我们已经好久没有看见传令官了。

鞋匠与国王

安昌礼

我们已经好久没有看见传令官了。父亲说他年轻时曾目睹过一次。现在父亲已两鬓斑白，到了做祖父的年龄。他一次又一次不厌其烦地给我们讲那个不同寻常的场面。三声礼炮响过，一队卫兵簇拥着或在前面开路，传令官身披紫红色披风，拿着一面三角旗，两腿疾行而上身保持平稳。另外还有一些细节，但他每次讲起来都不尽相同，使我怀疑它们的真实性。

在我们这个国家，一切命令都是由国王下达的。父亲是个鞋匠，我当然也是鞋匠，我们的摊位就设在离宫殿不远的巷口处。在我的想象中，国王应该坐在高高的靠背椅上或躺在象牙床上，怒气冲冲或懒洋洋地吐出一串串模糊不清的音节，由大臣记录下来，再小心翼翼地盖上印章……总之，手续繁复。最终由传令官发出。发出的命令像水中的波纹一样，一圈圈地荡漾扩展，直至进入我们每个人的耳朵和内心。

已经好久没有看见传令官了。我很好奇那一道道命令究竟是通过什么渠道传递出来的。我问父亲，他用发黑的、残缺不全的牙齿艰难地嚼着巧克力，过了好半天，才嘟嘟囔囔地又说起当年那个不同寻常的场面，让我意兴索然。

我们这个国家只有十几万人口，但即便再小也是一个国家，国王理所当然地享有至高无上的权力，他的身边挤满了文武大臣、贵妇名媛、明星诗人……但事实上，我们根本没有见过我们亲爱的国王，也没有见过他周围的大臣，甚至连传令官也未能有幸一睹。我们见到的只是一道道命令。这些符号在百姓中间再转化成为物质，成为我们生活中必不可少的组成部分。

但是我们确实好久没有见到传令官了。

国王的命令还是有增无减，虽然有些命令看上去有些自相矛盾。比如说，今天的一道诏书说现在生产过剩，鼓励市民把钱投放在娱乐和旅游业上，以增加消费。但第二天的一道命令又号召公民勤俭度日，戒除一切与基本生活不相关的奢华。尽管这样，也没有什么好怀疑的。国王日理万机，毕竟太忙了。一个人，哪怕是超人，也会被这些沉重的负担压得喘不过气来。在这种情况下，天知道一个人的脑袋里会转出什么样的念头。况且，命令经过一层层的传达，不可能不夹杂进其他的东西。

回想起来，我当时干的那件事确实冒了很大的风险。我至今拿不准冒这样的风险是否值得。但那时我血气方刚，好奇心强，决定把一切弄个水落石出。另一方面，我妻子也竭力怂恿我去冒这个险，因为虽然她对这件事没有兴趣，却很想知道王宫里面的情况，想让我讲给她听。一想到她那如醉如痴的样子，我的决心便更加坚定。要知道，从古到今，哪一番英雄业绩不是女人成就的？

我顺利地到达了王宫前。

夜色很好，广场的灯光把菩提树的影子投射在那座神秘的建筑物上，一切都那么静，没有一丝声音。两个全副武装的卫兵正笔直地站立在门前。他们手中的武器和皮带扣子在高压汞灯的映照下闪闪发亮。他们恪尽职守、一丝不苟的样子使我大为感动。但末了，我发现他们是靠在墙上打着瞌睡。

尽管这使我颇为失望，却并不妨碍我顺利溜进宫殿。坦率地说，我真不想看到我妻子失望的脸。宫殿里面空荡荡的，只是一间宽敞的大厅，一股尘土和霉味呛得我喘不过气来。里面的光线很暗，我在入口处发现了卫兵的尸体，他们依然保持着威风凛凛的模样。一些圆形大厅像蛛网一样，一层环绕一层，同时又被更大的圆形所包围。每一圈都最终通向中心。我的脚步在水泥地上发出嚓嚓的声响，在圆形的大厅中回荡。在最外面一层我看见传令官——我只是从他的披风判定的。紫红的颜色已经变暗，肮脏不堪。他面孔朝下，一只手绝望地向前伸出。我上前扶起他，看到的是一张衰老的脸，与父亲描述的英武的样子实在难以联系到一起。他的呼吸并没有停止，他喘着气，吃力地说：传达国王的命令……

命令？我说，什么命令？

随便你，只要是命令……

那么国王呢？

老了，死了，谁知道……我见不到国王，就和你一样……我的命令只是由里面传给我的……直到有一天，里面不再有命令传出……谁知道呢，但国王的命令不能中断……

我向里层走去，陆续发现了倒在地上的将军、总管、掌玺大臣和其他人，当然，他们的身份只是出于我的猜测。在最里面的一个圈子里，一个瘦小的老人委顿地缩在一把椅子上。他面容干瘪，长着一撮灰白色的胡须。他缩成了一具木乃伊。现在我终于清楚了事情的真相。国王死了，命令一层层向外发布，但现在最后的传令官也衰弱得即将死去，这成了一个至关重要的问题。我们不能没有国王的命令，即使我们没有了国王。

眼下，这个责任不容推辞地落在了我的肩上，尽管我还年轻，只是个鞋匠。我深知从事这一艰巨工作无疑是十分痛苦的，要付出很大的劳动量，但我还是高兴地看到，国王的命令正在一层一层地被传递出来，越过山山水水，越过人群，越过广阔的疆域，到达国家每一个僻静的角落。

第五辑

世界的真相

来吧，来认养一棵永不背弃你的树。

假若树能走开

陈 毓

说说我现在的工作，林场看林人。

在林场还叫林区的时候，我就在这边工作。那时我是伐木工人，后来禁伐了，我的伙计们陆续去山外另谋生路，我实在舍不得林区才会有的这股子好闻味道，隐约觉得，若是我离开林区，我会死于肺病。我设法留下，我用两条贵烟换来林场看林人这份差事。

我就像一条老狗，除了对故园的忠诚，几乎没有用处。打这比方的是我的场长上司，他说，林区要创收，要不你真就活成了一条可有可无的寂寞老狗。

场长比我年轻二十二岁，他不喜欢寂寞是很自然的。他需要更多的钱也是自然的。好在他的点子比林子里的蘑菇多。他说，我们要趁市里开发旅游的好势头，让林子恢复禁伐前的热闹。靠山吃山，我们终归要在"山"字上动脑子。

春天，这一带绵延百里的杜鹃花吸引很多城里人来看，一时间蜿蜒的山道挤满了不辞路远前来赏花的城里人。安静了小半年的农家乐也一时火爆起来。王场长眨动眼睛，想出了一个他认为绝好的创意。他找来林区仅存的一个画匠，帮他把创意实现在一张广告牌上。广告牌上画的是一棵枝繁叶茂的巨树，巨树藤萝缠绕，仿佛天宫里的场景。但我知道这棵树在现实中有原型，它的直接灵感来自山林中那棵据说一千九百八十八岁的红豆杉。一群白颊噪鹛、灰喜鹊、黄臀鹎在红豆杉的枝杈间闹腾，真是生动极了，美好极了。看见的人都夸赞说，这真是个有想法的广告牌。

我们在那个春天随之推出了一个旅游项目，项目的名称就叫：来吧，来认养一棵永不背弃你的树！王场长说，我们的项目就是要吸引那些有闲钱、有闲情、有闲时间的城里人来给我们送点钱花。当然，那棵被认养的树在名义上属于认养人，树的归属还归林场，归国家，认领树的人绝对不能砍伐。这不违背我们护林的职责。

在森林里认养树？亏他想得出来，树又不是孤儿，无须谁来领养。但奇怪的是这个项目一推出，还真吸引人来。来认养树的，有恋爱中的年轻人，有鳏寡老人，有中年夫妇。这让我想到电视里那个年轻主持人爱说的一句话：世界真奇妙。

第一对来认养树的老夫妇使我印象深刻。他们说要认养一棵三十八岁的树，还要那种长相英俊挺拔的树种。判断树的年龄，对我来说就像喝一杯包谷烧般容易，我立即给他们挑了棵三十八岁的梓树。那对夫妇听说梓树这名字两眼发光，他们说，好啊，梓树，太吉祥了，就梓树。他们还说，原来在古人的诗句里读到梓树，还以为是传说呢。

为啥要三十八岁的树？老夫妇解释，他们有一个儿子，今年恰好三十八岁，但是他们的儿子去了加拿大，年前刚刚拿了一张什么卡，往后是不会回来住了。现在，他们要在林子里认养一棵不离开的树，任何时候，只要他们来，树总在老地方等他们。他们愿意给更多认养树的钱，只要求我们不要使那棵梓树的边上再长别的杂木。这要求被我断然拒绝，我说，你不能说这棵树是你们的儿子，就不准别的树继续生长，哪怕长在梓树边上的树是你们所说的杂木。在上帝眼里，没有杂木这名字。老夫妇还算讲理，妥协一步，我也妥协一步，我为他们在那棵梓树的旁边，立一块牌子，牌上写：李国衡的领地。李国衡是他们儿子的名字。

杜鹃花快要开的那个时节，山道上开来了一辆红色跑车。跑车风一般刮来，停在林场大门边，从车上下来一个打扮得像皇后的年轻女人。能接待这样的女人我深感愉快。

年轻女人一开口，我的快乐心情立即像炽热的火盆遭到冰块覆盖。我鼓起勇气问她，您想要完成哪样业务？同时把我们的项目单递给她。她摘下眼镜，傲慢地反问我，你们都有哪些业务能吸引我？我再次请她看我们的项目单，以及一系列认养条款对应的收费价目。她砰一声把那张纸拍到我面前的桌面上，吓我一跳，我摸摸我的脸，还好，冰冰凉的。我猜，这个很美的女人准是被她的男人甩了，要不哪来这满脸的冷气？我第一次知道，如此美丽、看上去就富有的女人，也可能是不快乐的，不幸得很。

我能帮你什么，女士？我尽量和颜悦色地和她说话。我们王场长说，要把每一个顾客，不管是男人还是女人，都当成自己更年期的女人，只能软，不能硬。我再次说，我很乐意为您效劳。

她说，你们的广告牌子是真的么？我看是假的！假的你们就是糊弄人，我可以告你。我吓出一身汗，辩解说，广告牌子上的树肯定是真的，我知道它长在哪里。

我要认养牌子上那棵树。来人说。

那棵树长在林子深处，根本没路通往那里，像您穿戴得这么讲究，是很难走到那里去的，光那些荆棘就够您受的。我为难地说。

何况这林子里好看的树多了，您可以选一棵自己够得着的树，这更实际，更有意思吧？我的口气很真诚。

女人想了想，决定让我帮她挑出这片树林中最高最粗的那棵树，属于她的树总归是要与众不同的。我说好，这能做到，你这么不一般的女士，拥有棵与众不同的树，是应该的。

女人冰冻三尺的脸总算进入了春天。

女人后来挑了一棵高大的领春木。她说她的名字中有个“春”字，而她男人的名字中恰好有个“领”字。领与春，再也不能分开！能分开么？

分不开，我肯定地说。尽管心里很不确定，但能使顾客满意是我的责任。半年业务做下来，我发现我再也不是半年前的那个人了，我有点得意，又有点惆怅。

尽管树的名字里包含着“领”与“春”，但女人仍坚持要把一句话刻在树身上。我反对无效。她说人都能文身，树就不能刻字了？这让我心疼，是原来伐木时都没有过的心疼，真不知道我这是怎么了。

“今生，领永远都不离开春。”这行字现在镌刻在那棵领春木身上，像一道符。

树被文了身，白花花亮出芬芳的肉。看得我心惊。

一年后，这种白花花在林子里直晃我的眼。

我下决心离开林区，哪怕被那越来越强烈的死于肺病的忧虑终日笼罩。

因为我确信，不离开，我会心绞痛死的，更难堪。

尽管不知道能去哪里，我还是打好了铺盖卷。我现在就站在林区中间这条唯一通往外界的曲折小径上。

结婚的原因只有一个，离婚的理由有千万条。

离　婚

陈　毓

上午九点半钟，白里曼法官准时出现在法官席位上。在审理完今天的案件之后他将退休，彻底告别这个他效力了三十年的法庭。

白里曼法官今天审理的是一桩离婚案，被告是婚姻中的丈夫，原告是妻子。

在提问前，白里曼法官照例认真打量双方，这是他三十年里养成的习惯，不管案件当事人因何来到这里，白里曼法官都会用平等的、近于神父的目光打量他们，似乎希望借此把他普世的爱赠予对方。

白里曼法官温和地打量这对夫妻，丈夫高猛威壮，妻子细瘦伶仃，仿佛在过去的生活里，他们一个用狠了加法，一个用狠了减法。

注视过他们之后，白里曼法官用温和的声音询问原告方，妻子。

白里曼："你确定要和你的丈夫离婚？"

妻子："是的，法官先生。"

白里曼："你丈夫有外遇了吗？"

妻子："这个我不确定，法官先生。"

白里曼："他虐待你吗？"

"这个——"瘦弱的妻子神情更加迟疑。

"你离婚的理由是什么呢？"白里曼法官停顿一会儿，温和地问。

"结婚的头一个月我就确定我不能和我的丈夫在一张床上睡觉。"

"是何缘故？"

“他打呼噜，我没法形容他的呼噜，但是，法官先生，你想象一下你整夜睡在冰山和冰山之间的风口上是什么感觉。无论我盖多厚的被子，都没用。”

“你就因为这个要和他离婚？”

“也不是，法官先生，我和我的丈夫在过去的二十年，没在一张床上度过一个通宵。上个月，我们结婚整二十一年。”

“你在二十一年之后提出离婚，另有缘故吗？”

“我的丈夫，无论什么食物，到他嘴里，好像都无须咀嚼，囫囵两下就吞咽下去。我每次看他吃东西，都要替他担心，担心他被噎住，尤其吃鱼的时候，我都捏着一把汗。到头来，我自己完全忘掉了食物的滋味，我几乎不想再吃东西了。一顿又一顿，只要是我丈夫和我一起进餐，我只能看着他吃。”

难怪她那么瘦弱。白里曼法官想。“你是因为这个理由要与你的丈夫离婚？”

“也不全是，法官先生。他总是那么重地关门，他开关水龙头是那么狠重，是的，法官先生，就是‘狠狠地’，仿佛他在生门和水龙头的气。我家的水龙头和门锁都是更换最勤的物件，或者正是这个缘故。我请求他轻点关门，轻点开关水龙头，但二十一年过去，他都做不到。每次听见水龙头开到极限发出的哗哗流水声，我就有尿胀的感觉。我不由得想，若是我家的水龙头每秒出水一吨，我丈夫恐怕也会开到极限。”

法官白里曼听到这里，觉得遇见职业生涯的难题了，在过去的三十年里，他判过那么多的离婚案件，却分明都和眼下这桩大不相同。

就在白里曼先生犹豫沉吟之际，他听见瘦弱的妻子继续说：

“一年四季，我丈夫只有在冬天才不会在家里光膀子。他那么爱光膀子，夏天如此，春天和秋天也是那样。我在厨房里炸鸡腿，他光着上半身在边上看，使我紧张不安，为他的光身子操心，结果几次误把味精当盐放了。

“法官大人，就在昨天晚上，我的丈夫把家里很多‘不完美’的瓷碗、瓷盘、瓷杯子都打碎在地上了，不是因为他和我吵架，是因为他觉得那些‘有印痕的’瓷碗、瓷盘、瓷杯子难看，他说那些印痕、划痕洗不掉，就有不洁净感，不完美。法官大人，那些瓷器是在厨房的地砖上击碎的，当我丈夫用力使它们碰撞在地板上破碎的时候，我感到我的牙齿在咀嚼沙砾，又像是脖子的骨头被什么东西压碎了。法官大人，我确信我不能再和我的丈夫在一个屋顶下过下去了。

“我恳请法官大人同情我，准予我和我的丈夫离婚，若是法庭不同意离婚，我将撞死在法庭外面的第一根廊柱上。”

白里曼法官看见那妻子低下头，不再言语，似乎在啜泣。

那一直不说话，在边上听他妻子诉说的气鼓鼓的丈夫，这时候大声向白里曼法官提出抗议，他说：“若是法庭同意离婚，我将撞死在法庭之外的第二根廊柱上。”高猛威壮的丈夫说完这话，气哼哼地向法庭外走去，边走边解衣服的扣子，三步之外，上衣已经在他手上了。白里曼法官看着那个哆嗦着肥肉离去的背影，禁不住闭上了自己的眼睛。

白里曼法官再次确信这是三十年职业生涯里遇见的最叫他踟蹰不决的案件，禁不住发了一回呆。但他随即被一声巨大的关门声震醒过来，一团灰尘随即罩住了白里曼法官的视线。刚才猛烈的关门声震毁了白里曼法官头顶那副悬挂多年的“中正”条幅，落下来的那个“正”字这会儿恰好盖住了白里曼法官的脑门。

白里曼法官狼狈地宣布休庭。

走到隔壁的法官室，白里曼法官从窗户向外看。他看见那丈夫挥舞着手上的外套，一步两个地跨下了台阶，他继续向前，走过了第一根廊柱，走过了第二根廊柱，随后，连第七根廊柱都走过了。

不久，那个细瘦的身影也出现在白里曼法官的视线里，她小心地走下每一个台阶，仿佛台阶是玻璃做的，她不确定是否会踩碎它们，或者，那台阶上正结着一层光滑的白冰似的。

那妻子走到了第一根廊柱边，停了下来，白里曼法官大吃一惊，直到看见那妇人并没有把身子撞上去，而是把她消瘦的脸紧紧地依偎上去时，才放下心来。

深秋季节，白里曼法官没法想象那张瘦脸贴在冰凉的石柱上是多么寒冷。

他叹息一声，想到自己明天就要退休，今天还遇见这样愁闷的一件离婚案，不禁摇了摇他满头白发的脑袋。

诗境回归日常，李大尔一时有些恍惚。

有兔子的田野

陈　毓

把李大尔从深沉的睡眠中唤醒的，是鹧鸪的叫声。深山闻鹧鸪。诗境回归日常，李大尔一时有些恍惚。他沉浸在久违的声色味气里，微闭眼睛，想把萦绕耳畔鼻尖皮肤上的复杂奥妙在心里再做盘桓，但他在一片更切近的麻雀的蓬勃叫声中彻底清醒。他惊跳起来，环顾卧室，断定妻子早已起床离开。

李大尔的睡眠一向很浅，他基本不用定闹钟，身体暗藏的生物钟自然会提醒他，但今天本想要起早，却睡过头了。急慌慌洗刷收拾，一边想，妻子早到田地里了吧。

李大尔赶到地头的时候，见一辆收割机已经开进麦田深处，收割机的后面，无边田野出现了一条整齐的麦茬带子，麦秸归麦秸，麦粒是麦粒，真是干净利落。李大尔看见他的妻子，此时站在田埂那棵老榆树下瞭望，像画中人。

田野的景象使李大尔宽慰，那些镰刀收割、连枷打麦的景象不复见到了，省下人力，省下时间。机器解放了人的身体，这使忙碌的收获季节人也能直直腰身，享受片刻闲暇。今年第一次不用弯腰弓背，躬耕陇亩，李大尔的妻子栗芬在收麦子的季节，在端午的前夕，额外多包了一篮粽子，把粽子吊进地窖冷藏，嘱咐李大尔返城的时候带给公司的姑娘小伙子吃。栗芬还嘱咐李大尔，一定要说“是师娘用槲叶给你们包的红豆小米粽”。李大尔一边在心里笑栗芬小气，一边又觉得栗芬聪明，李大尔笑呵呵的：我不是他们的师傅，你咋就是师母了？

李大尔在城里注册了一家“乡村风物”文化旅游网站，李大尔说，像栗芬这样的庄户手艺人，未来都可能成为他签约的客户。比如栗芬手工包的粽子，完全可以进入物流，在网上出售。未来每个拥有物产，拥有手艺的人，既可以是买方，同时又是卖方。

李大尔回来帮妻子收割麦子，但今年机器第一次进入他们这个小山村，机器在一个早上轻松完成的活儿，以前李大尔要和妻子躬身田地前后一个星期。李大尔再次肯定，乡村眼下正发生着巨变，人的思维方式、生活方式、贸易交流方式，都发生着几千年来未曾有过的变化。李大尔觉得自己就是一棵站在山之巅的树，最早闻见风雨的味道。

虽然他不能了然未来，但不管你承认不承认，变化已经发生，需要重新调整思维和行为方式。

李大尔站在田垄，把外面的广大世界和自己拥有几亩麦田的小小村庄思索了一回。

机器收割解放出身体的李大尔待在家里成了闲人，他外表安静，内心里翻江倒海。他看栗芬把机器脱出的麦粒晾晒在打麦场上，晾晒搅翻麦粒，让麦粒干得快，干得匀。李大尔熟悉的这个动作也让他恍惚，他像一个思想家，游弋在关乎未来的预测里。他看着绵延的麦田，画笔勾勒般的山岭，森林从高处铺展下来，在淡蓝的江水边停驻。如此田园景象，一辈辈生活在这里的人，对日子的快慢不发一言，就这样，一日日，浸淫其间。

栗芬包的粽子还没等李大尔带回城，城里的姑娘小伙子却来了。端午放假么，他们干脆随老板去乡下，说要看老板的旧居，回归田园，寻找乡愁。李大尔在心里哈哈大笑。在苹果树下支起的饭桌上，一顿饭的工夫，粽子所剩寥寥。姑娘小伙一律夸赞栗芬的手艺，姐姐长姐姐短地搂着栗芬自拍。逗得栗芬一时间心情豁然，炫耀般地把能拿出来的好东西都招待了客人。

吃饱喝足，姑娘小伙说要去田野体验割麦子。

李大尔只能嘱咐，当心手指，当心碰破了腿脚。小伙子还稳重，争着看谁割麦更专业。栗芬只好拿来去年收起的镰刀，让他们体验。

几个姑娘的打扮哪像割麦，鞋子跟实在太高，去麦地已很扭捏，却说成是要亲亲麦子。脚下一扭三歪，走不到几步就丢掉手上的镰刀，只在收割机收割过的地方做出各种夸张姿势，和麦田合影留念。小伙子呢，他们一小把一小把地抓麦子，割麦子，麦子割过，麦茬似乎比收割机收割过的还要高。李大尔想，从前这样的农民是不合格的。这一代人，哪怕他们户籍还是农民，但他们不会种庄稼了，也不爱土地了。

李大尔在这种差别中再次思考。

高跟鞋的姑娘出现在麦茬地不美，重沉沉，不和谐。李大尔顺着栗芬的眼光看，觉得姑娘们的短裙也不合适。

李大尔提醒自己，哪怕是带着批评的眼光看，也不合适，他索性把眼光从姑娘那里彻底撇开，但还是被一声惊呼吸引了眼光。一个裙子更短，勉强盖住屁股尖的姑娘走进麦田，扭腰撅臀，做出各种陶醉表情，这还不够，大概为了体现亲近麦子，她竟然坐在了麦茬地上，麦茬不是草地，于是李大尔听到一声惊呼。

阳光太烈，短裙姑娘像一只在火炭上吱吱叫着的活虾。李大尔以为短裙姑娘会站起来，但她真是豁出去了，她太高兴，或者太没心机，竟然呼叫李大尔过去为她拍照。

李大尔眼看着栗芬的眼睛里长出一把刀子来，拒绝不是，迎上去更不是。正不知如何是好，一只兔子蹿出麦地，仓皇逃窜。

抓兔子！李大尔大喊一声，快速摆动起胖胳膊，完全是一副逮不住兔子不罢休的样子。

门关不住他，他是天生的浪子。

旅行者

陈 毓

旅行者来到一个神秘国度。他似乎叫托马斯，托马斯 A，或者托马斯 B，都无关紧要。旅行者衣衫褴褛，蓬头垢面。这是个一辈子都想在旅途上的人，他喜欢“在路上”的感觉，路上的种种“遇见”，让他有“活着”的充实感。门关不住他，他是天生的浪子。

直到这一天——

托马斯到达的神秘国度使他惊喜赞叹。神秘国度拥有数千年的古老文明。街巷井然，建筑精美，人民心存对祖先的敬重，延续着祖先的文化和传统，他们在路上相遇，都要互致问候，诵祷吉祥。他们的语言，在网络语言盛行的今天，依然像天籁不被篡改。

托马斯来到神秘国度的那天，听到一个惊人的消息：置于圣坛上的那颗据说比他们的祖先还要老的宝石失窃了。消息不胫而走，居民人心惶惶。人们首先怀疑外来者，因为圣坛上的神圣宝石是被神秘的咒语诅咒过的，靠近必招致灾难，这几乎是神秘国度居民融进血液里的警戒。至于能带来什么灾难，虽没得到过验证，但凡拥有宝石者必死的说法，神秘国度的居民深信不疑。

旅行者托马斯在神秘国度宽敞的街道上悠闲漫步，大气的建筑构件上雕刻着丰富的浮雕图案，细腻生动地传递着文明古国的信息。井然有序的街道边，建筑各具风韵，恰当地构筑出美好的空间。谦和的行人、繁华的市场、悦耳的叫卖声……无论老孺稚童，壮汉蛾眉，哪怕他们身着黑衣，也让旅行者有华丽新异之感。

但宝石失窃带来的恐慌迅速降临到安静祥和的神秘之境，谣言乍起，像阴霾降临无人能够阻挡。

神秘之国的侍卫出动了，他们机警如猎犬。但一天天过去，失窃的宝石仍无着落。街上开始有人神秘地死去。第一个死者背靠神殿后面的一棵大树，脸上的表情怪异，很难一言说出那表情是幸福还是痛苦，似乎千言万语，也够不着他弥留之际的那声叹息。死者的表情又似乎带着某种暗示，仿佛在说，我之所见，你们亲历才能知晓。

神殿后的死者带给公众的恐慌未及平息，又有一人在毗邻闹市的一条巷道中死去，脸上同样带着神秘不可解的表情。细心人留心到死者手势的相似，向外伸出的手臂似乎想要抓住什么，却显得徒劳而绝望。紧接着第三个、第四个死者出现。现在人们推测，死者脸上神秘不可解的表情就是贪婪。至此，人们终于理解了那说不上痛苦还是幸福的模糊表情的含义。

现在人们确信，神秘宝石，谁得到，谁必死。

但依然有人死去。活着的人祈祷神灵，保佑宝石出现在死者身边，哪怕是被秘密缝进死者的衣襟底，只要能找到宝石，就有办法终止死亡。他们将心怀虔敬与忠诚，用圣水洗濯宝石，用神香缭绕宝石上的人间欲孽，再在万民的祈福祷告声中，把宝石归置原位。但是，人们只见死去的人，却不见失窃的宝石。心灰的人说，末日来了。

末日真的来了吗？眼见着死人越来越多，今天这里明天那里，但没人认领死去的人。因为认领了，无异于认领了羞耻，只好任死者的尸骨风吹日晒，不堪目睹。行人掩鼻低头，神秘之国不见了往日的昌隆和平之象。

只有野狗和乌鸦在寂寞的尸体之间忙碌，传播小道消息，却都是坏消息。死人越来越多，现在几乎没有人有兴趣猜测死者死去的因由。活着的人紧闭门窗，城市寂寞如死。

托马斯想离开的时候已迟，交通瘫痪，没有合适的工具，也没有人力能够送他离开。旅行者那颗习惯在路上、从不畏难的心现在疲惫不堪。他找不到可口干净的食物和水，他皮包骨头，气喘吁吁。他想要总结自己的所见，想把自己模糊的思考写在纸上记录下来。他担心某天早上，太阳升起，他却再也不能站起。他的担心是正常的，因为在旅行者身后，城市一片死寂，以前那庄严神圣让他想要流下热泪的建筑现在像是巨大的废墟，散发出废墟才有的颓废味道。

旅行者挣扎着爬行到了海边，他向大海伸出手臂，但是大海涌起巨浪，浪头发出黑光。就在旅行者倍感绝望之时，一道璀璨光芒耀花了他的眼睛，光芒泄露自一只巨鸟的翅膀底。托马斯从未见过那颗传说中的宝石，但他确信璀璨的光芒一定来自传说中的宝石，那只神秘的大鸟把宝石当成了自己的一枚蛋，把它紧紧地抱在怀里。

旅行者陡增精神，他抬起上半个身子，与此同时，他惊讶地听到身后传来一声嘹亮的、类似婴儿的啼哭。

我的初恋是班花。

虚　构

秦　俑

说件有点儿意思的事情吧。

去年这个时候，我回老家参加高中毕业20周年的同学聚会。说是聚会，也就是一起说说话，喝喝酒，然后去KTV，继续说话，继续喝酒。到后半夜，男生几乎都喝多了，除了我。你说，一个压根儿不喝酒的人，他会喝多吗？

女生还算矜持，但也有一个人喝吐了，吐完后闹着还要喝，拦都拦不住。是一个叫清的女生，曾经的班花，现在仍然是众人的焦点。大家轮流和她碰杯，她来者不拒。酒量再好，毕竟是人，不是酒罐子。

再热闹，也终将散场，一众男女相拥告别。清住在市区西郊，我主动要求开车送她回去。那时已过凌晨一点，经过市中心的青山公园时，清突然叫我停车，蹲在马路边吐了半天，吐得眼泪鼻涕都出来了。

我拿水给她漱口，递纸巾给她擦嘴。我说，吐吧，全吐出来就好了。

真喝多了，她像是清醒了一些，不好意思地说，能陪我坐会儿吗？

于是在公园门口的长椅上坐下来。聊天。聊过去的事情。有些事情印象很深，有些事情，听着感觉很遥远，很陌生，甚至有点儿别扭，像是在听别人的故事。

聊着聊着，就聊到了初恋。

清说，你不知道吧，其实那时候亮喜欢我，我也喜欢亮。

确实是不知道的。亮和我一个宿舍，无话不说的好兄弟，竟从未与我提起。

她似乎沉醉在甜蜜的回忆里。

是很单纯的回忆。金童玉女，珠联璧合。高考前一周，无故旷课算是天大的事情。他俩一起逃学，相约去了海边。大海离学校有七八十公里，当时我们都没有去过。

在她的讲述里，那是多么美好的一天。

清风徐徐，浪涛阵阵。天一定很蓝，海也一定很蓝。

那一天具体发生了什么，她没有说，我也没有问。

然后，送她回家，一路上没再说话。

这次聚会，亮是唯一没有到场的同学。没人能联系上他，他就像消失在我们的世界里了。

第二天，我们在外地工作的陆续返程，留在老家的十几个同学一起相送。清没有来。

恋恋不舍，似乎有说不完的话儿。

不知怎的又说到了亮。我提起昨晚的事，清和亮，那场隐秘而美好的初恋。

大家一脸惊讶。有同学说，不对，那时候追清的明明是伟，约清去海边的也是伟。

伟刚刚打车去了火车站，一时无从求证。

媛说话了。媛曾跟清一个宿舍，一对好闺蜜。媛说，伟喜欢清，他一直在追清，约清去海边的就是伟。

但清喜欢的是亮。媛又补充说，清一直暗恋亮，暗恋了很多年。

大家七嘴八舌，记忆拼贴到一起，真相便慢慢浮现出来。

又是一片唏嘘感叹。

聚会归来，我心里一直想着这件事，越想越有意思，于是写下来，写成了小说。

我将小说给老婆大人看，老婆大人看得很没耐心。看完了，说，你这编的吧。

我说，有生活的原型，也有艺术的虚构，生活永远比小说更精彩。

这孤男寡女的大半夜逛公园聊天儿，可信吗？老婆大人显然不相信，她朝我翻一下白眼，说，嘁，你就继续编吧。

这件事到这里本该结束了，但是有一天，我接到了李志伟的电话。

李志伟，就是小说主人公伟的原型。

李志伟在电话里奚落了我一顿。大意是说，他看到我新发表的小说了，说我不该把“帽子”往他和孙亮身上扣。当年咱三人都喜欢李海清，他跟孙亮是明追，自然无功而返。只有我最执着。同学三年，我暗恋她三年，在伟和亮面前念叨她三年。高考前一阵子，我像发疯似的，想约她去海边。信都写好了，但不敢递给她。最后我旷了课，一个人骑着车子上路，半夜才到海边，还给她打了电话，让她听大海的声音。

李志伟说，除了你，谁还会有这么文艺、这么闷骚的想法？

我极力否定。老婆大人还在身边听着电话呢。

再说了，李志伟说得再有鼻子有眼，我也没有印象了。这小说情节，多半是我编出来的。你说，真要是将生活过成小说了，这生活还过得下去吗？

李志伟说，不会吧，你这鳖孙，都是你自己亲口说的，你竟然忘了？你要不信，打电话问李海清，你是不是在海边给她打过电话，让她听海的声音。

我还真打了电话。不过是在几天之后，我才不会傻不愣登在媳妇面前做蠢事。

电话通了，拐弯抹角地说了许多有的没的。最后，我问李海清，高三前一周，我是不是在海边给你打过电话，还让你听大海的声音了？

李海清愣了一下，随即哈哈大笑起来，秦大作家，你小说写多了吧？

我一本正经地追问，到底有没有这事？

没有。回答得那么干脆。

挂完电话。我又想了很久，结果是，越想越模糊，越想越混乱。

也许，时间久了，记忆真的会出现问题。例如本来是发生在初中的事儿，你记成了高中；本来是发生在张三身上的事儿，你记在了李四身上。

很正常的事儿，有时也会变得很不正常。

看来，这篇小说，是不会有结局了。

我是要出名了，还是要出事了？

扶自行车的人

秦　俑

1

不瞒您说，我只是作家秦俑笔下一个虚构的人物。我没有名字。秦俑那家伙简直懒透了，连名字也不给我取。我觉得怪委屈。

最近，S 城出了一件稀奇事。准确地说，是这里的天气越来越坏了。头一天还风和日丽，蓝天白云，一夜之间，狂风大作，飞沙走石，直刮得天昏地暗。刮风也没啥稀奇，稀奇的是，这样的大风，刮了整整一个月。

2

起风那天早晨，我顶着大风去上班。

到海豚路时，风突然加速，变大，像失控的怪兽。我看到一个纸片儿女孩差点儿被风卷走。紧接着，啪啪啪啪，马路边停放着的一排自行车，像多米诺骨牌一样被风掀翻。最后一辆，在我眼前晃了几晃，也姿势优雅地倒下去，差点儿砸到我脚尖上。

“真是邪门！”我心里嘀咕着，顺手将那辆自行车扶了起来。

“干啥呢！”一个声音在身后炸响。我回头，看到一个胖墩墩的男人，还有一双虎视眈眈的眼睛。看情形，这自行车是他的。

“风……风……将自行车刮倒了，我……我……帮忙扶一下。”本来我想解释，结果一紧张就口吃起来。

“这么多车倒了，你咋就想扶我的车呢？”胖男人阴阳怪气地说。

“这不，您……您……刚大叫一声，我……我就……停了下来，我正……正准备扶其他车呢。”天哪，我为什么要这么说？我不想扶这些车，包括他那辆也不是我存心要扶，就是一个下意识的动作。

在与我对视了三又二分之一秒后，胖男人竟然催我了：“那你咋还不去扶呢？”

我有些犹豫。扶吧，我不想扶，凭什么让我扶？不扶吧，不扶我就真成“趁风打劫”的偷车贼了。好吧，还是扶吧，都充好人了，就好人做到底吧。

我扶一辆车，眼睛向后瞟一眼。再扶一辆车，再瞟一眼。天杀的，那个胖得跟头猪似的男人，他一直在背后盯着我，压根儿没有要离开的意思。

我只有硬着头皮，一辆车接着一辆车扶起来。

3

这风来得太邪门，好像它不为别的，就为刮倒这些自行车。我扶了好大一会，还看不到前面哪儿是头。扶起一辆车，我又回头瞟了一眼，胖男人不见了——不对，他还在，只是混在人堆里头。胖子那么多，倒显不出他的特别了。

我只顾埋头扶车，没注意什么时候身后跟了一帮人。瞧稀奇的，看热闹的，不明就里的，闲来无事的，都凑了过来，少说也有几十号吧。

仔细听，呼啸的风中似乎夹杂着一些声音的碎片——

“这人弄啥呢……”

“啧啧，人家这叫新时代的活雷锋……”

“我一直数着呢，这是第 79 辆了……”

“这世道，好人太少了……”

“我就看看，看他能不能扶完整条街的……”

除了闲言碎语指指点点，还有人用手机拍照录视频。我心里那个气啊，但我得忍着。您说，谁叫咱只是人家小说里一人物呢。人家让我做啥，我就得做啥；人家叫我想啥，我就得想啥。

4

不知过了多久，我将整条街的自行车都扶好了。尾随的人群嘻嘻哈哈散开了，那个讨嫌的胖男人也不知所终。我没心情上班了。回到家里，窝进沙发，只觉得腿是软的，腰是疼的，全身都酸得很厉害。

不行，这样不行！我打电话给秦俑那家伙表示抗议："你不给我取名字也罢了，还让我扶一上午自行车。这样的生活，有什么意义！"一生气，我口吃都好了。

"怎么没意义？扶一天自行车可能没多大意义，扶一月自行车，它意义就大了。"秦俑的声音闷闷的，透着狡黠，杀伤力十足。

"我不管！你想刮一月风你自己刮去，你想让自行车倒地上你自己倒去。反正我明天不出门，看你拿我怎么办！"我大吼着，挂了电话。

还好，这家伙并没有把我设置为一个奴性十足的角色。

5

睡了一晚，第二天，我腿不软了，腰不疼了，全身也不酸了。秦俑那家伙肯定躲在电脑前笑吧，谁知道这是不是他精心设置的？不管了，我得假装腿还软着，腰还疼着，全身都酸着。反正，今天我就赖床上了。

这时候我手机响了，打电话的人自称是《S 城晚报》的记者。他说在网上看了我扶自行车的视频，想要采访我。我果断掐断电话，赶紧上网。我的天，哪个鬼将我的视频传到网上，一晚上点击量已经超过 500 万。

不行，这事要闹大了。我一惊，睡意全无，一翻身起床。

果然，不大一会儿，市里的、省里的，报纸、电视台，网站、自媒体，一众媒体人都通过手机、短信、QQ、微信、电子邮件，用尽一切手段想与我取得联系。

又过了一会儿，有人来叫门了。还是《S城晚报》那个记者，不知道他从哪里打听到了我的住所。我不敢应声，更不敢开门。

我能开门吗？从窗户往外看，还有好几十家媒体正如潮水般包围过来呢。

6

我是要出名了，还是要出事了？

我突然害怕起来。关了手机，关了电脑。我重新回到床上，蒙上被子。翻来覆去，怎么也睡不着。

这样熬到中午，我下床一看，人不知道什么时候散了。

打开手机，嘀嘀嗒嗒，短信微信未接电话好几百条。

打开电脑，关于我扶自行车的各种报道已经抢占了各大自媒体的头条：

扶自行车的人，折射的是整个社会风气，是一代人的道德榜样……扶自行车的人，这是一次成功的作秀与炒作……扶自行车的人，前任爆料其有暴力倾向……扶自行车的人神秘失踪，请广大网友全城搜索，看他去哪里扶自行车了，云云。

7

我正哭笑不得，手机又不合时宜地响了。来电显示是单位领导，一把手。我受宠若惊，我到这单位五年了，总共就给他发过五次短信，还都是拜年短信，他从来都没有回复过。

“总算联系上你了，你今天在哪扶自行车？”领导劈头就问。

“我……我……在家啊……”

“别装了，你可以不来上班，但你得告诉我你在哪里扶自行车。各大媒体都堵在单位门口，上头领导快打爆我手机了……”

“我……我……真……在家啊……”

“不管你在哪，反正你现在就得出去扶自行车。今天的风刮得比昨天更大了。上头已经发话了，你现在是我们单位——不，是我们市乃至全省的道德模范。现在我正式通知你，从今天起，只要刮风，你就不用来单位上班了。你的工作，就是去街上扶自行车。不用担心待遇，我一会就通知财务给你发双倍工资。”领导交代完，觉得有些意犹未尽，又加了一句，“扶自行车的时候，如果你能穿上单位工装，工资再翻一倍！”

这事整的。秦俑，算你狠！

8

胳膊拧不过大腿，我不得不再次人模狗样地走上大街，扶起自行车来。

大风刮了一个月，我扶了一个月自行车。

媒体上关于我扶自行车的讨论，只热了三天。真心讲，我还得感谢那个二流明星，他半夜宣布老婆出轨，无意间成功解救了我。

一个月后，风终于停了。

那天早晨，我照例走到街上。天空阴沉沉的，空气有些潮，似乎要下雨的样子。路边的自行车摆放得井然有序，像列队做操的小学生。这个时候，我才发现，刮了一月的风，终于停了。

我一激动，就给秦俑打电话：“风停了，看你这鳖孙还怎么往下编！”

手机那头的声音还是闷闷的：“风停了，没法再编了。”

我看看天边，一点儿也不像有风的样子。

雨，已经淅淅沥沥下起来了。

望着马路边一排排摆放整齐的自行车，我的心里，有一点忧伤。

过去过不去，未来未必来。

给我一块橡皮

非　鱼

加入这个游戏当中，不能问为什么，这是规矩，就好像我不能问为什么发给我的是一块巨大的橡皮一样。

你瞧，和我们之前见过的橡皮一样，长方形，有淡淡的水果香味，只是，它的体积太大了，我得使出很大的力气才能抱着它，使它不至于掉到地上去。

预备——开始！抱着我的橡皮，我和他们一起进入游戏。

我们在一条狭窄的巷道里慢慢地跑。这时，我注意到了身体两侧的墙壁。天啊，我惊呼一声，墙上画的居然是我。太像了，可以说是惟妙惟肖。又一幅，随着我的跑动，这些图画连成了一个动态的图像——那是我的过去。太不可思议了！

可是，你知道，我不是那样的，完全不是。

我现在明白为什么发给我这块橡皮了。我试着用橡皮在墙上轻轻一擦，嘿，那些图画居然真的就消失了，干干净净。

实在是令人高兴。我抱着巨大的橡皮，在两边的墙壁上，兴奋地擦来擦去。

贩卖盗版光盘，是我攒下第一桶金的营生。远方那座小城的火车站和汽车站，周围的大街小巷，我曾经天天在那儿转悠，不分白天黑夜，有人来就凑过去问，日晒雨淋，还要躲警察……那些日子，不提也罢。如今，更是不能提了。那些排队采访我的大小记者，巴不得挖地三尺找出点什么新闻线索，我怎么能自己往枪口上撞呢？

这橡皮可真是好东西，就像小时候做错了作业，轻轻一擦，吹一吹，正确的写上去，错的就永远没有了。

怎么，这个荣誉证书也在这儿。这是哪个协会发的？我忘了。当然是买的，谁会平白无故把这么高的荣誉给我啊。“优秀企业家”，太抬举我了，我只是一个从北方小城跑来的外来户，我那企业，那时候算上我才七个人。你说，不花钱买，这荣誉证书能轮到我吗？我哪儿能想到后来会有那么多荣誉啊，要能想到，当初就不花那五百块钱了。这东西，多了也没意思啊。

擦掉吧。柜子里那么多大大小小的证书、奖杯呢，随便拿出一个来，都比这个要光芒四射。

这条巷子太长了，墙上的图画没完没了，可真让人心烦。

怎么我过去的朋友都出来了？我不想见到他们。这可不是一阔就变脸，没那意思。我只是……只是不想想起我的过去。谁没有过莽撞的青春啊，酗酒，闹事，半道截下夜班的女工，那时候不是没事干吗。二十多岁的人了，没有大学可上，没有合适的工作，没有好看的女孩跟我谈恋爱，你说怎么办？浑身上下都是力气，总得找个发泄的地方吧。派出所？那地方当然进去过，打群架的时候经常去。就和他们那帮人，我们经常呼啸山林，骑着破自行车，像打家劫舍的英雄，呼啸而来，头破血流而去，不是对方进去了，就是我们进去了。呵呵，这些想起来，还怪好玩的啊。

好玩归好玩，不能耽误正事。你说，就他们这一群人，现在都像地沟里拱来拱去的老鼠，有一个正经的吗？要知道我就是他们曾经认识的那个混混，我过去那点事，他们还不一个个唾沫星子乱飞给抖搂得一点不剩？好不容易才远离了他们，现在我身边的人——不，朋友，可都是有身份的，和他们可隔着好几个“阶级”呢。对不起了，兄弟，把你们都擦了啊。

一点一点擦过去，我手里的橡皮越来越小。现在，巨大的橡皮只剩下拇指肚大小，两个指头轻轻一捏，就能轻松地擦去墙上的图画。

可橡皮太小了，每次擦去的面积也越来越小。我的胳膊又酸又困，快举不起来了。更要命的是，我不知道前面还有多远，还有多少过去等着我。

但我不能停，我好像已经爱上了这个游戏，还有手里的橡皮。

这时，有人高喊：还要橡皮吗？

我立即答应：要。我要。干吗不要，这橡皮多好啊，一擦，过去就没了。

他说：要高价来买。

我忙说：买，多少钱都买。

钱算什么？钱乃身外之物。而过去，不是。

不是我不明白，而是这世界变得太快。

来不及相爱

非　鱼

是的，我就是其其。很奇怪在一张苍老的脸背后，我会有这样年轻的名字吧？孩子，请不要惊奇，闭上你的眼睛，忽略我的白发和皱纹，我的声音是不是还有些青春的气息呢？

对，这样就对了。

时间对我来说已经没有任何意义。

那是一个黄昏，橙红色的太阳在树梢上一晃而过，我和小里面对面坐在一辆飞速行驶的列车上，他看着我，我看着窗外。我知道他有话要说，他的眼睛在窗外夕阳的映照下，闪烁着明黄色的光芒。可是，还没等他张口，车到站了。有人匆忙下车，有人慌里慌张上车。大人呵斥孩子的声音，孩子没有找到掉在地上的电子狗而绝望哭泣的声音，手机铃声，脚步声，行李箱拖过地面的吭嘮嘮声，交织在一起。小里痛苦地摇摇头，等待着下一个时机。我也在等待，这个过程充满了紧张和甜蜜，我的两只手紧紧地攥在一起，汗津津的。

我和小里认识三天了。他们说，我们进展得太缓慢，一点也跟不上时代的发展。是啊，按照时下的节奏，我们那个时候应该在举办婚礼才对。也许是我们两个都太迟钝，所以才造成了永远的悲伤。

列车太快了，我有点后悔来坐这一趟快得不可思议的车。一个又一个车站在眼前停顿，又被抛在身后，目的地仍在列车的前方。我们总试图以最快的速度到达更多更远的地方，一刻不停，好像我们要不去看一眼，那些地方就会消失了一样。

向往远方成为一种时尚。你知道，这样的结果是汽车的马力越来越大，火车的时速越来越高，飞机——哦，天哪，它早已经在天空织成了一张严密的三维大网，日夜穿梭，把我们这些人从这儿送到那儿。对，陀螺。我们就是像陀螺，没有鞭子抽打，我们也会不由自主地飞旋下去。

还是说那个黄昏吧。

我不知道一切是怎么发生的。当小里终于握住我汗湿的双手，轻轻叫了我一声其其。我想答应，可那个“嗯”还在胸腔徘徊，还没有传递到小里的耳朵里，我就听到一阵刺耳的声音，是铁与铁发出的巨大摩擦声。接着，我感觉到了眩晕，风在耳边呼啸，我的双眼无法睁开，我隐约听到小里的喊声。

不，你错了。不是列车翻出铁轨，而是飞出去。

等我能够睁开双眼的时候，我的四周是无尽的黑暗，我觉得自己好像一只气球，在飘来飘去。我试图动动胳膊和腿，好像都没有问题，只是脚下没有了坚实的土地。梦？真的像是做梦。

不知过了多长时间，我终于看到了光明。太阳升起来了。

我打量四周，无数的人、列车的碎片、我们携带的行李都在漂浮着，快速地移动着。我吓了一跳：究竟发生了什么？

我惊慌地大喊：小里——小里——

没有人回答。我看不到他，也找不到他在哪里。

无边的恐惧让我失声痛哭，可我的哭泣没有换来任何的回应，更别说安慰了。我的眼泪从脸上飞出去，在我的周围轻轻地舞蹈。

我是在又一个日出时才明白过来的，列车飞离地球了。我、小里、无数的乘客，还有列车本身，都变成了地球周围的行星。那才真的是叫天天不应，叫地地不灵。快，更快，再快，不断提速的恶果，终于让我品尝到了。

我无可奈何地飞着，能感觉到自己身体里的水分在逐渐失去，我变得干瘪，枯瘦。

我隐约看到了一个同样枯瘦的背影，从我身边飞过。我认得他身上的衣服，那件天空一样的蓝色 T 恤。我喊：小里。

他扭了一下头：其其？其其，是你吗？

我急忙说：是我。我是其其。

我不知道他听没听到我的回答，因为他很快又消失在我的视野里了。

再次见到小里，我感觉已经过去了很久很久，日出日落太频繁了，我无法计算准确的日期。小里满头白发，满脸皱纹，就像我一样。我们只匆忙打了个招呼，就又分开了。

每看到小里一次，我的心都会碎一次。如果能够把心掏出来，它一定是支离破碎，如粉末一样拼凑在一起。

我恨死了那辆列车，也恨死了它引以为豪的高速度。

可，一切都晚了。

我们还来不及相爱，就老了，老了……

我说这些还有什么意义呢？孩子，赶紧回去吧，这里真的不好，能踏踏实实地踩在土地上，那才是最幸福的感觉。当然，还有慢慢地相爱。

你闭上眼睛，看看你能看到什么。

修行年代

海　飞

师父。慧能轻轻叫了一声。慧能看到师父悟净正在蒲团上打坐，光光的后脑勺对着慧能。师父，枫桥镇上的红楼今天开始抛绣球了，是红菱姑娘抛的绣球。悟净睁开了眼，长长地叹一口气，慢慢地直起身子，抬起头望着面目俊秀的慧能。悟净的个子矮小，所以他看徒弟慧能时总是要抬起头来。你跟我下山吧，悟净说，你跟我下山。

师徒俩在著名的红楼前打起了坐。他们敲打木鱼和诵经的声音被喧闹的人声淹没了。他们的目光越过人群，看到了绣楼上端坐着的红菱姑娘。悟净又叹了一口气，悟净说，世风日下，妓楼也敢做出这种下三滥的事来败坏风气。慧能微闭着双眼，敲击木鱼的声音很有节律地响着，慧能想，这正是断我凡根俗念的时候。忽然人声喧哗起来，红菱姑娘款款站起身，她淡淡的光华让慧能年轻的心忽然酸了动了痛了。慧能看到红菱的目光越过人群，像一只鸟栖息枝头一样轻轻落在他的身上。慧能终于停止了诵经，他看到一只火一样的绣球向他飞来，落在他的怀中。所有的目光都向他投来，这和尚艳福不浅，可以享受红菱姑娘的一夜之情了。慧能听到一个戴着歪帽子的人这样说，慧能认识这个人，这个人是街头开商号的贾家少爷贾兴安。慧能被一个仆人从蒲团上拉了起来，仆人说，跟我走吧，仆人意味深长地笑笑，突然说，还是光头有福气啊。

慧能捧着绣球懵懂地从师父悟净身边走过，悟净没有睁开眼，一直都没有，他正诵着绵绵不绝的经文。慧能沿着楼梯上了高高的木楼，噔噔噔的声音像敲在慧能的心上一样。慧能看到了屋子里靠窗而坐的红菱，红菱没有看他，只问他，和你一起打坐的那个老和尚是谁？慧能说，是我师父，悟净。红菱转过头轻笑了一下，红菱说，我知道你是慧能，你不能做和尚的，你六根未净，不信的话，你闭上眼睛，看看你能看到什么。慧能闭上了眼睛，他果然看到自己和红菱在床上缠绵的情景，红菱的皮肤多滑多细腻，慧能的汗顺着脸颊淌下来。慧能突然睁开眼，将绣球一扔，说，我走了。慧能走出屋子来到楼台，他对台下那些扫兴的男人说，弟子慧能，不是凡心未动，心如止水，只是我这修行之人，与红菱姑娘无缘。慧能看到台下打坐的师父悟净突然睁开了眼，定定地看着他。红菱轻移莲步跟了出来，那只绣球重又抛出了，落在了贾兴安身上。贾兴安发疯般地狂笑着，他叫着喊着冲上台去，走上木梯时和正下楼的慧能撞了一下，差点跌倒。

慧能重又坐在了悟净身边，师徒俩敲击木鱼的声音又此起彼伏地响起来。月亮悄悄挂上了枝头，慧能看到红楼的廊檐上亮起了许多红灯笼，里面传来了嘻嘻的笑声。慧能感到有些冷，他轻轻用双手搂紧了自己，悄无声息地站起来。慧能看到师父依然闭着眼诵经，他的袈裟上，披着淡淡如水的月色。慧能说师父，慧能说师父我想离开你了，你虽是我师父，但也是凡根未净，不然的话，人家小姐能抛绣球，妓楼抛绣球就不行吗，这种事情与我们何干。慧能说完离开悟净，他走出很远了，回过头来看到悟净坐在灯火通明的红楼门口，很孤独的样子，他的身边是一棵树，他的身上，是冷冷的月色。慧能想回到师父身边，但最终还是走了。慧能走的时候，向师父悟净行了一个大礼。

几年后，慧能的名气渐渐大了，他云游四海，刻苦钻研佛学，四处讲禅，是个四海为家的苦僧人。他的化缘所得，全部给了沿途的庙堂，捐出来给菩萨塑金身。有一天，慧能到了一条河边，在他等渡船的时候，看到一个红衣女子来河边挑水，她用一个木勺子一勺一勺地往桶里舀水。慧能看到了河面上飘着的虚幻的雾气，看到了红衣女子的一双明眸。他感到这双眼睛似曾相识，他终于想起来了，她应该叫作红菱，应该是枫桥镇红楼里面的名妓。

红菱笑了一下，红菱说，慧能师父，还能认出我吗，我就是红菱，我爹留下话来，让你重回山上潜心修行。慧能说，你爹是谁。红菱说，我爹就是悟净呀。我爹已经圆寂了，我爹说你是能成大器的人，为了让你专心钻研佛学，他跟红楼的老板娘定下了抛绣球的事。慧能后来没听到红菱的话和红菱的笑声，他只听到了河里的水声。渡船来了，渡船来渡慧能。慧能没有上船，他在河边打起了坐，他打了三天三夜的坐，诵了三天三夜的经，他把自己的心磨得像明镜一样。三天后，慧能转身上路了，他离开的时候，一个女人倚在一双水桶边轻轻地笑，轻轻地说，爸，你才是修行年代的英雄。

慧能一直没有回过头来，慧能在红菱的视线里消失了，慧能翻译的经文，世代流传着。慧能年老的时候说，一条奔腾咆哮的河，让他悟到了无穷的禅机。

酒后吐的不一定是真言，还有故事。

酒里金刚

海　飞

同山镇的酒客们最喜欢黄昏降临的辰光。那时他们像一排木桩似的钉在同山镇街心，仰脸看着晚霞一点儿一点儿由绚烂而渐暗而晦暗而滑入暮色。这之后，他们会在海半仙酒馆度过一段无比开心的好时光。

海半仙酒馆每晚十点后免费供酒菜，翠屏烧出最拿手的五香牛肉。一时酒客如云。

这天晚上海半仙对酒客们说，供酒供菜没事儿，可有个条件——你们得讲个自己的酒故事，新鲜，有趣，讲得最好的能得到一坛“七步醉”。

张三抢先跑到酒柜前。张三说，十二岁时跟爹到镇上买了两坛同山烧，准备过年时喝。他爹拉车，他在后面推车。父子俩推着车高兴地聊着，没想到推车陷进泥坑，车轮一歪，两坛酒一滑坠地，满地酒香。张三抓着头皮愣在那儿。他爹吼，还愣着干啥，等下酒菜啊？赶紧喝。父子俩趴到地上，把每片碎酒坛片上的酒舔了个干干净净。

张三说，这故事精彩吧。

李四说，这故事跟我的比，一般般。

李四有一年把老婆送回娘家过夏，喝够了酒跌跌撞撞回家来。路上想起家里还有半斤同山烧，酒虫子就从喉咙里慢慢爬出。不料刚到地头就摔了跤，爬起时摸到满地蚕豆，心里暗自高兴，抓了几把装进衣袋，迷迷糊糊摸到家，进屋后先炒豆。他倒酒吃豆子。蚕豆有点儿硬，咬不动，可味道绝对好。他想可能蚕豆有点儿老了，就喝一口酒咂一口蚕豆，把半斤同山烧都喝了。第二天酒醒，他瞅着满桌的小石子发愣，一嗅还有股盐水味，再一尝咸滋滋的。他骂自己，昨晚醉酒竟然把小石子当成了蚕豆。

众人正哈哈大笑，门外进来个人，嚷着要七步醉。海半仙拱了拱手说，先生打几两？

那酒客说，几两？笑话，听说过酒里金刚宋万里吗？给我来五斤！

海半仙说，宋先生，这七步醉略有小名声，一般人只能喝三两，超过三两走七步就会醉倒。

宋万里对着屋顶大笑，笑完掏出两块大洋拍在柜台上，一把拎过柜台上摆着的七步醉，揭开酒坛盖，咕嘟咕嘟喝了三大口。然后，放下酒坛对海半仙冷笑。这几大口少说也有半斤了。

海半仙说，你走几步。

宋万里稳稳地走，一步，两步，三步——他继续冷笑，笑话，别说七步，就是走到上海我也能——话音刚落就一歪倒地。

海半仙伸手拭了拭鼻息，没事，伙计，把人抬上床，盖上被子，别凉着。来，继续讲故事。

第二天众酒客又如约而至。

王五多年前从镇上打了瓶同山烧回来，犯愁着已没钱买下酒菜。见有人在卖螃蟹，他趁卖蟹人忙乎，偷偷掰了条螃蟹腿就溜回家，舔一口螃蟹腿喝一口酒，有滋有味地喝到大半夜。蜡烛没了，王五摸黑继续喝，一不小心螃蟹腿掉到地上，他摸来摸去总算捡到，用衣襟擦了擦继续喝。瓶底朝天了，灌上水涮涮又喝，然后把螃蟹腿小心地搁桌上，打算第二天再喝。第二天中午起来，一看螃蟹腿还在地上。再一看，桌上搁着枚大铁钉，铁锈已被舔得干干净净。

众人大笑不已，说这个真绝了。

王五说我能拿酒了吧。

海半仙说再听听别人的故事，我去看看那酒里金刚。

宋万里睡得如痴如醉。海半仙出来说，继续讲故事。

第三天，赵六捋了捋袖子，讲起了自己的酒故事。

去年赵六跟朋友从绍兴回同山镇，因临上车喝酒误了火车，两人决定走回家，从行囊里摸出两瓶酒，沿着铁路线一边走一边喝。火车轰隆隆地开过来开过去，他们扶肩搭背，唱着荒腔走板的绍兴大戏，快活得不得了。喝着喝着赵六疑惑地说，天哪，这梯子好长，我们怎么也爬不到头啊。朋友说，可不是，这梯子快通天了。赵六一拍大腿，这是不是天梯，让我们做神仙去？朋友说，可不是，咱是要做酒仙去了——这时有人跑过来喊危险危险，快下来。朋友说，他咋咋呼呼喊啥？

赵六说，他喊危险。你看这天梯没扶手，当然危险了，哎，别拉我别拉我——后来一桶水把他们浇醒。

赵六摸着满脸水纳闷怎么没上天。人家冷笑，上天？下阎王殿还差不多，两个醉鬼把铁轨当梯子爬。

众人笑得前俯后仰。海半仙差点儿把酒喷出来。

赵六的手伸向七步醉。海半仙说再等等别人的故事。那酒里金刚该醒了。

海半仙走进里屋敲了敲床板说，差不多了，该醒了。

片刻，宋万里睁眼，一骨碌起身，对海半仙点点头，捂着嘴巴一声不吭到外面，对众酒客点点头就走了。众酒客嚷，这就是个白吃白喝的家伙，连个故事都不讲。

又过了三天，那坛七步醉还是没人拿走。这天晚上，有人正讲在兴头上，一个戴着口罩的女人进来，身后拖个闭嘴不吭的男人。众酒客一看正是那酒里金刚。

女人摘下口罩说，海半仙你还我男人。

海半仙说，你男人不正在你手心里吗，我怎么还？

女人说，这死鬼回家后闭着嘴坐了三天三夜，不吃不喝不说话，成了个木头人。你还我原来那个。

海半仙叹了口气说，看山是山，看水是水；看山不是山，看水不是水；看山还是山，看水还是水。

这时宋万里慢慢地张嘴，深深吸了口气，再缓缓吐出。顿时酒馆里弥漫一股醇香无比的气息。众酒客晕晕乎乎起来。

宋万里说，我第一天回家喂羊，羊醉倒了。第二天喂狗，狗醉倒了。第三天喂鸡，鸡也醉倒了。闭了三天嘴，七步醉还能到这个地步，真是天下一等一的好酒。

女人说，我要不戴口罩，这一路拉他过来，早就醉倒在路上了。

海半仙对众酒客说，你们谁讲的故事有他这样新鲜有趣？

众酒客面面相觑默默无语，片刻酒馆里掌声雷动。

海半仙把酒坛递给宋万里的女人，说，酒是个好东西，得适量，以后你管酒，每顿只能三两，养气，活血，益神。你男人底子好，这一场醉生梦死，能多活十年。

红　狗

陈永林

村子被大山裹得严严实实。村人去趟镇里得翻过几十座山头，得天蒙蒙亮出门，月亮升上头顶时才能到。

山上的土层薄而贫瘠，种不了水稻，只能种些红薯、南瓜、玉米等耐旱的粗粮。村人的日子自然过得苦，早晨吃红薯粥，中午吃南瓜羹，晚上吃玉米糊。冬天就把早餐省了，吃两餐；穿衣服也是新三年，旧三年，缝缝补补又三年；住的是土坯砖砌墙，茅草盖顶的房子。

村人不但不觉得苦，而且觉得很快乐，很幸福。

快乐、幸福的缘由是村里的男女关系很自由。男人看中了哪个女人，或者女人看中了哪个男人，就同对方的男人（女人）说："今天我去你家睡，你去我家睡。"这样的要求，男人女人都不能拒绝，这是村里一个古老而严苛的规矩。

村里人谁也不吃亏，男人想你睡了我老婆，我也睡了你老婆；女人想你睡了我，我男人也睡了你的女人。扯平了，谁也不占便宜不吃亏。

这天，一帮男人坐在一棵鸡公树下聊天，聊的都是村里男男女女那点事。一群狗在边上嬉闹。狗有七八只，有白狗、黄狗、花狗、黑狗。

此时来了一个男人，男人上身穿一件鲜艳的红衣褂子。男人们都盯着男人的红褂子看。村里没哪个男人穿过红褂子，只有女人穿红衣服。男人穿黑色、青色等暗色调的衣服，耐脏。

男人说他的名字叫红狗。男人们看着边上嬉闹的狗们："哪里有红狗，只有黑狗、黄狗、白狗、花狗。”男人说：“我就叫红狗。”村人们全都笑了，说：“好吧，你叫红狗就红狗吧。”

红狗说：“我准备同我的女人来你们村里住。”

男人们这才注意到红狗身后的女人，他们的眼光放肆地落在女人身上。女人的脸白、眼亮、鼻挺、胸圆、腰细、腿长。男人们不停地吞咽着口水，喉咙里发出咕噜咕噜的声音。男人们一个个笑着说：“行，行。欢迎，欢迎。”有男人热情地帮红狗拎包。

红狗同女人被村人安顿在村边边的泥坯屋里。

此后，红狗的屋里一直很热闹。男人女人都来了，屋里站不下，坐不下，就站在门口。男人们的眼光黏在红狗女人身上，女人们的眼光就黏在红狗身上。男人们女人们好像有问不完的话，红狗和女人比较冷漠，爱理不理的。红狗和女人不喜欢热闹。

男人们都想抱着红狗的女人睡觉，女人们也想被红狗死死地压在身下。有心急的女人就催促自己的男人：“你去同红狗说呀。”男人的语气凶巴巴的：“你想被城里的男人睡，就自己去呀。”女人说：“你不想睡红狗的女人？瞧她细皮嫩肉的，同刚出锅的豆腐一样。你做梦都想呢。”男人是想，吃饭时想，睡觉时想，时时刻刻都想呢。但男人们开不了口，也不知道怎么开口，更怕开了口，红狗不同意。

还是有心急的男人找到了红狗，结结巴巴说了换妻的事。红狗不同意，且大笑：“哈哈，还有这事？哈哈，笑死我了。”红狗一直笑，笑得按着肚子喊痛。红狗的笑让男人的脸有些发烧。

也有男人对红狗说：“你在村里住就是村里的人，那得遵守村里的规则，要不你搬走。”

红狗不想搬出村，也不想自己如花似玉的女人被村里那些尖嘴猴腮、浑身散发着垃圾腐烂臭味的男人碰。红狗就劝村里的女人：“劝劝你们的男人，我们是人，不是畜生，畜生才这样。”女人听不进，也不说话，只用火一样烫的眼睛盯着红狗。

村里的男人只想同红狗的女人睡觉，村里的女人也只想同红狗睡觉。人就是这样，越是得不到的东西越想得到。

村人的男人都觉得生活有遗憾，过得不那么快乐。不快乐的根源就是不能同红狗的女人睡觉。于是，一天晚上，几个男人闯进了红狗的家。男人们拿绳把红狗绑了，然后当着红狗的面，把女人压在他们身下。

完事后，男人们扬长而去。

女人只一个劲地哭，声音哭哑了还哭，泪流干了还哭。

第二天晚上，红狗拿着把菜刀进了其中一个男人的家。男人见了拿着刀的红狗，骇得浑身发抖："你不会真要了我的命吧。我女人你也可睡，想怎么睡就怎么睡，想睡多久就睡多久。"女人也脱光衣服，抱住红狗，男人便跑了。红狗对抱着自己的赤身裸体的女人怎么也下不了手。

过了几天，红狗再去别的男人家，就不再带刀了。

红狗的女人很失望："你是红狗，不是白狗、黑狗，也不是黄狗、花狗。"

红狗说："红狗也是狗。"

女人说："你想想你是怎么过失杀人的？怎么成为逃犯的？你为了一个不相干的女人被强暴可以杀人，现在自己的老婆被人强暴了，你不但不愤怒，反而心安理得地去睡他们的女人——"

红狗大吼一声："别说了。"然后蹲下来，双手捂着脸，一副很痛苦的样子。

第二天，村人发现红狗和他的女人不见了。

不少男人遗憾没同红狗的女人睡过觉。那些睡了红狗女人的男人就有了炫耀的资本，动不动就说红狗的女人怎么怎么好。

同红狗亲热过的女人不想再同村里别的男人亲热，也不爱同自己的男人亲热。她们老爱拿自己的男人、村里的男人同红狗比，一比，心里就凉，就身子变硬变干。

没有人知道是谁把整个世界搞得如此忧伤的。

世界的真相

阿　丁

从前有个人，想写个世界上最最忧伤的故事。可他一直写不出来。他归咎于自己还不够忧伤。

对此他并不着急，他认为忧伤总是先于喜悦而至，对此他一直保持乐观。

某一日他果然等来了忧伤，所以只用了一分钟的时间就写出了那个世界上最最忧伤的故事。随后，哗众取宠地说吧，马里亚纳海沟般深不可测的忧伤吞噬了他。总而言之，他因过度忧伤而死。神圣的说法是：他殉身于忧伤。

以下就是他写的那个最最忧伤的故事——

一个坏事做尽的人，在某个时刻突然变得内心柔软。当夜晚来临时，他走在回家的路上，发现踩到了自己的影子，虽然他马上就跳了起来。回到住处后，在沉重的愧疚中，他杀死了自己。他确信在那一刻听到了自己内心的哀号。

故事并未结束。忧伤比霍乱和肺鼠疫的传染性更猛烈更迅捷。这之后——

一只出来觅食的小老鼠死了。那天晚上，小老鼠因为它无法掌控的偶然，在某个时间置身于某个空间——它闯入了那个此前坏事做尽、如今内心柔软的人的影子——它的尾巴被那个人的鞋底踩到了，出于疼痛的本能，它发出了一声凄厉的哀号。小老鼠迅疾地逃跑，钻进鼠洞，惊魂未定。于是在那一小片黑暗中，发生了异样，来自那个人脚底的忧伤感染了这只小小的啮齿类动物。症状开始出现，当心跳恢复正常速率与节律之后，它走出鼠洞，一只虎视眈眈的猫迅速扑来，又迅速吃掉了它。在猫的齿间，小老鼠失去意识之前，像初生的海豹一样泪眼婆娑。它最后一次回忆了那只苦苦在洞口等待的猫，它觉得世上已经没有什么事比那只猫的等待更令它心碎的了。因此，小老鼠是主动把自己喂给猫吃的。是忧伤的病毒驱使它这么做。

然后是猫。那只刚刚吃完点心的猫。猫卧在铺满午后阳光的窗台上沉默。这没什么好奇怪的，猫经常沉默。但是这次不同，猫的沉默是出于忧伤。因此这只猫并未像往常一样眯着眼睛，而是蜷缩在窗台上，身躯一动不动，像人类一样睁大眼睛，空洞地望向虚无。没人知道它那一刻在想什么。总之几天后它死了，悄无声息，如同僧尼圆寂。

晚间，主人发现了猫的死亡。主人坐在摇椅上发呆，他脚下是一只精美的点心盒子，盒子里长眠着那只猫。摇椅的吱呀声升至空中，又被偶然路过的微风吹散成絮一样的东西，那是主人与猫共同的回忆，以及主人的手、脸，以及肚皮与猫的皮毛摩挲而留存的触感。

故事该结束了，或者说，故事刚刚开始。

在一株国槐下，主人掘了个坑，把猫掩埋。主人站起身，凝视了那个小巧的坟丘片刻，拍了拍手上的泥土，走掉了。不知所终。多么轻易啊，一转身，就切掉了他与猫之间的一切联系。

然而一切都并未结束——

猫的遗体所占据的那一小片土壤开始忧伤了，并渐渐向四周蔓延。忧伤上行，侵蚀了那株国槐的树干。这棵树在来年将因为它无可抵御的忧伤干枯而死。而在它的根系，和比它的根系更深的地下，蚯蚓、蝉的幼虫以及其他所有不知名的地下生物，所有的矿物，有机的、无机的，都无一例外地被感染了。连更深处的地下河、更更深处的地壳中滚滚的岩浆也不能幸免。忧伤将传遍大地，并最终蔓延至整个星球。

而天空也被感染了，然后是星系和宇宙。感染源谁都说不清。也许是第一只啄食蚯蚓的飞鸟，也许是那个不知所终的猫的主人，也许是某个男孩不慎挂在树梢上的风筝，也许风就是携带者。

谁知道呢。

所以，没有人知道是谁把整个世界搞得如此忧伤的。那个写下世上最最忧伤的故事的无名作者也并非被人们所遗忘，而是根本就没人知道他。也许这就是世界的真相。

不作诗，就不会死。

青溪桥之白月光

陈小庆

皇上最近写不出诗了，连累我们这帮长安诗社的人也跟着受罪：在皇上的新诗写出之前，谁也不能作诗。说是不作诗就不会死！

我憋了一肚子的诗，夜里睡不着觉，恰明月如霜，好风如水，便叫上睡得正香的书童王九，出门走走。

清溪桥下的流水泛着白光，让人想起童年，想起祖母的歌谣。我从山东乡下来长安三年了，心底里一直觉得，长安的月光没有山东老家的明亮，长安的房租也比山东乡下的贵好多。

王九打着呵欠，一副不睡觉就会死的样子。我说：“王九，你看这流水多美，清冷冷的月光多美……”

我正要往下说，王九忙止住：“公子，再多说一句就成诗了！”

是啊，像我这样出口成章的人，动不动就诗意盎然，这在眼下是很危险的。我忙闭了口，硬生生憋下去一句“要是能有个美女出现该多好”在肚子里。

但这时我耳边却响起女孩子“咯咯”的笑声。

我扭头问王九，王九却趴在一块大青石上睡着了，我拍醒他说：“听，是哪儿的声音？”我从不自己听音辨向，不然要书童干什么用？

他头也不抬，往竹林边一指：“那边！”我拉他同往。

竹林边的一小片空地上，有三个女孩在玩逐月游戏。多么美的画面，得此良辰美景，活不够百年又有何妨？

三个女孩发现了我俩，停下来，其中一个绿衣服的走过来，说："来了两个憨货。"

我忙分辩："我是长安诗社会员，绝非憨货！"

另一个红衣服的忙说："那你作首诗来——"

对于美女的要求，我一般都是不拒绝的，可惜这多年来从未有美女对我提过要求，所以现在，我不免得意忘形，要作诗了。

我轻咳两声，仰头望月，低头看水，刚要开口，便被一只粗糙的大手捂住了嘴——是王九发现了不对劲，从困意中惊醒。

王九说："公子，你忘了，不作诗就不会死吗？"

我一身冷汗，差点犯了死罪。

红衣女子便笑了："长安诗社，徒有虚名，你是出来打酱油的吧！"

我尴尬地站在月光下，长这么大，丢了那么多人，还没在美女面前丢过人。

倒是一直沉默望我的白衣女子开口了："宛儿，休得无礼，我们不要害了公子，我看这公子一表人才，不像是作诗的，也不像是打酱油的，倒极像唱戏的。公子，要不来两句戏文？"看样子她是千金小姐。

当今皇上唯不禁唱戏，这白衣女子聪敏若此，一定是学过王法的。

我推辞不过，便开口唱了当地流行的《流红记》里的两句："山丹丹的那个开花哟，红艳艳——"声遏行云，惊飞林间几只宿鸟，连沉睡的远村的狗都跟着吠了两声。

红绿衣两女子拍手跳跃称好，白衣女子虽不言语，但月光下那倾慕的神色却可看得一清二楚。只见她一仰头，这算是仰慕我吧——打了个喷嚏。

"夜深了，公子，不若咱们到那边客栈休息去？"青衣女笑嘻嘻地说。

"这，合适吗？"这么快就——客——栈，我都不敢想。一扭头，看到王九又在大石头上睡着了。且不管他，我望了白衣女一眼，我们借着白月光确认过眼神后，她复含羞地低着头。

我们上桥，左拐左拐再左拐，来到一座黑灯瞎火的客栈前，若不是今晚月光好，门都看不清呢。

青衣女一推，门竟自己开了，里面倒有两支大蜡烛，照得铺锦叠绣的室内亮堂堂的。

“你和我们小姐今儿个结拜了吧！”红衣女笑道。

“结拜为异姓兄弟？”我纳闷。

“是异性夫妻，懂不懂？”青衣点了我一下。

“小生从未结过婚，不知结婚会不会影响谈恋爱？”我问。

“……这个，好像不影响吧！”白衣女望了眼红衣女。

“不影响，快点吧，别错过了时辰！”青衣女抢着说道。

就这样，拜堂，成亲，入洞房，一夜缠绵，不足为外人道也。

快五更时，我起身，从衣袋里拿出一块玉佩（这是我在地摊上淘来的摊主祖上传下的），递与白衣女，说：“仓促无以为赠，这块我祖上传下的玉佩你先拿着，我还急着去上班呢！”

她收了，拿自己的银簪递与我：“公子，妾身也送你一物，记得下班早早回还也！”

我收拾好自己，出了门，右拐右拐再右拐，过桥，见王九已醒来好久，正在数天上的月亮：“一个，一个，一个……”

我说：“走吧，回家去睡。”我一夜没睡，此时困极。回到租房处，倒头便睡。一觉醒来红日西斜，腹中甚饿。便叫王九，王九不应。

出门去寻，上桥，左拐左拐再左拐，想起昨夜之事，便找那客栈，可这儿哪有什么客栈，分明只一座清溪庙。庙门开着，我走进去，一看，正中殿上站着三位仙女塑像，白衣女居中，我认出了，左右为青衣红衣，她们神采奕奕栩栩如生地望着我。我一摸，白衣女的裙裾，是木头做的，我发现她头发上没有银簪，而腰上挂着我送她的那块玉佩……

人在冬天是想抱着一个人取暖的。

我大爷的幸福生活

冷清秋

我们北方山区有个不成文的规矩。

管女的叫大爷。不过，专指那些上了年纪，又失去老伴的女人。

就好像她们余下的时光不再是一个人活着，而是带着离世的老伴一起。

为什么管大娘叫大爷却不管大爷叫大娘，为什么管大娘叫大爷而不叫其他，从来没有人问，也没有人解释。一直沿袭下来的规矩，就这么叫了下来。

我大爷去世后，我大娘就变成了我大爷。

变成了我大爷的我大娘，比我大爷还要大爷。

记忆中，她原本是一个温良贤淑的女人，冥冥之中好像有谁暗中操纵着，一夜之间她就完全变了模样，甚至改变了性别，不再是她自己了。

这其实是一件很诡异的事情。

就好像与世长辞的不是我大爷，而是我大娘。

我大爷去世那天，我大娘便消失了，接下来出现在世人面前的是一个完全陌生的男人。

这个陌生的男人利用我大娘的躯体继续活在这个世上。

她不再梳光溜溜的后髻头，而是直接剃了个“寸寸灰”，望过去头皮上青茬一片。手腕上滴溜作响的铃铛镯子收在了盒子里，和之前所有的女性衣物一起被压到了箱子的最底下。

在我们寨子里，这样的大爷为数不少。

她们不再穿女人的衣服，也不再佩戴和女性相关的任何配饰，当然更没有小碎步和轻言细语，甚至也没有了羞耻之心。

八月暑热的午后，披着男人褂子的大爷们三三两两从家里出来。

她们气气派派地和男人们一样出了门，大大咧咧地坐在当街树荫下的石头上乘凉，一边还抽着烟袋锅子。抽着抽着不知哪个大爷起头脱了自己的褂子，大爷们就个赛个把自己褂子扒了，黑漆漆地光着油腻腻的大膀子坐在树荫下和男人们一样谈笑风生。如果不是胸前那两个布袋子似的大奶子直接垂到裤腰那里，打眼一看真的和男人们无异。

有些大爷聊着聊着嫌热，还要拿起自己的奶子朝肩上搭一搭。

这样的稀奇事儿在我们那地方早都习以为常见惯不怪了。

大爷们像男人那样连着几天不洗脸不梳头——嗯，也用不着梳头。睡醒了拿手揉揉积存在眼角的眼屎就去地里摘棒子，掘洋芋，像男人那样撅着屁股拉大车。把烟袋锅别在自己男人一样粗壮的腰里，等停下来歇脚时就抽一锅，吧嗒吧嗒很惬意的模样。

当然也像男人那样旁若无人地扛犁下地，驾车入田，骑马甩鞭子吆喝骡马飙粗鄙的脏话，肆无忌惮地说笑，吧唧着嘴吃饭。

这些人当中，我大爷是最让我惊诧的一个。

之所以这么说，是因为那个时候我正在渐渐长大。

我大爷一死，我大娘完全混淆了我那个年纪对于男女性别刚建立起来的基本认知。

如果，不是三个月后的那场大雪。

北方的冬天粗鲁得很，根本不打招呼，说来就来。

三个月的时间，我也逐渐认同了我大爷像男人一样的存在。

那是一个清晨，正在热乎乎的炕头做美梦的我被一阵激烈的鞭炮声炸醒了。

直到中午端着一碗猪肉吃到嘴里，我才明白，我大爷居然要和外地来的木匠结婚了。

鞭炮就是他们炸的。

这消息比我大爷几个月前突然去世，比我大娘像我大爷那样粗犷地活着还让人猝不及防。

一切都发生得太过突然，但又像是早都安排好了似的。

腊月里木匠来寨里做活，借宿在我大爷家。当天夜里就下起了鹅毛大雪。大雪纷纷扬扬直下了半个月。雪还没停呢，我大爷竟然要结婚了。

原谅我那时年少，又怎么弄得懂大人们的心思？

最先跳出来反对的当然是我大爷的儿女们。他们用尽了各种招数，据说还把那木匠痛揍了一顿，赶出了寨子。这样，我大爷自然是嫁不成了，几乎所有人都这么认为了。可谁也没有料到，当天夜里我大爷卷了自己的东西就跑了。

至于后来，我大爷是不是追上了木匠，他们最后是不是在一起了，谁也不知道。

那天晚上，半明半暗的灯光里，我听见我娘感叹说："人在冬天是想抱着一个人取暖的。"

我爹骂了句："屁！"

然后，灯就被熄灭了。

我相信，这世界上一定有另一个我。

分身记

歪　竹

新城有一个异人，名叫梅埃，个子高大，器宇轩昂，眼睛能发出蓝幽幽的亮光。他住在菊园小区，家庭富裕，一家三口和谐共处，其乐融融。多么令人羡慕的幸福之家啊。

梅埃有一项奇能，就是能在别人的呼唤中分身，将一个梅埃的身体分成若干个身体，分身时所有的躯体都不能思维，都不能做事，都不能说话，只是一模一样的多个肉体罢了。也就是说，分身时梅埃失去了灵魂，只剩下肉体。这些分出的身体，在喊他的人不需要他或忘记他时神秘消失，像一缕烟一样消失。

这项奇能，使梅埃一夜之间名声大噪，也改变了梅埃对世界和人生的看法、改变了梅埃的家庭状况。

远远近近的人都想来一睹梅埃的风采，看看他是怎么分身的，分身后的外貌和内心如何。传播时，人们神神秘秘的。人们知道不能随便说到“梅埃”这个名字，因为要避免分身，分身就不能采访。世上无难事，只怕有心人。终于，有人采访到梅埃了。

“神奇的先生，您的分身术我们很崇拜，您能不能当面分给我们看看。”

“对不起，不能分，我的分身是无意的啊。”

“您分身后的感觉怎么样？”

“没什么感觉，跟原来一样，如果硬要说感觉，那就是跟做梦一样。”

“您的身子分成两份时，应该只有一半重了吧，您走路时应该轻快得多了吧？”

“不，跟原来一样。”

“您的高矮大小也应该按比例缩小了吧？”

“不，跟原来一样。”

“分身后，您心里是否感到若有所失？”

“不不，也跟原来一样。”

“那么，您怎么看待自己的分身术？”

“不怎么看待。”

“高兴吗？”

“无所谓高兴与不高兴，跟原来一样。”

“您可要说真话啊！”

“真的，绝对是真话，我只是莫名其妙地多了一点烦恼。”

“您应该高兴啊，不不不，您应该狂喜啊，您的分身术可是了不起的奇能。”

“这有什么用，别说了，一点用处也没有。”

“请回答我们最后一个问题，好吗？”

“也好，问吧。”

“您是在什么情况下分身的？”

“在别人呼唤我的时候。”

人们不再问了，而是窃窃私语：“不会是作秀吧，这年头，有的人什么事都做得出来，我们回去喊他，隔很远很远的距离喊他，看看到底是不是这样？”

之后，他们纷纷说：“我呼喊梅埃时，确实来了个梅埃。”

“我呼喊梅埃时，确实也来了个梅埃。”

“我喊时也是一样。”

“一样。”

“真是太怪了，我们喊时，他并没有听到啊。”

“是啊，他好像不需听到，只要有人喊就会自动分身。”

“也许，他还有一项奇能，能听到我们听觉之外的声音。”

后来的事实证明了人们的猜测，梅埃果然能听到遥远的声音。几乎不分远近，只要有人喊“梅埃”，他就一定会分身。他的分身和消失，就像有一种指令在遥控，高科技的精确制导也没有他那样准确无误。

由此，人们集体无意识地说起了“梅埃”。“梅埃”已成为一个含义丰富，甚至含义无限的词语。高兴时说一声“梅埃”，烦躁时说一声“梅埃”，悠闲时说一声“梅埃”，忙碌时说一声“梅埃”，得意时说一声“梅埃”，失意时说一声“梅埃”，发财时说一声“梅埃”，甚至升官时也是说一声“梅埃”。因此，人们其实是喊“梅埃”一词，并非喊其人。

人们每喊一声“梅埃”，他就分身出另一个梅埃，走向呼唤地点。于是，新城的大街小巷，每时每刻都走动着梅埃的身影。这下，新城乱套了，这么多的梅埃，到底哪个是真正的梅埃呢？同时，这么多的梅埃会不会出什么事呢？真梅埃只一个，可假梅埃有很多，而谁也分不清哪是真的，哪是假的。幸好，人们根本就不需要他，也就不会把他放在心上，总是随喊随忘，因此梅埃的分身也总是随即消失，不然真会人满为患。

梅埃一家人闭门不出。梅埃担心真身出去后，和假身混到一起，自己都认不出自己。老婆担心梅埃出去后她再也认不出谁是自己的老公。孩子担心梅埃出去后，她再也认不出谁是自己的爸爸。于是，老婆握着梅埃的右手，孩子握着梅埃的左手，寸步不离。老婆非常细心，在心里时刻提醒自己“不要喊梅埃”。还对孩子指指点点，意思是“不要喊梅埃”。

时代飞速发展，铺天盖地的事情让人们听不过来，也看不过来。尤其在城市，公鸡下蛋、母鸡打鸣也不新鲜，人们很快忘记了梅埃的分身术。说“梅埃”的人已经很少很少了。

这时，梅埃老婆想，过了这么久，应该不会分身了吧。她想试一试，喊一声梅埃，看还分不分身。“梅埃，帮我到卧室去拿一件衣服来。”话音未落，梅埃就分身而去。这时家里出现了两个梅埃，这个极力维持正常的家庭最终还是乱了套。在没有办法分辨的情况下，老婆急得大哭："想不到啊，这么久了，只要喊还是分身，死鬼梅埃，你说话啊，到底哪个是真身。"这时又分出了一个梅埃。老婆继续哭喊，梅埃继续分身。孩子害怕了，也跟着哭喊，梅埃也跟着分身。这样，房子里出现了很多的梅埃，很多没有知觉没有反应的梅埃。

很久以后，老婆孩子哭累了，瘫软在地上，家里终于静下来了。老婆孩子困极了，在地板上睡着了，这时她们忘记梅埃了，梅埃分身的肉体瞬间消失。

剩下的梅埃当然就是真身了，碰巧此时其他地方也没有一个人喊梅埃，他的灵魂回到了这个身体，他抱起老婆孩子放到床上，望着她们有点变形的睡相，心疼极了。

梅埃关了灯，躺到床上，陷入了沉思：我的分身终于没有了，但这只是暂时现象啊，怎样才能使自己不再分身呢？他想了很久很久，头都想痛了，最后终于得出了结论：让人们不需要自己，让自己成为一个废物。但成为废物又是多么不甘心啊，于是又想到一个办法，给自己改一个名字，叫"刘李张"什么的，别人再喊"刘李张"就不会分身了，因为我是梅埃。

这样想着想着，梅埃居然睡着了。他做了一个梦，梦见自己名叫"刘李张"，但人们喊"刘李张"时，他还是一样分身，且看到了很多分出去的身体，像魑魅魍魉晃来晃去，令人毛骨悚然。

梅埃当时就惊醒了，大汗淋漓。黑暗中，他的眼睛发着蓝幽幽的亮光，他呆呆地望着老婆孩子。良久良久，奇迹出现了：他恍惚的目光中，老婆的身体幻化出多个肉体，孩子的身体也幻化出多个肉体。他想，说不定每个人都有多个身躯呢。

第六辑

那时慢

回忆，是最好的抒情方式。

一罐棉籽油

非　鱼

地坑院的日子让大妞憋屈，加上又是女娃，不受全家人待见，于是，童年时期的她就在外奶家长成了没王的蜂。

观头村把姥姥叫外奶，姥爷叫外爷。顾名思义，区别自家的爷和奶。但对大妞来说，自家的爷没见过，自家的奶是哥的，跟她没关系，只有外爷外奶才是她的。

从观头村到外奶家，四五里的路，走着玩着就到了。外奶住在前嘴子，朝阳的山坡上下几眼窑，窑前有院，院里种菜，种蓖麻花椒，种血参天麻，种石榴核桃。院下面就是沟，沟里有一条河，河两边长满了桃梨苹果核桃桑葚石榴树。外爷在沟里给生产队放羊和牛，大妞就在院里、河里、树上幸福地自由生长，把自己长得泼泼实实，天天风一样在山坡上、山沟里刮过来刮过去。

那时候，外爷每天回来，兜里总会装满各种瓜果李桃，吃不完，就晒成果干，藏在一只瓦瓮里，时不时给大妞抓一把。当然，外爷也偏心，他晒的肉干藏在另一只瓦罐里，留给表弟吃。但大妞可以偷着吃，她有的是办法。

大妞在前嘴子的日子一天天过去，转眼到了六岁（也许是七岁）那年的年底，生产队要分油。外奶病了，在炕上躺着，大妞听见村里喇叭吆喝分油，就跟外奶说："我去。"

油是生产队每年收了棉花以后，用棉籽榨的油，按人头，一口人几两到一斤不等，那一年，棉花丰收了，一口人能分两斤油。这些油，除了过年用，还要计划着把下一年过完，平时基本不用油炒菜，偶尔用一次，也只是筷子头上包块布——就叫作油布，在油罐里蘸一下，往锅底快速擦一下，看得见一层光亮就行。

油罐在案板靠墙的地方放着，黑瓷的，两边耳上系着麻绳，年月久了，绳子变得乌黑油亮，一年到了头，罐里只剩下一层陈油底。

外奶说："小心着点，别跑，别绊倒，别摔了，别洒了。"

大妞拎着油罐出了窑："知道啦。"

油在油坊分，油坊在场院里，场院离前嘴子还有两道沟。大妞记得外奶的话，拎着油罐从山坡上下去，下到沟底，再上到坡上，再翻一道小沟，就到了。分油的人很多，看见大妞，逗她玩："大妞，分了油你奶给你吃烙馍还是炒鸡蛋？"大妞说："都不是，我奶说给我烙馍加鸡蛋。"她瞪大眼睛的样子，惹得村里人大笑起来。

油打在油罐里，顿时变得重起来。大妞小心地拎着油罐，两只手轮换着提，在山坡上走得小心翼翼，身边跑过的野兔她顾不上看，端起身子的小松鼠她也不敢逮，油汪汪的烙馍，黄灿灿的炒鸡蛋，比它们更重要。

翻过了那道小沟，慢慢地下了山坡，穿过小河，爬上前嘴子的那道坡就到家了。大妞的两只小手因为冷风吹，因为油绳勒，变得通红通红，她感觉不到疼，就是有点麻。她把小嘴紧紧地闭着，慢慢地爬着坡。

快到了，她已经能看见窑门顶上小窑里的鸽子了。那个小窑，外爷说是躲日本鬼子用的。她不懂，她只知道现在是鸽子窝，那些鸽子中的一只，过一段时间就会被外爷杀了煮着吃。

已经能看见窑门上的风眼了，风眼黑黢黢的，这会没有烟冒出来，大妞知道，外奶开始烙馍炒鸡蛋才能有烟呢。

手实在太麻了，两只手都麻。大妞喊爷来接她，没人应，估计外爷还没回来，外奶在炕上躺着，喊也听不见。她想把油罐放下，可找不到一块平展地方。看看四周，路边那棵石榴树底下平，能放下油罐。

大妞把油罐慢慢地放下来，往石榴树底下搁，好像不平，有石头子，她又把油罐拎起来，把石头子踢走，还是不平。这个小小的女孩，萌发了一个极聪明的念头：靠在树上就不会倒了。

油罐被大妞斜着靠在落光了叶子的石榴树上。油，清亮亮的棉籽油，顺着树枝流了出来，等大妞发现的时候，她慌了，急忙用手去堵罐口，去抹树干上的油。

结果，油罐被她的棉袄袖子挂倒了。黑瓷的油罐顺溜地沿着山坡自己跑了，那些清亮亮的棉籽油，也沿着山坡跑，没跑多远，就全渗进了土里。

大妞跟着油罐跑，等到她撵上油罐的时候，就只剩下那截被浸湿的麻绳，上面连着一只小巧的黑色耳朵，油罐已经碎成了片。

她不知所措，没哭，也没叫，愣了半天，拎着那截麻绳和那只耳朵，回家了。外爷和外奶没有骂大妞，因为她把麻绳扔在窑门口就跑回观头村自己家了。

娘和父亲看见她袄袖上、前襟上的油，揍了一顿，才问清楚情况，娘又用擀面杖打了她一顿，娘认为是她贪玩把油罐扔地上摔碎的。她还是没哭。

后来，大妞听说，父亲第二天从自家油罐里给外奶倒了一半油送去了，外爷说："没油就不活了？不兴打娃。"

一直到过年，大妞没敢再去外奶家，老老实实待在自己家，娘说："把你的油省下，你别吃了。"

大妞小声地犟嘴："你都没炒鸡蛋，没烙馍。"

她的头上，又挨了一巴掌。

过罢了年，大妞又去了前嘴子。

外爷没提油罐的事，外奶也没提，就好像他们家油罐一直好好地安放在大案板角上，装了满满一罐的棉籽油。

吃后晌饭时，外奶说："今儿烙馍炒鸡蛋，去年都许了咱大妞的。"

窑门风眼上的烟还没有散去，桌子上的烙馍炒鸡蛋，正泛着微微的油光。

大妞想哭，但口水比泪珠更早地流了下来。

不过是普通的冬天里普通的一天。

猪肉飘香的下午

非　鱼

从早上开始，村子里就酝酿了浓烈的喜庆气氛。这种突如其来的气氛甚至有些神秘。

不过是普通的冬天里普通的一天。

风停了，太阳照得很好，巷子里来回跑动着一群猴子一样的孩子。这些孩子一律黑色的棉袄、棉裤、棉鞋，没有衬衣、衬裤、袜子，有些甚至连内裤也没有。他们跑动带来的风，从领口、衣摆、裤腿四处钻进去，让他们的鼻涕拖很长，让他们的手背、脚脖皴出一条条白硬或黑红的口子。

小全是这些不停跑动的黑猴子中的一个。他也和他们一样兴奋，用他们自己的方式庆祝这一天的到来。

小全他们的集体兴奋，是因为马上要杀猪了。

杀猪，可以说是比节日还要隆重的节日，是除了过年之外最让人期待的一天。

一口直径近两米的硕大铁锅，支在场院边的那个土坑上，坑下的火烧得旺旺的，老树根不时爆出一声巨响，一锅开水冒着喧闹的热气。

肥猪早就拉出来了，绑了腿躺在地上，不停地号叫。那嘹亮的声音，听起来悦耳极了。

很多男人女人拢了手站在场院边，观看这场盛大的杀猪活动。那些黑猴子们停止了跑动，很老实地待在人群的最前面。

一张破床板，放在土坯垒起的矮台上，猪被抬上来，几个人按了身子和腿，尖利的刀子从脖子捅进去，鲜红的血冒出来，瓷盆接了鲜血，立即放上盐，不停搅动，一盆鲜血冒着浓稠的血沫被端走了。

猪渐渐失去了尖厉的号叫，一把小尖刀在猪腿上剔开一个小口，杀猪的强叔对着口子把脸憋得通红吹气。一会儿工夫，猪肚子鼓起来，一根铁条，在鼓胀的猪肚子上锤锤打打，接着再吹，再打，然后绑了开口，扔进大铁锅。

卷的铁片，刺啦刺啦从泡在开水锅里的猪身上刮过，留下一溜儿雪白，又一下，又一溜儿雪白。猪脸、猪腿刮不净的地方，用烧红的火锥烫，难闻的焦煳味儿迅速散开，在整个场院里飘来飘去。

铁钩挂起收拾干净的肥猪，强叔拿一把刀从猪肚子上一拉，再一拉，双手进去一掏，一堆乱七八糟的肠子、下水出来了，猪尿脬出来了。小全他们这群黑猴子等的就是这个，一哄而上，抢啊，不一会儿，那个猪尿脬就被吹得大大的，在黑猴子们中间跳来跳去。

猪杀好了，接下来就是分肉卖肉。

卷卷的烂票子从腰里掏出来，一毛、两毛，一块、两块，一卷烂票子换回一块肥肉，男人女人喜颠颠地回家，他们家的黑猴子也突然冒出来，老老实实跟在后面回去了。

持续到半下午，整个过程基本进入尾声，连那些脏兮兮的大肠也被买走了，留下湿漉漉满地猪毛和点点血迹，还有收拾东西的强叔以及帮忙的男人们。

用不了多久，风箱的“咚——啪——咚——啪——”声传来，厚实的炊烟从各家院子里升起，几乎家家都在煮肉了。整块的肉要先大火煮了，倒了水，然后再二遍煮，然后切了纯肥的肉炸油，肥瘦相间的用面酱炒……这中间要持续两三个小时。于是，这段时间，整个村庄似乎都陷在肥腻的肉香里，村子的角角落落都是那种浓郁的香味儿，让人的味觉、消化系统兴奋的香味。那种香，真是太让人难忘了。

小全没有回家。

这个瘦小的黑猴子在村里四处游荡，拼命地朝肚子里吸着那些溢出来的香味，似乎鼻子吸饱了，肚子也会饱。可结果是，他的肚子里除了空荡荡的冰凉，什么也没有。

小全也会在谁家院门口站一站，希望有人会发现他，会叫他进去，给他一片肥肉，哪怕炸油剩下的一块焦黑的油渣呢。没有人叫他，每家的黑猴子都跟贼一样盯着锅里、碗里，生怕少吃了一点，谁还会叫他进来再分上一口呢？

父亲不在家，母亲病着，这个冬天没有人给小全买肉。

村子里安静极了，好像所有的猪啊鸡啊牛啊羊啊都在分享美味，不发出一点儿声音。小全几乎转遍了整个村子，越来越饿，肚子开始疼。但他不想回家，家里四处冰凉，还不如村子里的这些香味儿让人感到温暖。

猪肉的香味渐渐稀薄了，淡了。天完全黑下来。

小全坐在一个高高的麦秸垛上，开始流泪。

后来，小全开始哭，开始叫父亲，叫父亲的名字。

村里的人都在猪肉的香里沉沉睡去，今天晚上会做一个好梦了，谁又会在意一个八岁小男孩悲凉的哭声呢？

女人之间的战争从来不需要理由。

父亲和他的两个女人

夏 阳

父亲带山西坏女人回来，那年我十二岁。

父亲是一匹健壮的烈马，却疲惫不堪。多年以后，我在内蒙古一家报社做记者，有一次在科尔沁大草原上，骑着一匹从牧民家里借来的老马去另一处采访。一路上，那瘦弱的老马总是跑不了十几里路便折回去，任由我抽打。就在那时，我突然读懂了父亲的一生：无论走了多远，走了多久，却始终无法挣脱故乡的纠葛。

父亲那次回来，似乎想改变什么。一顿鸡飞狗跳之后，他还是黯然地走了，带着那个山西坏女人。在以后漫长的岁月里，父亲对于我们来说，依然是一年两次的汇款单，冷冰冰地从遥远的陌生的山西地质勘探队寄来，似乎他从未回来过。

多年以后，他还是回来了，六十岁不到，却苍老得不成人样，走路虾着个腰，没走几步，便喘得不行，脸色蜡黄，汗如雨下。对于他的回来，我们兄妹三人没有任何欣喜，反而难堪。如果不是看在他老得只剩下一把骨头的分上，我真想喂他一顿拳脚。唉，作为儿女，我们早就没有了父亲，只有刻骨的恨。

村里人对此津津乐道，很快就演绎成了教育年轻人的活教材：你看看人家，在外捞世界，浪荡了一辈子，不也照样乖乖地回来了吗？还是老话说得好，浪子回头金不换，趁早收心吧！母亲听了，摇摇头，苦涩地说，换个鬼，活不过几天了。说完，继续煎药熬汤，端茶送水，到处寻医问诊，把不少医生请到家里来。就像收留一个不懂事的孩子一样，母亲悉心照顾着苟延残喘的父亲。一切的一切让我觉得，似乎父亲从未离开过这个家半步。

也许是长年野外作业的缘故，或者用母亲的话来说，是身子骨早被那山西坏女人吸光了，父亲在家里耗了半年，便死了。父亲的死，让我们村庄乃至方圆十里八里的乡民为之沸腾，他们指指点点，议论纷纷。因为，大家都看到了戏剧性的一幕，那个山西女人拉扯着两个十几岁的孩子回来奔丧。无疑，那两个孩子是我同父异母的弟和妹。我们原本以为父亲是被那女人抛弃了，走投无路才回到我们身边，不承想他却在那边组建了家庭。这个消息确实来得太突然了，让母亲愣怔好一阵子。待她缓过神来后，立马命令娘家的几个兄弟先在村口截住那山西女人，说先谈判，谈好了再进村。

谈判，是在村口的老樟树下，除了两个女人相对而坐，中间还有族长，类似弈棋的场景。山西女人从口袋里掏出一个红本本，对族长说，这是我和老陈（指我父亲）的结婚证。族长接过来看了看，为难地递给母亲。母亲摆了摆手，说，不用看，我们这里不认这个，我们只相信眼睛，瞎子都知道，我是他老婆。母亲又说，我老公跟了你这么多年，六十岁不到就死了，有你这样伺候男人的吗？山西女人红着眼圈说，老陈是累死的，他一直在为两个家劳碌，除了地质队的正式工作外，他还经常去小煤窑打零工。他常说，不多做点儿事，老家那头吃啥呢？母亲听了，没有说话，目光停在远处，许久，鼻翼翕动，带着哭腔恶狠狠地骂道：自作自受，活该！

最终，母亲提出了两个条件，一是可以参加葬礼，但不准进祠堂不准上族谱；二是可以披麻戴孝，当亲戚一样，但名字不准上墓碑。山西女人为难地说，我们是有单位的人，进不进祠堂上不上族谱，不在乎，但终归我跟了老陈这么多年，还有俩孩子，墓碑还是要刻名字的。母亲冷笑道，怎么刻？我是大老婆，你是二老婆？我们这代人可以不要脸，儿孙呢？山西女人不吱声了。母亲又说，人，让给了你，但名分不能让，这个没有商量的余地，我们乡下，就指望这个活着。山西女人默默地看着母亲，看了一会儿，点点头。

忙完父亲的丧事，母亲大病了一场。

一个月以后，看到母亲身体略有好转，我便把她接到东莞来调养。也许是离开了老家那个舆论中心，母亲很快就痊愈了。闲暇时，她喜欢在花园里走走，有时晚上还去广场上和一帮老年人跳舞，日子过得挺惬意的。时间久了，对周边熟悉了，她还喜欢去对门串门，跟人家学十字绣，聊天儿。我所住的楼房是一梯两户，对门是一个漂亮的四川女人，三十出头，整天一个人猫在家里。四川女人也有老公，也有小孩儿，只不过老公有些老，很少回家，而小孩儿吃住在贵族学校。母亲毕竟是乡下来的，不明就里，天天往对门跑，还时不时地送点儿自己做的家乡小吃过去。

有一天，妻子看见母亲端碗饺子要出门，一脸的不高兴，拦住母亲说，您别去了，您还真以为对门是什么好货呀，别人包养的二奶。母亲诧异地问，什么包养的二奶？妻子撇着嘴说，她老公是本地的有钱佬儿，早就有家庭了。“啊？”母亲忙趄回身，一边关上防盗门，一边朝对门啐了一口，呸！从此，她再也没有进过对门，即使偶尔在电梯里相遇，也是一脸的冷若冰霜。

转眼，便是除夕。因为母亲来了，今年和往年不太一样，我们兄妹三个小家庭特意聚合成一个大家庭，十几口人围坐在饭桌前，热气腾腾，欢声笑语，一块儿陪母亲过年。

开始，母亲还挺高兴的，有说有笑，后来似乎有些心事，话越来越少，吃到中途，干脆把筷子放下，坐在那里发呆。我们都以为她是在这大团圆的除夕之夜想起了父亲，就像往年一样，一边吃一边抹眼泪。没想到，她看了看我妻子，犹犹豫豫地说，我们能不能挤一挤，让个座儿出来，我想请对门的母子一起过来团圆，他们家，他们家怪冷清的。

生活，是一条看不见头的河流。

悲伤逆流成河

夏　阳

父亲葬礼结束的第二天，母亲像平常一样，早早地去了老街，拉开卷闸门，继续经营她的小饭店。她的手臂上，连块黑纱都没戴。有旁人看不下去，对母亲讥讽道，不要那么急嘛，慢慢来。

母亲柔声道，能不急吗？孩子他爸没了，但饭店还活着，一家老小的日子还得过。再说了，天塌下来是我个人的事，客人该吃饭还得吃饭，该干吗还得干吗，和平常没什么区别。

母亲说完，依然站在炉前，平静地望着门口的老街。老街上晴日朗朗，人来人往河流般涌动，确实和平常没什么区别。对方有些尴尬，识趣地走了。其实母亲心知肚明，对方所言有另外一种意思，无非是指老林。

老林是母亲请的帮工。父亲生前是电力公司的一名检修工，经常在野外作业，很少来店里。店虽然小，但地段好，吃饭的人多，母亲一个人根本应付不过来。时间长了，就有了老林。老林住在城郊，是母亲初中的同学，一直单身。开始，母亲想让老林掌勺炒菜，但两天下来，发现老林压根不是这块料。母亲只好退而求其次，让老林写单收钱，端盘子洗碗，擦桌子扫地，干起了服务员的差事。有一些新来的客人不明就里，对老林老板前老板后地吆喝。老林很不乐意，总是一脸严肃地纠正道，我不是老板，我是服务员，给老板娘打工的。说完，偷眼瞅母亲。母亲不忘手里的活，一边锅铲在锅底刮得咣咣作响，一边扭头瞥老林一眼，嘴角微翘，漾着笑意。

但今天情况还真不一样。临近中午时，一个戴眼镜的中年男人进店吃炒米粉，他刚刚坐下，便习惯性地喊老林，老板，麻烦来杯茶。老林顿时来了精神头，用比以往更认真更严肃的态度一字一句地纠正道，我不是老板，我是服务员，给老板娘打工的。说完，一边沏茶，一边偷眼瞅母亲。母亲像没听见一样，低着头，平静如水，锅铲依旧在锅底刮得咣咣作响。

关于母亲和老林的关系，老街上早传得有鼻子有眼，有人说老林至今未娶，是因为打初中时就开始暗恋母亲，还有人很有把握地说我妹妹就是老林的种。怎么传怎么说，都长在别人嘴上，就像街面上的风，来去无踪，刮两下，当事人岿然不动，便自然消停了。

母亲的平静让老林内心忐忑不安，两个人缄默无语，忙自己手里的活。好在今天客人不多，大多时候，母亲是坐在店门口，静静地喝茶，静静地看着街面上。街面上，行人如鲫，来去匆匆。

直到下午四点多钟，外面来了一群人，七八个，站在门口朝里面瞅，交头接耳。老林问是不是想吃饭，他们解释说自己带了菜，想借这里喝点酒，聚一聚。老林有些为难地看着母亲。母亲没有起身，只是点了点头。

这帮人是附近修建高速公路的工人，菜是在外面熟食店里买的卤菜，啤酒也是自带的。开始，他们还有些拘谨，不一会儿，便人声喧哗，彻底闹腾开来了。这情形，就像突然闯进来一群强盗，他们猜拳行令，大碗喝酒，大口吃肉，像在自己家里一样旁若无人。老林愤愤不平，几次想发作，都被母亲用目光制止了。

一直喝到天擦黑，这帮人才心满意足地散去。临走时，一个年轻的小伙子趺趺撞撞站起来，掏出几张十元的钞票搁在桌上，解释说，自己刚刚在老家举行完婚礼，特意邀请几个兄弟出来庆祝一下。出人意料的是，母亲一股脑把钱塞在小伙子手里，分文未收。小伙子颇为感动，对母亲和老林夸赞道，你们两口子真是好人，好人啊，有好报！

老林在一旁严肃地纠正道，我不是老板，我是服务员，给老板娘打工的。

小伙子瞅了瞅老林，扭过头对母亲说，哦，不是你老公呀，你老公不在？出远门了？啥时候回来？母亲犹豫了一下，不知道如何作答。新郎似乎喝多了，大着舌头继续自说自话，唉，我明白了，你老公肯定是像我一样把老婆一个人丢在家里，这样不对。说完，手在胸前一划拉，伸出小拇指对自己指了指，然后脚步踉跄，和一群人相互搀扶着，歪歪扭扭地走了。

早春二月的夜，天似暗未暗，街面上笼起一层迷离的雾，水汽氤氲，影影绰绰，宛如一条看不见头的河流。母亲站在门口，犹如站在岸边，望着他们的背影发怔。

老林殷勤地说，忙了一天，你也累了，早点回去歇息。老林迟疑了一下，转而目光里盈满柔情，继续说道，放心吧，一切有我呢。

母亲脱下藏蓝色的长衫，里面是毛衣，素白如雪，她的手臂上赫然扎着一条黑纱。那几个背影渐行渐远，愈来愈模糊，母亲目送着，眼里噙着泪花。她对老林哽咽道，我知道，孩子他爸，孩子他爸刚刚来过。

致我们那些美好的年华和糟糕的爱情。

花样年华

夏　阳

电影是《花样年华》，王家卫拍的。

一个周末的夜晚，天上飘着细雨，他和她去了电影院。去时，各执一份当天的晚报，一前一后，没有牵手。

电影讲述的是一段婚外情的故事，由梁朝伟和张曼玉主演，风格颇为压抑与沉重。不合时宜的是，大闷热的天，男男女女搂抱在一起，像一对对冻得瑟瑟发抖的北极熊。只有他们俩相敬如宾，目不转睛地盯着银幕，全然不顾周边那些异样的啧嘴声。他确实看进去了，全身心地投入。影片中张曼玉所演绎的苏丽珍风情万种，悲、喜、怒、哀、乐等各种神态在她脸上季节分明，尤其是那 20 多款旗袍，从艳丽性感到铅华洗净的一路蜕变，让他内心禁不住喟叹，美好的年华，糟糕的爱情。

最后，他哭了。当梁朝伟演绎的周慕云远走吴哥窟，在异乡的废墟中抱着一个树洞倾诉自己的隐秘时，他鼻子一酸，眼泪止不住哗哗地流了下来，直至滂沱如雨，鼻翼翕动。他分明看见自己在过去那些暗影中的卑微和无助，以及内心深处的委屈。他哭得有些失态。身边一直默默无语的她，用胳膊肘轻轻捅了他两下，及时递过来一沓纸巾。

电影结束，他们走在人流中，一前一后，还是没有牵手。夜空依旧飘着细雨，都市的霓虹灯在身后不停地闪烁，远远近近，宛若一幕童话的背景。那一刻，他们本应该十指相扣，肩并肩站在午夜的街头，一起抬头看月亮，看天荒地老。可是，他们没有。一场电影结束，便再无联系。说起来挺遗憾的，这是他们各自的第一次相亲，回复媒人的话却颇为相同：我们真不合适。

十年后，他们却躺在一张床上。当然，各有家室，日子过得半死不活。他们惊讶地发现，兜兜转转一大圈后，原来最初的风景才是最美的，最开始扔掉的那个玉米棒棒才是最大的。他们彼此深爱着对方，经常厮守在酒店的客房里，像两条鱼一样缠在一起，如胶似漆。有一次，她气喘吁吁之后，问他，你爱我吗？

爱！

她停顿了一下，鼓足勇气说，爱我，就娶我吧。我想要名分，想踏踏实实做你的女人，上帝对我们开的玩笑太大了。

他半靠在床头，把她搂在怀里，默默地吸烟，半天，若有所思地问，当年相亲，你为什么没有相中我？

她在他怀里拱了一下，换了一个更舒服的姿势，她说，说了你可不准骂我，我们相亲后，我把这件事当笑话对很多姐妹说过，说姐活得太失败了，和一个男的在电影院相亲，姐貌美如花，但人家只盯着电影里的张曼玉看得聚精会神，把姐彻底撂一旁，最要命的是他还稀里哗啦地哭了，擦了我一大堆的纸巾。

他忍不住轻轻笑了一下，说，我们想法类似，只是方向反了。我当时想，这么经典的电影都看不进去，一点艺术细胞都没有，以后日子还怎么过？说完，他扭转头，神情悲郁地望着黑漆漆的窗外。其实，窗外晴日朗朗，市声依旧，只是被厚厚的窗帘遮挡了。他继续感叹道，上帝对我们好过，是我们自己错过了。电影《廊桥遗梦》里面有一句台词，说在一个充满混沌不清的宇宙中，这样明确的爱只会出现一次，不论你活几生几世，以后再也不会再现。

她把他搂得更紧了，生怕自己一松手，他就会飞走。她说，其实，我也想过未来，远走高飞，可是很难。

是很难。我也想过。我们上有老下有小，都快中年了。唉，回不去了。

说着说着，他觉得无比伤感，不由得想起第一次相亲时看的那场电影《花样年华》。他说，我们只是看过一场电影，却用了大半生去演它。而且，还不如电影里演的。

为什么？

因为在《花样年华》里面，他们什么都没有做，实际上什么都做了。而我们，什么都做了，实际上什么都没有做。一切挣扎都是徒劳，一切注定是个秘密，只能放进树洞里。

她听了泪流满面。

姐轻轻地走了，不带走一个爷们。

喊 楼

夏 阳

红的烛光，映红了每一张年轻的笑脸。

在一片口哨和尖叫声中，男生们手挽手，集体对楼上的女生齐声高喊：我爱你！女生们在宿舍走廊上手摇荧光棒，集体回应：我也爱你！

顿时，楼上楼下泪水涟涟。楼上的女生也不甘示弱，挂出了不少标语：“姐轻轻地走了，不带走一个爷们”，“听娘的话，早点生娃”，“高家有女待售”等等，五颜六色，在夜风中经幡般飘舞。

一阵疯狂的互喊后，这些大四的男生女生聚集到一起，浩浩荡荡，一路高歌，来到大三师妹的宿舍楼下，继续喊楼，而大三女生们则在楼上哭喊不止：师兄师姐不要走！

至此，在毕业离校前的晚上，整个大学校园沸腾了。

有不少男生会抓住这天赐的良机，向心仪的女生发动温情攻势。通常是抱一把吉他，瘦猴一般，在她楼下手舞足蹈，开个人演唱会。《对面的女孩看过来》《热情的沙漠》《老鼠爱大米》等歌曲轮番上阵，还不时篡改歌词，把自己的爱意加进去，惹得周围好几栋楼的女生一片欢呼。那女生如果不太乐意，会在走廊里唱《朋友》作为回应，唱完，跑下楼互赠礼物依依惜别。如果那女生正有此意，那就好玩了，她会招呼室友接力赛一样，将一盆盆水泼下去，直至把对方浇成落汤鸡。据说泼得越多，就爱得越多。

女生里面，有喊楼求爱的吗？少，但也有。谁呀？安红。

安红是外语系的。她对同一届中文系的赵小帅暗恋已久。赵小帅能写一手好诗，作品经常在各大报刊发表，还频频获奖，在校园里名气震天。赵小帅心气孤傲，对安红的一片芳心浑然不知。而安红，性格内向，在赵小帅面前一直羞于启齿。今晚是最后一次机会了，天一亮，大家就劳燕分飞，各奔东西。听着窗外暴雨一般的喊楼声，安红坐立不安。她真急了。这次错过，便是永远的错过，无论结果如何，一定要给自己一个答案。安红决定豁出去了。

赵小帅是那种不屑于参加群体活动的人。整个男生宿舍楼空荡荡的，只有他独自坐在窗前奋笔疾书，用诗歌消解自己的离愁别绪。这时，他听到楼下有女生带着哭腔的喊声：赵小帅，我爱你！赵小帅，我要嫁给你！

赵小帅猫着腰，躲在走廊的角落里，探身向下望去：一个女生孤零零地站在地面上，怀里捧着一束玫瑰花，正哭得稀里哗啦。赵小帅认识安红，不就是那个一见到自己就面红耳赤慌不择路的文学社女生么？赵小帅笑了，低声嘀咕了一句"靠，野百合也有春天"，然后回到书桌前，继续写他的离愁别绪。

楼下那个声音不绝于耳，且越来越热烈。

赵小帅皱着眉头想了想，找来一张大报纸，在上面用毛笔写了四个大字"后会有妻"，然后用图钉把报纸钉在将要扔弃的草席上。就在他端着草席出门时，突然意识到不妥，他想面对这样痴情的女生，应该快刀斩乱麻，不要给对方任何一点念想的空间，否则会误了人家一辈子。当然，最好不要去伤害人家的自尊心，要给她台阶下。赵小帅不愧为诗人，他稍一思考，在"会"字旁边加了一个竖心旁，又在"会"字上涂抹了几下，一个有些别扭的"悔"字便跃然纸上。

赵小帅把"后悔有妻"的草席挂了出去，不一会儿，楼下就变得悄无声息。

事情至此，并没有结束。五年后，一帮那一届毕业的大学生，张罗了一个大型的同学聚会。酒席上，赵小帅见到了阔别已久的安红。安红在深圳一家外贸公司任副总，有房有车，事业如日中天。安红不愧是见过大世面，推杯换盏间，谈笑风生，光彩袭人，很快成了整个大厅的焦点。

安红见到赵小帅时，非常热情，还象征性地拥抱了一下。赵小帅接过安红递过来的名片，装着漫不经心地瞄了几眼，一想到自己的名片上还赫然印着中学年级组长的头衔，便不好意思往外掏了。安红说，大诗人，现在还写诗吗？

赵小帅支支吾吾道，有时喝醉了也写一点点。

安红认真打量了一番赵小帅后，笑哈哈地说，现在想起来挺搞笑的，当年我还对你喊楼呢。

赵小帅感觉被刺了一下，安红打哈哈的表情让他心里莫名地难受。他牙疼般捂着腮帮子，目光躲躲闪闪，故意说，那都是年少时的不懂事，你不说，我都忘了。

安红说，啧啧，那时真单纯啊。说着，一边摇头表示不可思议，一边看见别人向她打招呼“安总”，便满面春风地迎了上去。

饭后话别时，赵小帅递给安红一张名片。安红接过来一看，正是自己刚才给他的名片。名片反面，多了五个端端正正的钢笔字：不后悔有妻。

老太太咧开了嘴，她的嘴里能看到黑洞洞的数十年光阴。

走失的黑猫

海　飞

那时候风正扬起我和强巴纷乱的头发。我、强巴、玲子穿着清一色的牛仔裤，无所事事地出没在杭城的一些角落。然后玲子说，有一只猫，黑色的，走丢了，爪子是白的。如果能给丢了猫的老太太送回去，给赏金一万。玲子是看了豆腐巷巷口墙上的寻猫启事后说这话的，玲子说，如果我们找到了，那我们就可以三天两头去南山路泡酒吧了。

我们真的开始在杭州温软的春风中寻找黑猫。我们走遍了杭州的弄堂和小巷，始终没有发现传说中的黑猫。有一天我说，老太太老眼昏花的，随便给她送一只黑猫不就行了。强巴和玲子说，这也能行吗？我说，行也行不行也行。于是我们从吴山花鸟市场买来了一只黑猫，把四个爪子给染白了。我们给它取名叫随便。

我们把随便送到了老太太那儿。老太太坐在轮椅上，一窗稀薄的阳光，无力地像柳条一样垂下来。老太太眯缝的眼睛慢慢睁开，她笑了。她给了我们一万块钱的支票。我们突然发现，老太太很有钱，她家里的陈设都很高档，她有着一间大大的房子。我们和老太太聊天，老太太天花乱坠地说自己以前是如何的大家闺秀。因为突如其来的一笔横财，我们要去喝酒泡吧，玲子要去买新上市的服装和化妆品。随便抬起头，望着兴奋的我们。随便的目光，充满了忧伤。我们推着老太太上路，我们让她吹西湖的风，陪她看西湖上空腾起的喷泉。老太太咧开了嘴，她的嘴里能看到黑洞洞的数十年光阴。

我们的日子过得舒适而平坦。强巴常一个人去和老太太聊天，强巴说老人们都是可爱的。但是老太太在开心了没多久以后，突然离开了人世。我们再次去找她的时候，看到随便躲在远远的角落里。豆腐巷里热闹非凡。我们从邻居的口中知道，老太太分别在英、法、美的三个儿子，和一个在北京当官的女儿，都已经回来了。他们是来奔丧的，他们说，要按最高的规格办丧事。他们有的是钱，他们说娘辛苦了一辈子，他们说为人子女要尽孝道。

我们不知道这丧事是如何的隆重。亲人守夜的那天晚上，是一个没有月色却白亮异常的白夜。我们像三个瘪三一样，远远地看着忧心忡忡的随便。随便脚上的白色颜料已经褪去，随便冷冷地看了我们一眼，跃上了屋顶的灰瓦之上，消失了。强巴望着随便一掠而过的身影，轻声说，黑猫不见了，黑猫肯定不见了。我们的生活渐归平静，我们在等待着下一张寻猫启事来改变我们贫穷的生活。

后来有人告诉我们，这只黑猫出现在半山的敬老院。半山敬老院里的老人们，已经和这只黑猫打成了一片。我们去寻找黑猫，我们想要随便重新出现在我们的生活中。在敬老院，随便在阳光下的老人们中间嬉戏、盘旋。强巴去抱随便，随便却躲开了。它跃上了屋顶，然后消失在将夏未夏的风中。

玲子去了一家超市当营业员，我去了三替公司当水道疏通工，我们不能老是替人找猫谋生，也没有人需要我们去找猫。好久以后，我们在大街上碰到了强巴，强巴说因为他一直想要回那只猫，结果出现在敬老院的次数多了，那儿的人问他愿不愿意留在敬老院工作。强巴说，愿意。强巴就留下了。强巴告诉我们，那个丢失黑猫的老太太，其实从未养过猫。老太太害怕寂寞至死，所以愿意出钱来寻找黑猫。其实去她那儿作假骗钱的人很多，她选定了我们，是因为我们人多。可以让她多一些开心。

第二年清明，我们去公墓看望老太太。我们骗了她的钱，总得还她一些什么。我们最后决定还她思念，外加野花一束。在公墓，我们看到了不远处，一只曾经消失的黑猫，在碑林里一闪而过。

许多光阴的故事全部关在了屋里面。

棺材铺

海　飞

吴记棺材铺是一个很大的铺子。吴老大老是站在铺子门口，像是要等一个人的出现。吴老大的生意很好，那是因为吴老大做的棺材结实、精致、用料讲究。吴老大铺子里的棺材不还价，吴老大说，能还价的棺材不是好棺材。所以，就有许多达官贵人和大户人家喜欢到吴记棺材铺订棺材。但是，吴老大站在门口衔着烟杆的样子有些落寞。有人说他是在想念死去的老婆，他老婆长得像白菜一样水灵，据说，是个从良的妓女。

吴老大的棺材铺旁边是柳文生开的文生客栈。柳文生是一个看上去很儒雅的人，许多人都说柳文生不像生意人，而像教书先生。柳文生总是很淡地笑笑。柳文生和谁都过得去，就是和隔壁的吴老大过不去。那是因为棺材铺紧挨着客栈，终究是一件不怎么好的事。吴老大和柳文生吵过几次架，每次都是柳文生败下阵来，他骂不过吴老大，也打不过吴老大。要命的是柳文生的女儿阿娟和吴老大的儿子阿虎却很要好，眉来眼去的。这让柳文生伤透了脑筋，柳文生说，你再跟那个家伙眉来眼去的，小心我打断你的腿。阿娟说，你打吧，打断了腿，我就爬着去找他。

阿虎不干活，棺材铺里有许多工人，阿虎为什么要干活。阿虎长得很漂亮，不像他爹，大家都说阿虎长得像他娘，他娘长得多漂亮，可惜已经得病死了。阿虎长长的身影老是从镇东头晃到镇西头，他一头油光光的头发就老是出现在饭店酒肆和茶馆里。

小镇的日子很平静，太阳从镇东头升起来，照耀着棺材铺，同样照耀着文生客栈。然后，太阳又从镇西头那些木楼高高的翘檐上落下来，一天就在柳文生的算盘珠声和棺材铺里的叮当声中结束了。吴老大已经很久没和柳文生吵架了，镇里的人都感到奇怪，如果他们再不吵上一架，那就会让小镇的人们很失望，或者说，很不习惯。

有一天小镇的宁静被打破了。柳文生的客栈里，突然闯进一伙人，他们像一阵风一样进去，又像一阵风一样出来。出来时，他们把柳文生和一个裤腿上还淌着血的年轻人塞进了一辆汽车，又风一样地从小镇消失了。阿娟站在客栈门口，阿娟望着汽车消失的方向不知所措。昨天才住进一个年轻人，今天就遇到了这件事。阿娟想，没有了爹，客栈可以关门了。

小镇上的人都说，柳文生是地下党，那个腿上淌血的年轻人也是。柳文生还是地下党的区委书记呢！说的人都说得有鼻子有眼，听的人就“噢”的一声，恍然大悟的样子。小镇又平静下来，只是被抓走的柳文生，很久都不曾回来。吴老大还是喜欢站在棺材铺门口，望着一条长长的街，像是要等一个人的出现。

阿虎也很久没见，吴老大说去云南做木材生意了，听的人就“嗤”地一笑，意味深长的样子，意思是说，这个败家子也能做生意？

又一个春天到了，文生客栈关了门，阿娟说要去上海投奔姨娘。阿娟上路前，去问吴老大，阿虎呢，阿虎为什么还不回来？吴老大忽然流下一串热泪。吴老大说，阿虎没了，阿虎被我活生生地钉死在棺材里，阿虎不是人，阿虎告的密，还领了赏金。阿虎害了那个年轻人和你爹两条命，可阿虎还是我儿子，我给他用了最好的楠木棺材，他被我投进棺材里活生生闷死了。吴老大还没说完，阿娟就腿一软跪了下去。阿娟说，爹，你是我爹，我叫你爹吧。这时候，春风吹来了，柳树抽出了新枝，小镇的春天到了，春风中，棺材铺里的那个铃铛叮叮叮地响着。铃铛声中，吴老大看到阿娟的脸上爬满了泪水。

这个春天阿娟没有出远门，这个春天阿娟守着吴老大，吴老大的工人们都离开棺材铺了，因为，战乱频仍，有钱人已经跑完了，没钱的人死了也买不起棺材。炮声一天比一天近，小镇的宁静被打破了。有一天清晨，吴记棺材铺的大门洞开着，太阳洒进了棺材铺，铃铛的声音叮叮叮地响着，吴老大说，我这把老骨头了，留着没什么用，我上前线去。阿娟说，爹，我也去。

小镇的人们都看到，一老一少两个人都上了路，说要上战场去。小镇的人们还看到，棺材铺的大门在吴老大粗糙的手中合拢来。合拢之前，许多光阴的故事全部关在了屋里面，只有一声清脆的铃声叮地响了一下，让听到的人心里都颤了一颤。然后，一老一少的身影在这个草长莺飞的春天消失了。这个春天是 1948 年的春天，春天结束之前，许多年轻人又沿着吴老大和阿娟走出小镇的方向，走出了小镇。

江南最后的传奇。

砖匠大春

海　飞

大春是有名的砖匠，他住的那个村庄有一个美丽的名字叫作“藏绿”。藏绿村里有许多古老的建筑，随便地指向哪一幢建筑精美的大房子，都有路人会说，噢，那是大春爷爷造的。大春家是砖匠世家。许多个无所事事的日子里，大春会手捧茶壶走在村子里一条又一条狭长的弄堂中，看弄堂两边的青砖瓦房和房上在风中晃动的檐草，整个古村落包括镇上的那些做工精致的房子，都是大春及他的祖上建造的。

大春砌起砖来又快又好又平整，让你来不及看到他的手是怎么样上下翻飞的。大春砌砖的时候不温不火显出那种温文尔雅的味道来，大春穿着白色的绸衫，身上却一点也见不到泥灰的影子。所以大春砌砖的时候，会有许多人围拢来看，就像是看一场表演一样。只有秋官不会来看，秋官总是对大春有着那么一丝不屑。秋官也是砖匠，许多次他都嚷着要和大春比砌砖，大春一次也没有答应。大春只是看看秋官，笑笑，再笑笑。大春的气势让秋官感到自己总是和大春差了一截。

1942 年的秋天如期来临，粮食已经进仓了，村里的维持会长王富请大春去造房子。大春接下了单子，大春接下单子是因为王富要造的这幢房子投资很大，而且做工要求精致，这样的建筑大春很感兴趣。大春指挥着一批砖匠们砌墙，大春自己也砌墙，砌得又快又好。维持会长王富很满意，王富拍拍大春的肩说，我不会亏待你。大春笑笑，再笑笑。大春没有老婆，大春的老婆早些年就死了，大春只有一个儿子，儿子含着手指头在看大春砌墙。在大春的计划中，必须把儿子培养成一个有名的砖匠。

大春站在脚手架上，一抬头，总能看到远处的烽火，日本人已经占据了整个镇，杀了，抢了，奸了，甚至烧了山上的五泄禅祠。秋官总是很气愤地在村口又叫又嚷，骂日本人，也骂中国人没志气。大春笑笑，悄悄退出人群，大春一直是一个很少言语的人。大春这天在脚手架上看到三个日本军官戴着白手套佩着指挥刀走进了村里，然后维持会长王富笑容满面的胖脸呈现在日本人面前。王富把身子躬成虾米的形状，王富说欢迎欢迎热烈欢迎皇军的有请。大春从脚手架上下来，大春走了，大春走得很远的时候看到一堵墙轰然塌了，然后大春开始向这堵墙狂奔，因为大春突然看到自己的儿子不见了。

儿子被挖了出来，儿子已经气息奄奄了，儿子身上满是灰和血。儿子轻声说爹我要做有名的砖匠我一定要做有名的砖匠。大春就拼命点头，大春说，儿子你已经是最好的砖匠了。儿子笑了，然后轻轻闭上了眼。许多人都围拢来，许多人都看到三个日本军官都被压在了砖下。王富没有死，王富被人救了出来，王富醒过来的第一句话是，皇军呢，皇军的死啦死啦的没有？

谁都想不清楚著名的砖匠大春砌的墙居然会倒掉，谁都对心目中的名匠失去了往日的崇敬，然后藏绿村的村民们开始成群结队往山上奔逃，大家都知道不出半天，成队的日本兵就会包围整个村庄。大春抱着儿子来到山上，大春必须要为儿子砌一座精致的坟，大春的热泪飞扬，他清楚地记得老婆死去的时候紧紧握着他的手，说的只有一句话，一定要让儿子出人头地。那时候他抱着老婆的头拼命点头，但是他却没有完成当年对妻子的许诺。大春的手飞快地动作着，一座精致的坟在极短的时间内完成。在旁边挑砖拌沙的不是别人，是秋官。秋官是一个话很多的人，但是他什么也没说，他没有跟着村里人逃往山里，他一直都在做大春的助手，他突然以为自己永远也不可能是大春的对手。

黄昏时分，大春在夕阳下拍了拍手，然后在儿子坟前点了一炷香。这时候一队日本兵亮着明晃晃的刺刀出现在大春和秋官面前。大春笑了笑，秋官也笑了笑，他们跟着日本人走了，他们的步子很从容，他们甚至谈起了小时候吵架的事情，他们的样子就像是结伴去赶集的样子。然后他们走进了藏绿村，他们必须带鬼子兵去找到三个日本军官的尸体。

藏绿村里是一条条纵横交错的弄堂，走过了一条弄堂，又走过了一条弄堂，大春转过身对鬼子兵说，我们走的这个美丽的村庄叫作藏绿，但是自从你们来了以后它不再美丽，它的土地上沾满了血。这个村庄里所有精美的建筑，是我爹我爷爷以及我的祖上造的，他们都是著名的砖匠。你们抬头看一看，这么好的翘檐这么精致的马头墙，到哪儿去找。鬼子兵都抬起了头，他们只看到高高的一一幢幢砖木楼房，看到弄堂上方一片狭长的天空。

鬼子兵没听懂什么，两个鬼子兵的刀架在大春和秋官的脖子上，大春和秋官都拍了拍手掌，想要拍尽几十年来做砖匠沾上的灰尘，然后他们相互笑了笑，再笑了笑。再然后，弄堂两边的高楼纷纷倒塌。

村里人又回来了，他们看到的是破败的村落，大春和秋官埋在了砖下，埋在砖下的还有大队的日本兵。村里人什么也没说，把大春和秋官厚葬了。直到多年以后，藏绿村人说起留存下来的那些老房子时，仍然会提到两个人的名字，一个是大春，一个是秋官。

春运就是一张火车票，最后一站都是家。

听我讲两段关于春运的故事

秦　俑

1

春节前夕，我四叔请了一天假，特意起了个大早，他要赶早班车去火车站排队买票。

四叔走后，四婶的心就没再安定过。她心不在焉地吃早餐，进车间；中午到工厂食堂草草吃完饭，然后又进了车间……整整一天，她像一个魂不守舍的机器人，话都没有说几句。下班后，她急急慌慌赶回小出租屋里，四叔还没有回来。

那是 1997 年的广州，冬天的空气中蕴含着一丝寒意。

过了晚饭时间，四叔坐公交车回来了。“票买到了吗？”看到四叔一脸疲惫地点着头，四婶的心才算是落了地。

“不过，两张票不在同一车次。你先一天走，我后一天走。”四叔说话总是细声细语。

“能回家就好。”四婶说，“都两年没回去了，明堂都快上小学了。”

明堂是四叔四婶唯一的儿子，那一年他 6 岁。

2

时间仿佛拉长了，变慢了。

工厂放了假，工友们陆陆续续地离开，带着一年的欣喜与忧伤。

四叔送四婶去火车站。四婶一个人先走，四叔显然不放心。

“你的票是有座的，这一小包行李你带着。我是站票，到时看能找地方蹲着不……”

“银行卡放在你大衣内袋里，下了车站，外面就是银行……”

“在车上要注意安全，别挤着踩着，睡觉别睡太沉了……”

“上车下车包要拿好，水和方便面放到手提袋里，拿出放进都方便……”

四叔不停地一遍一遍地叮咛着。

“一会没公交车了，你赶紧回厂里吧。”四婶催四叔回去。

“12 个小时就到了，到站时间是明早 8 点，可千万别睡过头……”

“出站后不用等我，取了钱就回家，老人小孩都等着呢，我明天到火车站给家里打电话……”

3

第二天下午，四叔往家里打了好几通电话。

四婶下午 3 点才到家，火车整整晚点 4 个小时。

“安全到家就好……家里冷不……明堂又长高了吧……”

“冷，冷得我直哆嗦。明堂长高了，都到我肩膀了。”四婶问，“你这么早到车站了吗？”

“我……回不去了……到大年初一，你替我在我娘跟前磕个头……”四叔声音越说越小。

“什么？你什么意思？”

“排了一天队，票早没了，连站票都没了。你的票，是我花高价找‘黄牛’要到的……”四叔低声解释着，“我怕你不愿意一个人回去……我知道你很想回家……”

四叔以为四婶会对他破口大骂，结果四婶没有骂，却在电话里“哇”的一声哭开了。

4

第二段故事，发生在今年北京的冬天。

半个月前，明堂来找我，说他今年不回家过年了，他和同学要结伴去泰国，让我回家时给他爸妈捎点儿东西。

明堂是我四叔四婶的独子，大学毕业两年了，和我在一个城市上班。

我说：“不要光顾着玩，春节还是要回家陪陪你爸爸妈妈，四叔四婶一定也盼着你回去……”

明堂打断我的话：“哥，我知道的，我都跟我妈讲了，今年春节回家的车票确实不好买，我在网上抢票，没抢到……而且，我们已经订好了去泰国的廉价机票，不能改签退票……”

“再说了，过完春节再回家不也一样，难道非得赶这个点？”明堂见我没回他，又自我解嘲地说，“今年春节不回家，我这是给国家的春运工作做贡献……”

5

前几天，明堂又来找我了。明堂说，他去不成泰国了，他得回家，东西就不麻烦我捎了。

我笑着问他：“怎么这么快就想通了？”

“不是我想通了，我爸都将回家的往返车票给我订好了，我能不回去吗？”明堂脸露不悦。

“四叔也会上网订票了？”我假装奇怪地问。

“谁知道他们怎么搞到的。我妈说，为了上网抢票，我爸在网吧里守了好几天。”明堂赌气地说，“真不懂他们怎么回事，我不回去，他们这年就没法过了似的！”

然后，我就给明堂讲了四叔四婶二十年前的那段故事——一周前，四叔打电话央我教他怎么在网上订票，说了很多话，还给我讲了这段故事。我觉得，我有义务也讲给明堂听听。

听完故事，我看到明堂的脸色慢慢地缓和下来了。

6

这就是我要讲的春运故事。

我是一个讲故事的人。不管是讲别人的故事，还是讲自己的故事，我本来都应该活在故事之外。但是，我发现，可能年纪越大，心越发地软了，我总是试图将故事讲得美好一点。

故事讲完了，你也许会问，明堂春节到底会不会回家？

我只能告诉你，在我的故事里，明堂回家了。

这绝对是一场意外。

残酷月光

秦 俑

很多年以后，我仍然清楚地记得那晚的月光。

很多年以后，我仍然清楚地记得张扬抱着吉他坐在窗台上自弹自唱的样子。

那是我们大学的宿舍。四楼。小小的一间。八个人。

张扬，那个帅气得让我们眼红的男生，那个沉默寡言、特立独行的男生。他玩音乐。他打耳钉。他把头发染成酒红色。最让我们“不齿”的是，他拥有一个“系花”级的女朋友。有时想想，对于我们另外七个人而言，张扬就好像来自另一个世界。他穿越时空，来到我们中间。后来又以某种带有暗喻的方式，穿越时空而去。

那天是中秋节，恰逢周末，宿舍里只剩下张扬、宋晓波和我。宋晓波在背单词。我在看小说。张扬抱着吉他侧身坐在窗台上，一副心事重重的样子。我后来才知道，就在那天中午，苏小渔跟张扬提出了分手。具体情形不得而知。

也就在那天下午，张扬接了一个电话。应该是律师打来的。内容大概是他的爸妈过不下去了，准备离婚，问他愿意跟哪个。

张扬的脸色很不好看，语调出奇地冷淡：“离呗，早该离了，离了最好……我谁也不跟，我一个人过。”

说完便挂了电话。一个人躺在床上，一根接一根地抽烟。

宋晓波和我都没有说话。关于张爸爸和张妈妈闹离婚的事，我听说过一些细枝末节。但我不知道怎么安慰张扬。或者说，我就没有想过要去安慰他。我甚至有一丝隐隐的愉悦感：上天是公平的，不可能把所有美好都赋予一个人。

去食堂吃晚饭的时候，宋晓波问张扬要不要带一份饭上来。

“你们去吧，我不饿。”算是拒绝。

吃完饭回来，张扬已经侧着身子坐到了窗台上。他经常这样，怀里斜挎着那把红色的吉他，边弹边唱：“青春的花开花谢让我疲惫却不后悔，四季的雨飞雪飞让我心醉却不堪憔悴。轻轻的风轻轻的梦轻轻的晨晨昏昏，淡淡的云淡淡的泪淡淡的年年岁岁……”是老狼那温暖而忧伤的旋律。

我们没有打搅他。宋晓波开始低声地背英语单词。我扒出海明威的《老人与海》，继续我的文学之旅。

不知道过了多久，楼下突然传来一片惊叫。扭头看去，窗台上已经没有了张扬的身影。吉他与歌声也好像在某个瞬间被凭空抽走。空荡荡的窗台上，只剩下一片凄凉的月光。

这绝对是一场意外。

很多年过去，我和宋晓波都不愿过多地回忆当时的场景。照例有警察过来盘查，老师和舍监也纷纷找我们问话。不是自杀。虽然有很多的疑问，也许永远也不会再有答案。但我们确信，这只是一场意外。

张爸爸和张妈妈闻讯赶来。从未见过那般的伤心。两个人都是音乐学院教小提琴的老师，都是通情达理的人。所以，没有扯皮，甚至连赔偿也不愿意接受。

只是要求学校给所有宿舍的窗户都装上安全护栏。

那个时候，我还没有想过，一个人的离去，会给他身边的人和事带来怎样的影响。只是奇怪，在事发现场和殡仪馆，我始终没有见到苏小渔。据说后来有过几次情绪偏激的举动，要死要活的，最终慢慢平息下来。宋晓波因为老做噩梦，不得已换了宿舍。我呢，几年来一直默默地承受着来自内心的自责，为那一丝隐隐的愉悦感。

大学毕业五年，我们同学聚会。除了苏小渔，都到齐了。有小渔以前的密友说，她去了另一片大陆，很遥远的一个地方，赶不回来了。

我们一片唏嘘。再远的距离，也就是半天一天的飞机而已。只是张扬的离去留在她心底的那道鸿沟，要怎样才能跨越过去？

于是便说到了张扬。有人提议，我们去看看张妈妈吧。在殡仪馆的告别仪式上，张妈妈伤心得几度昏厥。那么瘦弱不堪的一个人，不知现在过得怎样。

于是，选派了几名代表，买了水果和鲜花，去音乐学院。

找了很多人问。问是否有一对教小提琴的老师。他们有一个儿子，名字叫张扬。七年前意外离世了。

好在还有人知道，并告诉了我们一些两人的情况：刚出事那两三年，张妈妈一直生病，两个人相依为命，最近好了点儿。上次地震之后，两人领养了一个小男孩……

我们中有嘴快的问，他俩不是离婚了吗？

答：早些年听说闹过离婚，后来恩爱着呢。

突然有种说不出的滋味来。想了想，还是不要去打扰他们的生活吧。我们几个在张扬曾经生活过的房子附近转悠一会儿，便各自回家了。

多年以后，我仍然清楚地记得那晚的月光。多年以后，我仍然清楚地记得张妈妈抱着骨灰盒悲伤啜泣的样子。她说，儿啊，妈妈终于又抱得动你了！儿啊，我们回家！

只有一声不叫，才保得住秘密。

1975年的一头猪

马 卫

我是一头猪。1975年的一头猪。

“农业学大寨”热火朝天，提倡猪多肥多，肥多粮多。“一人一头猪”的口号，叫得山响。因此，我的生命受到保护，谁也不敢轻易让我死亡，特别是非正常死亡。搞得不好，就会被戴上“破坏集体财产”的帽子，弄到公社办学习班。

我最怕病死。那个年代，常见的猪病有猪瘟、猪丹毒、猪肺疫、猪副伤寒等。死并不可怕，可怕的是因病而死，因为缺医少药，要在疼痛中死亡。而且死猪一样会被人吃掉，还有个特殊的称谓——“瘟猪儿肉”。

猪的正常死亡，是育肥了被屠宰。虽然那一刀下去，流血，但痛得短暂，况且养猪吃肉，天经地义。从分离母体后，我大约要经过两年，才能成为肥猪，也就是说，如果正常死亡，我有两年在世上的光阴，700多个日日夜夜。13个月，我的体重才110多斤。因为全吃猪草，没有粮食做饲料，我长得皮包骨头，增重缓慢。那个年代没有精饲料，更没有催长剂，所以要成为肥猪，得长年累月地喂。国家规定，肥猪必须150斤以上，方能杀来吃肉。

就在我对生活充满向往，希望主人给我改善伙食时，一场厄运，悄然而至。

那是腊月初七。

那天晚上，我被男主人从圈里赶出来，天麻麻黑，不知何故要将我放风？我好怀念没有被圈养着的日子，那是奶猪儿的时代，大约有两个月时光，有运动的天地，有蔚蓝的天空。能和蜻蜓、蝴蝶一起，看日出月升，听风歌雨唱。我和兄弟姐妹们，快乐地拱泥巴，喝生水，抢母奶，做游戏。当然，作为猪我们的智力决定了做的游戏很简单，就是比赛跑。我相信，如果人类不把猪圈养，让我们回归大自然，不出三代，我们也会像羚羊一样擅长奔跑。我被赶到主人家侧边的河沟，那里有一凼水，猪天生眼神好，所以看不清水的色彩。蓝，还是黑？其实都不重要，重要的是，主人家的大人小孩，一下摁住我的四肢，将我的嘴淹在水中。我知道，人类对这个动作，叫作“瓮”，原来他们是要将我活活“瓮”死。死并不可怕，可怕的是这么突然，而且这方法太难受。

呼吸不到空气。

喉管像被泥巴堵塞。

肺快要爆炸。

我的三魂七魄，悠悠飘起。

我，成了一头死猪。我飘着的灵魂看见，这家人欣喜若狂。男主人说：快，老幺，你去报告队长，说我们家的胚子猪被淹死了。

主人家的少爷，是一个叫马卫的男孩子，瘦瘦的，跑起路来却快得像一阵风。

队长家在拱洞子旁。队长杨麻子家在吃饭，居然是大米干饭，还有老冬瓜炖腊肉。可是队长并没有请他一起吃，而是头也不抬地问：眨巴眼，你有啥子事？

马卫儿时眼睛得过病，爱眨巴眼。

我，我，我家的猪，被淹死了。

杨麻子一脸狐疑，放下碗，便和马卫一起去他家。

我的尸体还在水凼边，只是主人家点起了杉树皮火把，把黑夜照得红彤彤的。

杨麻子用手捏了捏我的肚皮，被水灌得胀鼓鼓的。

你们？

显然，一头猪被淹死，杨麻子怀疑。

主人说：我去清理猪圈里的粪，把猪圈门一打开，它就冲了出来，黑麻麻的，一下就蹿到这水凼里，淹死了。

杨麻子似信非信地走了。

主人家开始忙活，给我烫毛，剖肚，清洗，分割。

他们把最好的坐臀，叫马卫送给了队长杨麻子，尽管马卫不情愿，他家都大半年没有吃过肉了，踟蹰一阵，还是去了。

那个年，马家终于有了几十斤肉可吃。

我的魂魄归位，明白这一切就是个阴谋。主人家谋杀了我，目的是如果杀年猪，必须给国家无偿交半扇，而被“瓮”死，则可以得到整个我的一身肉。

只是，主人家为什么不和我好好沟通呢？也许，我会情愿选择被“瓮”死。因为，在那个年代，只有一声不叫，才保得住秘密。

妈妈，妈妈，妈妈，妈妈，妈妈……

寻找死去的母亲

歪　竹

2007年11月12日下午四点一刻，我的母亲死于车祸。

就像破空而来，那辆汽车来得太突然了。那种汽车来临时的突然，恐怕一个民族所有的形容词也形容不了。真的，仅仅是一瞬间，母亲的身体就开成了一朵大红花。

然而，对我来说，那一瞬间比永远还要永远，比无限还要无限。就在那一瞬间，我的黑发已经彻底地变白了，不等我惊愕，不容我愤怒，就干净利索地变白了。我的脸上堆满了皱纹，像流水冲刷过的沟壑一样的皱纹。我的心飞出了胸膛，只剩下一个比空虚更空的胸膛了。我的身子麻木得像一个抖动的木偶，但奇怪的是，岁月、地域和记忆中的一切，都在我的周围莫名其妙地旋转起来。

葬礼庄严、肃穆而且隆重，可惜我不知道是怎么完成的。

在很长一段时间里，我总是不自觉地到母亲坟墓前去凭吊。一天，我好像听到坟墓里有哭声，再一听，又好像是远处的哭声。我追过去，哭声又跑到了别处。我想听清到底是谁在哭，我努力地追赶着哭声，一忽儿前一忽儿后一忽儿左一忽儿右。我听清了，是母亲在哭。母亲为什么还能哭呢？哦，母亲没有死，车祸没有发生。是的，即使发生了车祸，死的也不是我的母亲，而是别人的母亲。

母亲还活着，她不过是离家出走了，我要把母亲找回来。

我找到老屋，空空如也。的确，除了母亲的遗像，一无所有。我把遗像扔了，扔得远远的。

我找到菜园，空空如也。的确，除了母亲来不及挖掘的荒草，一无所有。我把荒草扯了，扯得干干净净的。

母亲到底去哪里了呢？母亲是一个目不识丁的农村妇女，一辈子足不出户，除了老屋和菜园，她几乎再没去过其他地方。她走过的最远的路，是从我家到外婆家的路，三华里，绝对没有超过三华里，我们是一个村子的人啊。不过，她跟我说过，生活好起来了，交通发达起来了，要到遥远的城市去走一回，看看城市的模样，看看城里人的模样。对啊，说不定母亲已经到城里去了，想到这里，我真有种豁然开朗的感觉。

我找到城市，空空如也。的确，除了人造的悬崖绝壁，一无所有。要是我有神力，我就要摧毁这些悬崖绝壁，因为车子和它们是一伙的。我在城里匆匆地走，边走边问。

我问一位黄发姑娘："你看到我母亲了吗？"

她眼睛一白，说了声："呸！"

我问一位中年男人："你看到我母亲了吗？"

他眼睛一瞟，说了声："谁知道你母亲是谁？"

我问一位背书包的学生："你看到我母亲了吗？"

他好奇地上下打量了我一番，天真地摇了摇头。

我问一位白发苍苍的老奶奶："您看到我母亲了吗？"

她注视我良久，意味深长地说："孩子，你妈是个怎样的人？怎么了？"

我说："我妈是个善良的人，是个爱儿子的人，现在因车祸离家出走了。"

她大吃一惊，接着温和而坚定地说："你继续找吧，总能找到的，你一定要找到啊。"

我说："谢谢您，我会的，我一定会把母亲找到的。"

不知找了多久，我已找得蓬头垢面神经兮兮，却一无所获。我真不知怎么找，到哪里去找了。我只能沿着公路走，一路找下去了。

我一路走，一路毫无目标地问：“你看到我母亲了吗？你们看到我母亲了吗？”没有人回答过我。也许他们不知怎么回答我，也许他们根本就不想搭理我。只有路边的树，我不想要它们的回答，它们却像着了魔一样地回答我。一棵说：“没看见。”又一棵说：“没看见。”一棵又一棵说：“没看见没看见。”一棵一棵又一棵说：“没看见没看见没看见。”我大骂：“你们都是瞎子，你们都给我滚蛋吧，免得影响我寻找母亲的心情。”

地球是圆的，我完全相信。甚至，我证明了地球是圆的。在漫长的寻找中，走过一个又一个农村，走过一个又一个城市，我不知不觉地又回到了家乡，就像一个圆，从起点出发回到了终点，而起点与终点重合了。

乡亲们看到我丢魂落魄的模样，安慰我说：“放弃寻找吧，你母亲确实是被车子撞死了。住好你母亲留下的老屋，耕好你母亲留下的土地，就是对你母亲最大的孝敬。”

我坐到母亲坐过的凳子上，感到了母亲留下的体温。

我睡到母亲睡过的床铺上，听到了母亲均匀的呼吸。

我来到母亲耕作过的土地上，深挖细耙，很快椒红茄紫，一派欣欣向荣的景象了。

我出神地望着天空和大地，良久良久，蓦然发现：大山像母亲的身体，花草树木像母亲的衣服，飘扬的风像母亲的头发，成熟的果实像母亲年轻时的脸蛋，夜晚的星星像母亲的眼睛。

我再看身边的一切，发现什么都像母亲，我像母亲，黄牛像母亲，母鸡像母亲，忍冬花像母亲，稻谷像母亲，石头像母亲，土块像母亲，一切都像母亲，一切的一切都像母亲。

对着这一切，我大声地喊：“母亲，母亲，母亲，母亲啊，母亲！”

我听到异口同声的应答：“哎——哎——哎——哎——哎——”

我终于找到了母亲，我终于找回了母亲，我不再悲伤和哀愁。我的白发也一夜返青，重新成为一个英俊少年。如今，我过着充实的生活，享有平庸的宁静。

有时候，我们笑着笑着就哭了。

父亲的行为艺术

王 溱

父亲说，他是艺术家。

祖爷爷留下的大瓦房里，满是父亲东敲西打的手工艺术印记。

母亲在地里忙活时，父亲就坐在垄上，用麦秆编各种形状逗我，蚂蚱、蜻蜓……我噘起嘴：都不像。父亲笑笑：这是抽象派的。

8岁的时候，大冰雹来了，它们像鼓手一样捶打着屋顶的瓦片，化作音符滑入屋内的大盆小罐。母亲低声哭了，父亲却把我搂在怀里：你听那节奏，咚咚咚，是大自然的乐章。

瓦房不能住了，母亲也不知所终，父亲一挥手：走，上大城市去！

上大城市做什么呢？当然是当艺术家了，往细里说，是专攻行为艺术。父亲说，这是个比较冷门的分支，国外比较流行。

于是，我随父亲来到他曾经打工过的大城市，开始了艺术生涯。

父亲工作的地点不太固定，步行街、购物广场，或是公车站、天桥，都不太挑，只要有人就行；我们睡的地方也不太挑，天桥下或是路边长凳上，只要是靠近工作的地方就行。

每天清晨，父亲套上那件灰色的工作服就开始工作，那是他唯一的工作服，泛黄的衣领和疙疙瘩瘩的衣身，有独特的怀旧味道，亮点是那两个补丁，按黄金比例待在它们该待的位置，好看极了。

我们席地而坐。熙熙攘攘的人潮，在你们看来或许是一种恼人的乱，在他看来，每个身影都是一根针，自由穿梭在社会的布匹上，每天都能秀出一幅不一样的作品来，他沉醉其中，喃喃道：儿啊，你看，真美！

父亲工作时基本保持安静，不像隔壁的那个老大爷，不停说“行行好”“好人有好报”之类固定的台词；也不像路那边的小姐姐，写很长很长的字在地上。父亲说，无声胜有声，艺术的最高境界，就是人与艺术融为一体。

夜深了，父亲望着月亮，冷峻的脸，像雕塑。

睡吧，我说。

儿啊，你看，好圆的月亮，像一幅画。父亲说。

我抬头，疑惑了，明明是月牙儿。

父亲笑，月亮本来就是圆的，是地球的影子把它挡住了。

我点点头，再看，月亮果然好圆。

孤身夜归的高跟鞋噔噔噔很是急促，经过我们身旁时，明显降低了频率，我看到，她的脸上露出安心的笑容。

父亲说，这就是艺术的力量。

可我发现，懂得欣赏父亲的艺术的人，不多。这么久以来，只有一个穿马甲的叔叔似乎懂他。那天，他盯着父亲看了很久，突然眼一亮，掏出相机啪嗒啪嗒狂按快门。嗯，他一定是嗅到父亲身上的艺术气息了，之后他还跟父亲聊天，问父亲腿是怎么断的。

这个说来话就长了，沉默已久的父亲忽然拉开了话匣子：我以前是在工地从事艺术创作的，你想啊，一块块各有个性的砖头，为了一致的目标收起了锋芒，胸贴胸，背贴背，齐心协力筑造出一栋宏伟的大楼，那是多感人的事啊！可有一天我发现四楼墙外有块砖头却叛逆地扭过头去，我爬上竹架，一边劝慰着它，一边想趁着水泥没干让它站好，谁知道竹架突然散了，我摔了下去。工友们从散了的竹架中抽出一根，给我做了个拐子，为了这个拐子，有个工友的手还被竹篾刺了一下，流血了。说到这，父亲有些心疼地哽咽了一下。

后来呢？马甲叔叔问。

后来我回了乡下，家里还有几亩地，我那口子在地里忙活的画面，像极了米勒的《拾穗者》咧。可有天忽然下起了大冰雹……

父亲滔滔不绝地讲述他的故事，以为遇到了知音。几天后，马甲叔叔带来一份报纸，还给我们念。我听见了“无良老板逃逸，致残民工街头乞讨”，我又听到了“遭遇天灾，妻子抛夫弃子改嫁”。父亲一直努力微笑着，在他走后，却把报纸揉成一团扔进垃圾桶，连同脸上的笑容一起。

沉默。

半晌，父亲忽然说：儿啊，咱以后转做手工艺术吧。

我赶紧点点头，求之不得。刚才一群人过来围着我又是塞钱又是拍照的，有的还抹眼泪，我慌得不知道该往哪儿躲。

第二天，父亲搞来一堆麦秆，他开始编各种形状，蚂蚱、蜻蜓……还是抽象派的；我也试着编各种形状，蚂蚱，蜻蜓……却是写实派的。

父亲大喜：我儿有艺术天赋！

我的作品很受欢迎，对面学校放学的孩子，一窝蜂过来买。也有不买的，围着我齐声嚷嚷：没书读的娃，没书读的娃……

他们懂什么，我跟父亲一样，是艺术家。

裙子是向下开出的花朵。

花裙子

周洁茹

惠美很爱美，可是买不到花布啊，惠美就买了很多花手绢，用那些花手绢给自己缝了一条花裙子。

惠美真美啊，惠美的爱人说。

惠美笑了，惠美很爱自己的花裙子，惠美也很爱自己的中国爱人。

然后有一天，惠美全家要回日本。

留下来。惠美的爱人说，我们结婚。

一起走。惠美说，去日本。

不。他说，我不去日本，我能做什么？我不去日本。

那我们就结婚吧，惠美说。惠美其实很失望。

家人回日本的前夜，惠美突然改变了主意，惠美也要回日本，更坚决地，比谁都要坚决地，要回日本。

惠美同爱人分手，去了日本。

然后，十年过去了。

惠美回到中国，找到他，并不难找，他从来都没有离开过。

惠美说，我们重新开始。

惠美以前的爱人说，不可能啊，我已经结了婚，生了小孩，你看，漂亮的女儿啊。惠美以前的爱人把钱包里面的照片拿出来。

惠美没有看一眼那张照片。

惠美说，我只有一个愿望，请你给我一个孩子，我在中国住到怀上你的小孩就走，我走了不会再回来，我永远不会再回来打扰你。

惠美以前的爱人说，这更不可能啊。

惠美开始哭。

惠美以前的爱人说，惠美不要哭了，明天来我家吃饭吧。

惠美以前的爱人那天回家很晚，他的妻子以往都是很早睡的，可是那一天没有，他的妻子坐在沙发上等他。

他说他请惠美回家吃饭。

他的妻子笑笑说，她不会来的。

他说为什么。

他的妻子笑笑说，她不会来的。

惠美没有去。

惠美改签了机票，退了房，连夜回了日本。

三年以后，惠美写信给她以前的爱人，十三年来唯一的一封信，惠美告诉他她结婚了，跟一个小十岁的中国男人。

然后，又一个十年过去了。

我问部长，惠美后来生小孩了吗？

部长摇摇头，说，惠美的母亲八十岁了，最后写了一封信给我，说惠美离了婚，越来越暴躁，已经没有人可以接近她，更没有人可以容忍她。

请你照顾她。惠美八十岁的母亲在信里说，我的女儿，神给过她爱，可是她从一开始就错了。

部长说，惠美真美啊，惠美用花手绢给自己做了一条花裙子。

我说部长，也许是你错了呢？你从一开始就错了。

部长说，午休结束！上班！

世上最爱的人是家人。

母亲和母亲

洛 华

米粒儿生了一场不大不小的病，住院了。

母亲辞去工作，来照顾米粒儿。

病是不大不小的病，辞去的工作也好不到哪儿去，但那是母亲很看重很看重的。母亲靠着那份工作给米粒儿的妹妹还房贷。妹妹说她自己能还，母亲却始终不放心。每个月还一点儿还一点儿没完没了的房贷，压得母亲喘不过气来。

可米粒儿生病了。

母亲只能像一颗螺丝钉一样，哪儿需要往哪儿扎。

米粒儿忽地想起了八年前。

八年前，也是这样。米粒儿生病住院，母亲辞去工作来照顾她。那工作也好不到哪儿去，但母亲还要靠着那份工作让米粒儿的妹妹念完剩下的书。米粒儿也是靠着母亲的那份工作念完书的。当然还有父亲的那份。母亲只能狠狠心，把妹妹的担子都交给父亲挑。

谁叫老话说，手心手背都是肉呢。

米粒儿其实是个挺不顺的人。母亲来了就没走，她经历了米粒儿的怀孕、胎停、调养、怀孕、保胎、生子，一晃就是六年。后来，为了给米粒儿的妹妹还房贷，才有了那份新工作。

现在那份工作也辞了。

米粒儿坐在床头想跟着手上的书页把往事也翻篇儿的时候，母亲刚好递来一杯水。

米粒儿抬头朝母亲笑笑。

母亲把旋去盖子的保温杯递到米粒儿手上，说，拿稳了，喝口水。

点滴在输液管里安安静静地落下来落下来，和温开水一起，流进米粒儿的身体里。

点滴快挂完了。母亲立在床边，等着最后一滴水从滴筒里落下，好按铃叫护士来拔针。

吃过中饭后片刻，母亲就倒好了 10 毫升药水，递给米粒儿。等米粒儿喝完，母亲又接过量杯去卫生间里洗。

母亲帮米粒儿盖好被子，然后自己也在陪护床上躺下，很快就睡着了。

米粒儿望着母亲侧身睡着的样子，觉得自己好幸福。于是米粒儿慵懒地换了个睡姿。只这一动，母亲就醒了。

母亲支起半个身子望着米粒儿，问，怎么了，是要起来去卫生间吗？

这一问，米粒儿的幸福就醒了。

米粒儿摇摇头。米粒儿想，自个儿太让母亲操心了。

米粒儿的这半生，其实很简单很简单。就像风儿轻轻一吹，裙角扬起，所有的甜啊苦啊都露了出来。

住院第十一天的时候，母亲去帮米粒儿接孩子。米粒儿的丈夫临时来医院做陪护。

丈夫坐在窗边低头刷着手机的时候，米粒儿想，这神情还真像儿子看动画片的样子。

米粒儿抬头对自己笑笑。

米粒儿用右手撑住床，把身体往床头挪一点儿挪一点儿，够到了床头柜上的保温杯。然后用左手臂和左胸夹住保温杯，右手把盖子旋开。

点滴在输液管里安安静静地落下来落下来，和温开水一起，流进米粒儿的身体里。

猛一抬头，米粒儿发现滴筒里没水了。好在管子里还有。米粒儿赶紧关上输液开关，轻声唤，老公，帮我按铃叫下护士吧。

丈夫懵懂地抬起头，问，嗯？

米粒儿看丈夫坐得远，还不及自己离呼叫铃近，就说，没事了，你坐着吧，我自己够得着。

然后，米粒儿伸手去够床头的呼叫铃。

吃过中饭，丈夫也陪米粒儿睡在医院里。

米粒儿想起来没喝药水。

米粒儿用戳着留置针的左手去够床头柜上的药水瓶子。药水瓶子很轻，没使什么劲儿就拿到啦。米粒儿又用左手臂和左胸把药水瓶子夹住，用右手去旋盖子。可是瓶子太小，盖子太紧，使不上劲儿，死活旋不开。

米粒儿抬头，看到丈夫蜷在陪护床上，轻轻地打着鼾，样子像极熟睡中的儿子。米粒儿低头继续使着劲儿旋，盖子仍然纹丝不动。

米粒儿灵机一动，用两个膝盖把药水瓶子夹牢，右手再用力一旋，盖子开了。

米粒儿往量杯里倒上10毫升药水，一抬头喝掉，然后轻手轻脚从床上下来，用脚尖够到拖鞋穿上，去卫生间洗量杯。

米粒儿从卫生间回到床上，路过熟睡的丈夫。

米粒儿只是轻轻地想了一下。以后，万一以后，丈夫陪伴儿子读书认字，哪怕是玩的时候，可不带这样的。

儿子突然推门进来。妈妈，我和外婆来看看你，再回去睡觉。

丈夫醒了，支起半个身子望向门口。

米粒儿就笑了，舒心地笑了。

从前的日色变得慢，一生只够爱一个人。

那时慢

洛　华

她不是我的亲姥姥。

那时候，日子过得还很慢，一切似乎都淡淡的。人与人之间，也没那么多弯弯绕绕。村里上了年纪的女人见了我，都叫我“乖孙女儿”。而我见到她们，一律都唤作“姥姥”。

这位姥姥是个女先生，早些年上过学堂，还写得一手好字。可惜生错年代，女子无才便是德哪。因此，姥姥与村里人是有一些隔阂的。村里人瞧不上她，她也瞧不上村里人。村里人瞧不上她，是不习惯她的恃才矜己。她瞧不上村里人，是觉得他们都是污浊的，连话都不想跟他们讲。

命中注定，先生会出现在姥姥的生命里。

先生姓贾，一副书生模样，听说是为避难才到了村里。先生进村的时候，姥姥正在村口浣洗衣服。与其他村妇不太一样，她带着一个小板凳，坐在河水的上首位置，洗过的衣服，一件一件摆放得整整齐齐。先生一眼就看到了姥姥，朝姥姥微微一笑，又点了点头，然后背着大大的包袱继续朝前走。

姥姥好生奇怪，这先生一副柔弱模样，却背着这般重的行囊赶路。

再次见到先生的时候，是在乡绅王五家门口。王五看中了先生的才学，想留他给自家少爷教书。先生也看到了姥姥。王五指着姥姥说，先生，她也会读书写字，不过她是个女的。先生朝姥姥微微一笑，又点了点头，说，这位姑娘面熟得很，似在哪里见过。

先生在王五家教书，教王五的少爷，还有王家上上下下一帮陪读的孩子。村里的女人闲了，都跑去瞧热闹，私底下嘀咕，这先生咋长得这么一副好模样。姥姥本是不屑去的，只是她好奇，先生到底是怎样的先生。便去了，在一旁听，一听便钉在那里了。

先生讲《三字经》《弟子规》，后来又讲《诗经》《论语》。日复一日的教学中，先生渐渐明白，王家少爷与陪读们都是来充数的，只有旁听的姥姥真心想学，便故意将声音放大，板书也比平时大了一倍。

一次课后，先生送给姥姥一本书，是曹雪芹的《石头记》。姥姥早先只是会认字写字，哪里读过这种“闲书”。回家一看便放不下来，时而哈哈大笑，时而泪眼婆娑，跟傻了似的。遇到不认识的字，没读懂的段落，先记下来，第二天再去找先生请教。

一来二去，便熟了。

有一次，先生念道：“女儿是水作的骨肉，男人是泥作的骨肉。我见了女儿，我便清爽；见了男子，便觉浊臭逼人。”姥姥一个字一个字地写下来，倒也写得有模有样。先生打开自己的包袱，取出一沓宣纸，又翻出几本字帖。姥姥感叹，这逃难的包袱里，竟装了这些东西。先生握着笔，一撇一捺地教姥姥，这一点该如何如何，那一折又该如何如何。有时，先生会为姥姥新写下的字叫好。有时则说，哎，这不该是这样写的。

慢慢地，村里起了谣传，说姥姥是狐狸精变的，如何迷惑了先生，又如何行那不齿之事。村里人不会写字，可不缺乏异想天开和出口成章的本事，谣言出神入化变本加厉地传着。姥姥铭记先生的授受之恩，望着自己认真写下的字，叹一口气，撕得粉碎。

谣言传到姥姥母亲耳里，便不许姥姥再去见先生。姥姥当然不从，姥姥母亲便说，你不想保自己名节，难道先生的清誉也不要了？

姥姥便假装生病，没有再去听课。

先生来家问过几次，姥姥的母亲都说，病中不便相见，你且回吧。最后一次来，先生说，终究是外乡人，我要走了。姥姥的母亲心里一软，便让两人见了一面。

姥姥憔悴了许多，似是大病初愈，见到先生，苍白的脸上浮现出一抹笑颜。先生说，照顾好自己，我要走了，我会给你写信的……然后便哽咽着说不出话来。姥姥一句话也没有说，只是流泪，好像几个月的委屈在那一瞬间溃堤了一样。

时间依旧不紧不慢地流淌着，流言蜚语也如烟般渐渐消退，就好像这个村子里从来就没有来过一个叫先生的人。

我不知道这算不算姥姥的初恋。因染了村里人的习气，我也成了捕风捉影的人。一切仿佛都是证据，可一切证据又都不算证据，只要一件事被推翻，便整个儿崩塌成了迷案。

只有一点是不容置疑的，后来，过了两三年吧，姥姥终于等到了先生的来信。信中说了什么，不得而知。

姥姥说，等信的那段时光，就像一池清澈见底的河水。看完信，她就知道自己该出嫁了，嫁给谁，这一生都没了遗憾。

第七辑

台上坐着一个杀人犯

操，又是一个冤假错案。

台上坐着一个杀人犯

邓洪卫

上个世纪九十年代末期，南风镇发生了一桩凶杀案。镇妇女委员被人绑在椅上杀害，空留尸身，人头不知去向。现场汪着好多血，这血也“汪”在到过现场的很多人的记忆里，抹不去。

什么样的深仇大恨，乃至于此！

妇女委员被杀，是在一个夜晚，次日上午被发现。县公安局的人来了。公安局局长限期破案。居民的经验是，越是限期，越破不了案。

果然就无限期搁置下来。

在南风西边，还有一镇，叫西风。西风的宣传委员姓唐，都叫他小唐。小唐听到南风妇女委员被害的消息，心里像被蚂蚁咬了一下，麻扎扎的。

他心中已有答案。他在等待着公安局给他一个英雄所见略同的结论，验证预言。但是公安局的人并不配合。这让他心里时常出现麻扎扎的感觉。

南风妇女委员被杀的那天下午，南风的宣传委员小钟致电小唐，说下午镇里的领导都不在，他想偷空到西风耍玩，打牌喝酒。乡镇工作并不繁忙，轻闲居多。大家相互走动，打发时间，不足为奇。

下午五点多钟，小钟骑着他的本田摩托突突而来。小唐把小钟直接带到镇上卢家渔庄。还有两个朋友一起打“八十分”。

那场牌打得激烈，两个小时，一局方尽。小唐跟小钟对家，赢了。那两个朋友不服气，说吃了饭再打。小钟说，好嘞，非把你们打得服服帖帖跟死狗一样！

接下来就喝酒。这场酒喝得也让小唐疑惑。往常，小钟是慢热之人，开始不肯喝，等别人喝得差不多了，才来精神。可是这次，小钟却主动要求把酒倒满。

往常四人，都要喝掉两瓶白酒，平均一人半瓶。光喝白酒不过瘾，还要每人再拿两瓶啤酒“漱漱口”。他们喝酒喝出很多花样。有时，白酒啤酒兑着喝，叫“皮夹烧”。有时，小杯白酒连酒带杯沉到啤酒杯中，然后一口喝下。这叫“潜水艇”。

通常，一遭下来，都是半醉状态。会再打一局牌，或干点别的事。小钟有时会留下，西风镇政府宿舍空着几间房，有床铺被褥，为招待客人之用。小钟就会睡在其中一间。但更多时候，他会骑着摩托，回南风去。

那天的奇怪之处，是小钟喝酒很积极。四个人喝了两瓶白酒，两瓶啤酒，小钟忽然说话打卷。上趟厕所回来，还把凳子坐翻了。

他们把小钟扶到镇政府宿舍休息。小钟头一挨枕头就呼声如雷。另外两个哥们先走了。小唐给小钟倒了杯水，回到自己宿舍。过了一个小时，小唐不放心，起来推小钟的门，没推开。敲门，没动静。看来醉得不轻，睡成死猪了。小唐回到自己房间，也睡了。

后来，他再去卢家渔庄喝酒时，一个服务员说，那天，钟干事偷偷把酒倒了，让她倒了一杯水。

小唐的心里麻扎扎的。小钟为什么要装醉？

问题还不止于此。第二天早上，五点多钟时，他还在睡梦中，就听小钟在外面喊，起来，打球去！

声音很大，整栋楼都能听到。小唐出来责怪他，别嚷嚷了，把别人都吵醒，会有意见的。

小钟哈哈笑着，都五点钟了，醒就醒了，都起来锻炼身体。

这又是一个奇怪之处。小钟爱睡懒觉，每次都很迟才起。

他们打球到七点半。往常这个时候，小钟会不吃早饭，骑着本田突突回去。可是，那天，小钟要求小唐陪他吃早饭。吃完早饭，八点多钟了，小钟才跨上本田，回去了。

上午九点钟，他就听到了南风镇的妇女委员的凶讯。

小唐知道，小钟跟妇女委员关系很不一般。虽然都是结了婚的人，但由于工作关系密切，走得很近。

可就在妇女委员被害的前几天，他们在一起喝酒时，小唐发现小钟的情绪不太对劲儿。

小唐得知，妇女委员跟小钟好的同时，还跟别人好。

公安局也曾调查了小钟。但小钟没有作案时间。小唐和另两个朋友，甚至西风镇大院的一些人，都证明案发当晚，小钟在西风镇，醉酒留宿。

但小唐心里明白，小钟就是杀人凶手。喝酒装醉，夜里悄悄起来到南风取了妇女委员的项上人头，又连夜赶回，天没亮就嚷嚷着打球。无非就是让别人知道，他这一夜都在西风镇。小唐不明白，这么简单的杀人案，公安机关如何破不了，凶手就在眼前，警察为何不去抓。

此后，小钟不仅逍遥法外，而且过得很快活，从一个镇宣传委员，一路干到某局局长。

鬼使神差，小唐一直在小钟的手下当差。当小钟成为钟局的时候，小唐也到了这个局，成为办公室主任。

钟局已不是当年之小钟，虽然对小唐不错，但毕竟是上下级关系，肩膀拐不一样齐了。有时，钟局对唐科办的事不满意，还会批评几句。小唐就会在心里骂，神气什么，杀人犯！

钟局在大会上讲话，小唐坐在下面骂：杀人犯！

钟局在电视上讲话，小唐在电视机前骂：杀人犯！

钟局喝酒的时候，让小唐服务，指使小唐干这干那。小唐在心里骂：杀人犯！

小唐希望公安局早日破案，把杀人犯抓住。最好是在他开会之时，他神气活现讲话之时，警察突然出现，抓走他。

二十年后，公安局终于破了案，抓住杀人犯。但抓的并非钟局，而另有其人。该男子在那天夜里尾随入室，想强奸妇女委员，遭到反抗。该男子大怒，制服妇女委员，取下人头。

县里的报纸刊登了公安局破获多年积案的通讯报道。唐科愤怒了，把报纸撕得粉碎：操，又是一个冤假错案。

唐科辞了工作，下海去了。

心如止水，细思极恐。

鬼　干

邓洪卫

银行分理处往南一百米，是条小巷。过了巷口，是南风镇的车站。

早些时候，车站还是运转正常的。有售票厅，有候车室，有停车场。后来，这些场地虽然还在，但不起作用了。车站的效益不好，来往的客车不进站，只是在路边停一下。乘客也在路边等待。空下来的停车场租给人家停大货车了。车站的前面也有一大片空地，也租出去停大货车。就这样，工资还发不全，只好减员。售票员被减下去了，薛站长和一个副站长亲自上阵，一人半天。

薛站长舍不得售票员走，可是不走不行啊。薛站长跟售票员搭档快十年了，搭来搭去，也搭出感情了。都说他跟售票员有一腿子，但只是猜测，谁也没见过。薛站长很坦然，嘎嘎地笑说："好像有这么回事。"

边说，边看售票员。售票员也笑，骂："你瘦得跟鬼干似的，能行吗？"

鬼干是什么样子呢？

大概人们想象中的鬼都是干瘦干瘦的。

薛站长确实瘦。瘦而高。头发长长的，蓬乱着，像刚从被窝里爬出来。有时，眼角还夹着一坨眼屎。胡子也长时间不刮，毛毛拉拉的。他永远穿着车站的制服，皱巴巴的，油乎乎的，估计很少洗，即便洗了，也只是在水里揉揉，从来不熨烫。邋邋遢遢。

"你老婆怎么就不帮你收拾收拾？她成天在家也没事啊！"售票员有时会忍不住问他。

“她成天在家看电视，电视迷。”薛站长说。

售票员比他小五岁，可看上去，两人相差能有十来岁。他显得老了。

有时，售票员忍不住帮他掸掸身上的尘土，帮他把头发上的草叶拿掉。

也是奇怪，没有下地干活儿，头发上哪来的草叶呢？

薛站长跟上面申请：“能不能不让售票员走。”上面说：“她要不走，你就走。”

还有什么说的？他只得对售票员说：“你回去也没什么事，我在门口让一块空地给你，你请人做个铁皮棚子，开个小店，卖卖烟，卖卖茶水吧。”

“这倒是个不错的主意，卖得好，比售票的工资还高。”售票员同意了。

售票员的老公前两年生病死了。售票员带着一个孩子。孩子正上学。售票员肩上的担子，还是很重的。

如果让她下岗回去，这生活怎么过呀？

每天早上，薛站长早早起来，站在大货车的前面，卖票。客车来了，停下来，他指挥乘客上车。有时跟车上的驾驶员说一两句笑话。闲下来，就跟大货车的驾驶员聊聊天。

经常跟他聊天的货车驾驶员姓刘。小刘三十多岁，正是打个喷嚏都能打出荷尔蒙的年龄。他跟薛站长说，自己外面相好的两位数往上，晚上想让谁来，谁就得来。

薛站长说：“你也别晚上，就现在叫个来看看。”

小刘立即打电话。不大一会儿，果然有一个女人骑着自行车就过来了。这女人拉开车门就上了货车的副驾驶，两人在车上嘻嘻哈哈。聊了一会儿，忽然都跳下车来。小刘对薛站长说：“反正没有客户要车，闲着也是闲着，我去去就来。”两个人一前一后，往“得月楼”方向去了。大概有半个多小时的样子，小刘过来了，一脸的满足。他对薛站长说：“刚办完事，她回去了，我得接着拉活儿。”

薛站长说：“到底年轻啊，趁空隙办完事，不耽误挣钱。”

小刘很得意：“那是，人生得及时行乐啊，说不定哪天一个意外就完了，想快活都快活不起来了。”

第二天，小刘又叫来一个女的，同样去“得月楼”办完事，又回来开车。

薛站长说：“小刘，你这样会出事的，干完这事容易困倦，不能开车。”

小刘说：“那是你，我年轻，没事！”

薛站长叹息一声：“人呀，不能太逞能。”

又说：“你这样迟早要出事！”

果然让薛站长说中了。真的出事了。小刘开车撞了人，撞的这个人正是薛站长。

薛站长在路边卖票。小刘接到客户的电话，去拉货。他迷迷糊糊发动货车，一踩油门，把路边卖票的薛站长撞倒了。

有人喊：“没得命了，撞人了。”

小刘把车往回倒了倒，又一踩油门，车轮第二次从薛站长身上碾压了过去。

在不远处卖烟的售票员看得清清楚楚，冲过来，看到车轮下被压瘪了的薛站长，真的成了鬼干了，血肉模糊的鬼干。

售票员失声痛哭。小刘从车上下来，默默地看着鬼干，心里说：“对不起了，老薛，我只能再碾你一下，不然，我得供你一辈子。”

售票员跑着去喊薛站长的老婆。那个婆娘正在看一个电视剧，看得入迷。售票员喊了几声，她才明白过来。出门的时候，还往电视上看了一眼。

后来，售票员多方奔走，为薛站长申诉。小刘被起诉，判刑，又赔了一大笔钱。

薛站长的老婆得了这笔钱，回乡下去了。

售票员分文不取，关了小店，不知去往何方。

猪猪说，那就尿吧，有钱人也得尿啊。

皮猴子

邓洪卫

皮总想出去收账的时候，就想起了猪猪。那是上个世纪末的一天，临近年关。

可巧，猪猪就来了，突突突，骑着电动三轮车，到了皮总的门市。皮总的门面不大，招牌却不小，“皮氏批发中心”。门面只是个门面，后面还有仓库。

皮总外号叫皮猴子。皮当然是他的姓，还有一层意思，就是淘气。我们那儿说谁谁淘气，说这人可真皮，皮得像猴子。猴子活泼好动，还很聪明。

皮总就有些坐不住，喜欢跑来跑去。他本来在厂里值三班倒的班。嫌闷，上班时候经常往外溜。领导发挥他的特长，让他去跑销售。他把货款拿去挥霍了。年底交不了差，就被开除了。

皮猴子自己开了个批发门市。生意不错，忙起来的时候，从门市到仓库，一天跑好多趟。进货，发货。

货发出去了，都打了个白条子，记上账，说年底一块结算吧。

现在，再过几天就过年了，皮总想出去收账，这时猪猪骑着电动三轮车来了。

猪猪跟皮猴子上过一个班。上班的时候，猪猪笨，什么都不懂，喜欢跟在皮猴子的后面混，就像皮猴子的尾巴。两人一前一后进了厂，又一前一后离了厂。皮猴子是被开除的，猪猪也是被开除的。猪猪上班睡觉，结果出了一个事故，被开除了。猪猪懒，没别的本事。他买了一辆电动三轮车，载客，运货。

猪猪骑着骑着三轮车，就会骑到皮猴子的门市，跟皮猴子闲聊天。皮猴子说，猪猪，你是越混越下相了。下相，就是越混越差的意思。

猪猪就憨憨地笑。

这个年关将近的日子，皮猴子对猪猪说，咱们去收账吧，没几天了。

皮猴子经常用猪猪的车，半年一结账。

皮猴子拎着装满欠条的皮包，坐上了猪猪的三轮车。猪猪发动车子，往前一冲。皮猴子也往前一冲。皮猴子说，猪猪，你慢点哎，能把人冲出心脏病来。

猪猪说，将就吧，等你买辆汽车，开起来就不冲了。

在市区周围，跑了几家商铺。每到一家商铺，猪猪都在门口等，皮猴子一个人拎着包进去收账。每进去一趟，皮猴子的皮包就鼓起一些。最后一家商铺出来，皮猴子的皮包已经显得沉甸甸的了。

皮猴子上了猪猪的车，天已经黑了。猪猪看着皮猴子的皮包，说，你的包快撑破了，放点到我的包里吧。

皮猴子说，你那破包，只能装些零钱毛票，装不了大钱的。

猪猪哼了一声，启动车子，突突突，车子又往前一冲。皮猴子也往前一冲。皮猴子说，猪猪，你开稳点，别把我甩下车去。

猪猪说，放心，皮总，皮包沉，压着你呢，甩不出去。

皮猴子就笑了，把包抱在怀里。电动车突突突地往前行驶。

厂子的围墙外面，有一条黑水河。说是黑水河，那时候水还不黑，最多是墨绿的。现在真的黑了。

车子到了黑水河边，停了下来。猪猪说，下来，解个手吧。

皮猴子说，我解过了。猪猪说，还是解一下吧。说着，下了车，到了黑水河边，看着厂里的灯火，对着黑水河哗啦哗啦地尿了起来。

皮猴子也下来了，说，听到你哗啦哗啦的声音，我也要尿了。

猪猪说，那就尿吧，有钱人也得尿啊。

皮猴子掏出家伙，看着厂里的灯火，对着黑水河尿了起来。

皮猴子说，猪猪，我们要活得好好的，挣大钱，气死厂里那些狗日的。

皮猴子说着话，抖了抖家伙，还没来得及收进去，脑后生风，一个沉重的东西落在了他后脑勺上。皮猴子重重地倒在地上。

猪猪放下扳手，将皮猴子抱起来，扔下去，嘭，黑水河发出沉闷的声响。

猪猪转身上了车，回头冷冷地看看后座上皮猴子留下的鼓鼓的包，突突突，回家了。

案子很快就破了。猪猪被判死刑。

那个包里到底有多少钱？法官问。

猪猪说，没钱，都是欠条。

欠条本来就在他包里，怎么包会鼓起来呢？法官问。

包里还有一些本子，书，还有一本厚厚的字典。猪猪说。

他收账，怎么收上来这些东西呢？

我不知道答案！猪猪也很茫然。

皮猴子那天去过的商铺老板给出了答案。

皮猴子到他们家收钱，他们都说账还没收回来，再缓几天吧，皮猴子就从他们家随手拿些本子之类的东西，放进包里。皮猴子说，这样，我到下一家，就说在上一家收了一些账。可是，到了下一家，他仍然没收上来钱。跑了十几家，一分钱没收上来，只往包里揣了些书本杂物。最后一家，他看到人家桌上有本大字典。趁人家不注意，揣进包里。

这回，包可鼓多了，沉多了。

猪猪知道了答案，心里长叹一声，这个皮猴子，死到临头，还骗我。

又说，真该死！

悲伤的是，我只能活在你们的希望里。

宣告死亡

鲁念安

1989年，来到这座县城的那年春天，我第一次见到那对夫妻。

那个时候，我刚从省城警校毕业，被分到这个县城的派出所。所长是本地人，姓王，跟所有无所事事的领导一样，秃顶，发福，平日里闲散得很，喜好垂钓。

就是这样的一个人，对我们这些打杂的小警员却百般刁难。即便没有案件，也要每天整理过往的档案，查看哪些已经过了时效，再去挨家地通知当事人，一字一顿地告诉他们：你父亲八年前的那件案子，一直没找到凶手；你丈夫失踪四年，可以申请宣告死亡了。

本来有着希望，但希望这种东西，慢慢地就被时间打磨得只剩下一层灰，风一吹便没了。大部分的当事人，都是一脸漠然地听着，然后机械地笑笑，说，谢谢。

那对夫妻是个例外。

记得是一个沉闷的午后，难得闲暇，正欲小睡片刻，听到有人敲门。进来一个男人，满脸都是皱纹，看神态和体形却似正当壮年。后面跟着一个同样年纪的女人，应该是他的妻子。两人看着我，目光躲躲闪闪，不敢说话。

我问他们：“有什么事吗？”

男人回头看看他的妻子，又看看我。他的眼白已经浑浊。

他说：“我们来找王所长。”

我说："王所长现在不在，你们找他有事吗？"

男人愣了一下，似乎极不情愿说出口："我儿子四年前失踪了，前几天接到你们电话通知，让我们向法院提交宣告死亡的申请，我们想来问问王所长。"

没等我回话，女人在一旁大声地说："我儿子还活着，我能感觉得到。我们找了四年，但还有很多地方没找。他一定没有死！"说着，女人情绪越来越激动，男人抓住她的肩膀，两个人都满脸是泪。

我向来不善应付这种场面，只得先打发二人回家等消息。

王所长回来了。看来那天野钓的收获不菲，难得见到他脸上现出笑容。

"哦，那件事，我知道——有什么问题吗？"

"有什么问题吗？"我突然有些气结，"一个母亲，失去了自己的孩子。宣告死亡这种事情，对她来说未免有些残忍。"

"但那个孩子失踪已满四年。你知道的，他们不去法院宣告死亡，我们这边就没法结案。"

"如果结案，我们就不再寻找这个孩子了吗？"

"失踪四年，还能找到的话，也算是奇迹了。"王所长似乎在自言自语。

后来，我听所里的人说起那对夫妻。男人叫张长生，今年刚三十出头。孩子是四年前丢的，一个毫无异样的早晨，七岁的孩子匆匆地喝完牛奶，被妈妈催促着去上学，然后就再没回来。四年来，夫妻二人辞掉工作，跑到全国各地寻找孩子。女人精神出现异常，两人几近离婚，但他们一直都没有放弃希望。

这份宣告死亡的申请迟迟没有提交。王所长每每让我催促，我总是找理由推延。也许每个人的潜意识里，总有些说不清道不明的情感因素，或是微小的善意，希望能成为奇迹的参与者。尽管这种机会微乎其微。

半年之后，事情有了意想不到的转机。

邻县公安机关查获了一起控制流浪儿童乞讨的恶性案件。获救的孩子大多都有伤残，其中，便有与张长生四年前失踪的孩子容貌极其相似的。

我当夜便赶往邻县。

尽管已有心理准备，但看到那个孩子的时候，我还是忍不住倒抽了一口冷气。他“坐”在房间里，四肢已不成样子，脸上的皮肤也没了人色。他听到脚步声便怪叫着缩成一团，躲进暗处的角落。邻县派出所的人解释说，舌头被动过手脚，说不了话。

我仔细对照档案照片，容貌依然可辨，有可能就是那个一直没被宣告死亡的孩子。

张长生夫妇接到通知，第二天一早赶了过来。一见我便扑上来，问我孩子在哪。

我指指里面：“孩子，可能跟你们想象的有些不一样，你们……”

“我们找了四年多，最坏的打算都做过了。就算这次找不到孩子，我们还会继续找，直至找到为止。”夫妻俩的眼里全是泪光。

我叹口气，点点头，让所里的警卫带他们进去。

不到半个小时，夫妻俩出来了。

我问：“怎么样，是不是他？”

两个人半天没说话。女人一直背对着我，哭。

良久，张长生说：“那孩子，不是我们的。弄错了，弄错了。”

我疑问道：“看清了没？无论相貌还是年龄，都与你们提供的资料极为吻合。”

张长生拉着一旁仍不愿离开的妻子，似乎是憋足了气，咬着牙说：“都说了不是我们的，不是我们的！”

我看着他们离开。

之后不到一周，张长生便向法院递交了宣告孩子死亡的申请。

不久，我被调到市公安局刑侦科，转为正式警员。很多事情，就这么被时间斩断，各自告一段落。

再次见到张长生与他妻子是在两年以后。我因公来到这座县城，在街上遇见他俩。当时女人怀抱着一个半岁大的孩子，不时地逗着他。男人也在一边绽放着笑脸，满眼都是温暖。

而那个一直被寻找的孩子，我再也没有见到过。

愿时光清浅，将你温柔以待。

最后的温柔

三　更

争吵中，他失手杀了自己的老婆。

这本来是一场普通的家庭争执。起因是他想要创业，点子已经有了，就缺时间和资金。时间他要靠辞职获得，资金他想要卖房子获得。

老婆坚决不同意。他们只有一套房子，前年刚买的。好容易有了家的感觉，她不想再重复当年不停搬家的租房生活。

他保证说钱很快就能赚到，他的点子非常棒，肯定赚钱。老婆死活不同意，紧紧抱着房产证不松手。他过去抢，推推搡搡中他把老婆推倒，头碰在茶几角上，血不停地涌出来，很快她就没有了呼吸。

忽然发生这样的灾难实在太残酷了。这本就是一场普通的家庭争执，按照常理来说争吵一下、冷战一下、妥协一下就会结束，可是在他这里却演变成了不可挽回的悲剧。

他无法面对眼下的事实。恋爱三年，结婚五年，他一直深爱着老婆。老婆是个热心大度的女人，平时对他百般体贴，他大多数的时间都过得温馨自在。在别的男人出轨的时候，他一直虔诚地照顾着自己的家。他认为没有比家更重要的了。

默默地哭了很久之后，他把老婆身上的血迹擦干净，换上了干净的衣服，搬到了床上。老婆的身体还有一点余温，他边哭边抱着老婆睡着了。

第二天醒来，他吃惊地发现老婆的身体还是热的。她的表情恬静，明明就是在熟睡。他试了试老婆的鼻子，的确没有呼吸。到底是怎么回事？他本来打算去自首，可眼下的事情让他舍不得。如果去自首，他就不能抱着老婆温暖的身体了。

他选择了去上班，但工作的时候他无法集中精力，脑子里一直在想，也许回到家就会发现老婆在若无其事地做饭，仿佛什么都没发生一样。

走到家门口，有邻居喊住他，问他媳妇儿怎么没去上班。

他疑惑，什么？

邻居说，下午我看见你媳妇儿倒垃圾。你是不是舍不得她工作，让她辞职当全职太太了？

他只能点点头说，是啊。

邻居又给了他一些夸赞。他赶紧冲回家，老婆还是静静地躺在床上，没有呼吸，但身体是热的。

他再次哭起来，撕心裂肺的。他求她醒过来。既然邻居能看见她倒垃圾，那么为什么不能让他也看看？但是床上的女人只是静静地躺着，没有任何反应。

他在厨房做了饭，一个人默默地吃了，上床抱着老婆又睡了。他觉得自己的人生已经完蛋了，什么创业他也不关心了，以后的日子，他只要工作、吃饭、抱着老婆的身体睡觉就可以了。

以后的日子里，有很多邻居见到过他的老婆，有时是倒垃圾，有时就是在楼下站一站，有时还会逗逗邻居的小狗……就像任何一个普通的家庭主妇那样。

为了见到老婆活动的身影，他好几次偷偷从公司溜出来，躲在小区的花丛里，可他从来没见老婆出现过。

这样奇怪的日子持续了几个月。之后的一天他正在上班，有人打电话过来，让他赶紧去医院，说他老婆意外跌倒在家，已经被送到医院了！

这到底是怎么回事？他扔下工作跑到医院，一个邻居拉着他说，下午的时候听见他们家一声惨叫，进去后发现他老婆倒在了地上，好像是滑了一跤，头不小心撞在茶几的角上，流了很多血，现在在手术室。

过了没多久医生就从手术室出来了，说抢救无效，病人已经去世了。他看到了尸体。那个伤口就是半年前的，但是却流出了很多新鲜的血。

所有人都在安慰他，所有人都替他难过。原本他应该是一个杀人犯，但是现在却成了大家集体怜惜的对象。这一切的一切都是老婆给他的最后的温柔，她之所以迟迟不肯死去，就是为了让他保持清白。

他在医院号啕大哭起来。

哇噻，她跨栏的速度超过刘翔耶！

疯狂的猪耳朵

夏 阳

女人的死，和一只猪耳朵有关。

我想我应该客观地叙述这个事件的始末缘由，尤其是这只罪魁祸首的猪耳朵。那是一个岁末寒冬的深夜，屋外飘着漫天的鹅毛大雪，一只猪耳朵不知被谁戳了个洞，用几根稻草拴着，挂在女人家不锈钢防盗门的把手上。猪耳朵像是活生生地从某头可怜的猪身上剜下来的，上面猪毛杂陈，耳孔里有脏兮兮的污垢，下面还缀着一大块沾带血污的槽头肉。猪耳朵悬挂在镜子一样寒光闪闪的不锈钢门上，成了一个巨大的惊叹号。

这是城市中央一个小区的某栋高层楼宇，一层一户，都是大富人家，平日里靠坐电梯进进出出，谁也不认识谁。这只猪耳朵，谁挂的，挂了多久，没人知道。女人一大早就出门了，回来时，已是凌晨三点。她满嘴喷着酒气，脖子紧缩在貂皮大衣里，踩着咔嚓咔嚓的积雪，两腿打着拐，陀螺般踉踉跄跄，向一辆豪华小车挥手道别。一进电梯，女人拍了拍身上的雪花，对着仪容镜里的自己扑哧一笑，心里暗骂，一顿火锅，就想上床？呸，男人都这德行。一出电梯，楼道的感应灯霎时亮了，女人一手在坤包里掏出钥匙，一手习惯性地去抓门把手。她脸上轻蔑的笑容顿时凝固了，望着手中所抓住的黏糊糊的猪耳朵，惊恐地瞪大着眼睛，凄厉地尖叫起来。女人的尖叫声，除了在空荡荡的楼道里留下几声巨大的回音外，四周连一点反应都没有。她可能忘了自己前几天和别人的调侃，她说如今这城市，要想叫大伙出来，只有一招儿，那就是喊着火啦！女人当然不会喊着火。女人把猪耳朵提进了家，顺手把里外两扇门反锁上，还扣上了防盗链。女人把家里所有的灯打开，细心地检查了一遍，关上了所有的门窗，拉上了所有的窗帘。

屋外，雪依然簌簌地下着。女人拥着被子，斜靠在床头，黑暗里，望着天花板胡思乱想——

这猪耳朵是谁送的？谁这么缺德？恶作剧？还是想威胁我？这段时间，得罪谁了？张三？李四？王五？好像都不至于。再说了，他们不可能知道我的住处。为什么要送猪耳朵？如果是想真正吓唬我，可以送血淋淋的猪心，一触就怪叫的骷髅玩具，或者活蹦乱跳的蛇呀青蛙呀。对了，这季节蛇和青蛙在冬眠。为什么是猪耳朵？猪耳朵代表什么？秘密。对了，是不是我和刘总的那事儿败露了？还是老陈的那笔回扣？稻草，对了，稻草是哪里来的？现在买猪肉都用塑料袋，怎么会有稻草？不会是和乡下那孩子有关吧？不对，不可能。前夫干的？前夫都出国好几年了。

卧室的灯，开开关关。开着，刺眼，关了，害怕。女人找来烟，点上，焦躁地抽着。大半盒烟没了，窗外的天色已经隐隐发白，她还是没能理出个头绪来。一夜之间，女人老了许多。

天亮后，女人迷迷糊糊地睡着了，梦里全是猪耳朵，洪水一般撵着自己跑，跑到了悬崖边，无路可逃。望着身后密密麻麻的狞笑的猪耳朵，女人大叫一声，从噩梦中醒来，大口喘着气，虚汗淋漓。

女人翻阅手机里的电话簿，想找个人倾诉或者求教一下。客户、同事、女朋友、性伴侣、同学、老乡、亲戚、前夫，好像都不合适。女人叹了口气，把手机关了。和很多人一样，手机关机，就等于她在这个世界上暂时消失了。

女人把自己关在了家里。困了，倒头去睡，在梦里和一大堆猪耳朵赛跑，然后惊醒，惊醒后拼命地想猪耳朵的来历和含义，最后不停地去检查家里所有的房间所有的门窗。折腾累了，又去睡，开始新一轮的循环。

三天后的中午，阳光出来了，街上的积雪开始融化。女人想出去走走。女人穿得像只狗熊，蓬头垢面，神情恍惚，打开门，半个身子缩在屋里，做贼一样朝楼道四处瞅了瞅，再神经质般扭转头看外面的门把手——门把手上又挂着一只猪耳朵，一模一样的。女人尖叫一声，倒了下去。

我说过，我想客观地叙述这个事件。我之所以说是事件，不是故事，是因为我只想忠实地记录，而不是胡编乱造。当然，我可以增添欧·亨利式的结尾，进行自圆其说，比如某人好猪耳朵这口，有乡下亲戚好意相赠，结果送错了楼层；比如女人无意间得罪了小区的保安，保安睚眦必报；比如女人抢了别人的老公，人家老婆前来复仇，等等。甚至，我还可以添加一些魔幻色彩，讲述一个前世今生人与猪的爱情神话。但我必须老老实实地承认，我也不知道那只猪耳朵是谁送来的，为什么要送猪耳朵。现实生活就是这样，很多事件背后的真相，是为我们所不知的，我们所看到的，往往只是一个结果。

现在，我来讲述这个事件的结果：女人因为惊吓过度，晕倒在自家门前。一个小时后，被打扫楼道卫生的阿姨发现，招来救护车送进医院抢救。女人生命倒无大碍，身体康复了，人却疯了，转入精神病院治疗了一段时间，病情得到了控制。

女人死的时候，是一个春天的黄昏。血红的残阳，水彩画一样燃烧着这个城市的上空。女人坐在街边的树下，拍着巴掌，口里念念有词，一脸兴高采烈的样子。一个男人牵着一个孩子打她跟前经过，不知为什么，孩子突然扭着身子向男人撒娇：我不吃猪耳朵嘛！我就不吃嘛！

女人闻听“猪耳朵”三个字，大惊失色，像一匹受惊的烈马，起身跨过护栏，蹿向街头，瞬间消失在滚滚车流里。

那个吓得脸色煞白的司机，望着倒在血泊里的女人，惊魂未定地拿起手机报警。其他车辆依然熙熙攘攘，偶尔有司机经过时，放慢了速度，透过车窗对外瞟上一眼，又抬脚深踩油门，重新穿梭在车水马龙里。

孩子停止了撒娇，指着血泊里的女人，惊讶地说，哇噻，她跨栏的速度超过刘翔耶！

那男人一只手拽着孩子，一只手抬起来看了看表，不耐烦地说，快点走，我们没时间了。

时间，才是最神奇的贼。

你怎么回事

陈 毓

经过近半月的踩点摸底，他在这个下午进入了那扇门。

年轻女人的房间。此女独身，而且像修女一样简单纯洁。他快速得出结论。

他的眼睛像精密的探测仪，从床到衣柜，到卫生间，再到厨房，最后又回到小小的客厅。他在心里微笑。

更可喜的，是那姑娘很美，神情庄重，气质高贵，恰到好处的矜持，一点点的幽怨要细心识别才能发现。

现在那姑娘在墙上，静静打量他这个贸然闯入者。

门后的衣架上挂着她的外套和围巾，它们搭配在一起的色调让他觉得赏心悦目。他走过去，把围巾和外套摘下来，又走上前去，搭在照片上的姑娘的颈脖上，他现在连她的身高都能判断出，甚至她的气息，也仿佛可闻。他顺势做了一个拥抱的姿势，像一个彬彬有礼的绅士，一个情郎见到他的爱人那样。

为了延续他的幸福感，他走到衣柜前，把每一扇门，每一个抽斗都打开，那里井然有序地放着她的日常，她的不为人知的小秘密。他用两根指头挑起一件绸质胸罩，在自己的胸前比画了一下，之后他矫正了自己刚才的拥抱姿势，把手臂往里缩了两公分，心里说，这样的拥抱才适合你。

行动干净利索，决不能拖泥带水，这是干他们这行的行规，但是今天他违背了，他在犯规。

他一直是个谨慎小心的人，在“工作”时不会冒任何危险。鬼知道他今天怎么回事。

现在你再看他，从容走到床边，在床上躺下，让他觉得美好的气息在那里格外浓郁，他差不多立即进入梦乡，他睡了十分钟，或者半分钟，之后他猛然醒来，他惊跳而起，仿佛刚醒悟自己此刻置身此地的目的。他迅速走到梳妆台前，一一打开那些精致的抽屉，把一些首饰、现金迅速装进自己的挎包。

该走了。

但他的目光却停留在镜子里，他低头从放在镜子边上的笔记本上撕下一页纸，又借用了主人的圆珠笔，仿照孩童的笔迹，十分稚拙地写下一行字：妞，我想亲死你！

他把字条放在梳妆台正中，用笔压住，确定主人归来即便得知自己遭盗的不幸事实时，也能在临昏厥前看见这个字条，读完这一行字。

之后他拍拍自己戴手套的两只手，带着他的获得，离开现场。

这依然会是一桩在警察那里挂着的案子！挂着挂着，连警察、连失主都会忘掉这事，世界太大了，大到这样的事件连本市晚间新闻都上不了。晚上躺在床上，他不无遗憾地这般想。他想，若是能上新闻，说不定他就有机会在记者的镜头里看见失窃姑娘的真实容颜呢。

时间一天天过去，现在，他改行了。金盆洗手以前是一个词，现在是他心里能体会到的真切感受：轻松，自在，释然。

他带着释然之后的轻松和自在衣冠楚楚地走进一家豪华购物中心，一阵香风扑上他的脸，使他心旷神怡。等他从迷蒙的香气里醒过神，就见那个姑娘，正站在一排高高低低的名贵香水瓶子后面迎面而立。他眼睛一亮，满心欢喜，由不得冲着她“嗨”了一声：是你啊？原来你在这里上班？

他热情相迎，忘了过往，只是惊讶与欢喜。

那姑娘准把他当成了一位久未谋面的熟人，没准是自己十年不见的小学同学呢。他没看错，这确实是个有教养富美德的姑娘，她对他也是笑脸相迎，一边期盼他能早点报出大名好让她免受尴尬。

他一直走到她跟前，他把脸凑上去，直到姑娘独一无二的香气清晰可闻。他用低沉的嗓音在姑娘耳边细语：妞，我真想亲死你！

然后他像是说出了一个深藏心间已久的心愿似的安静退去。

他不能回头，因此他没法看见那可爱姑娘脸上的笑容是怎样一点点冻结在脸上，红晕如何一点点退去，苍白又是如何铺满了那张迷人的脸蛋。

警察找上门来的时候他正在梦乡里，他惊讶谁一大早就来敲他的门，不是贼就不怕人敲门，是的，他早就不做贼了，也早没了原先的那份警惕。因此当他打开房门，看见警察的一瞬，他还是有点吃惊，但他立即就明白了，并且明白自己已无路可逃。

于是，他和那个比自己年轻几岁的警察开玩笑：要不是我提供线索，就是再过十五年，你也不会破案的。

年轻警察谦虚地点头，在他的手腕上一拍，说，我承认你是个奇迹。

故事里有新闻人物的影子。

往顶上跑

于心亮

大嵩卫城的刘氏总是往顶上跑，把钱百万愁得不行了。

起因是钱百万骑着骡子在路上走，刘氏的老头子突然跑出来，被骡子踢了一脚。钱百万找郎中给刘老头做了检查，瞧瞧没什么大碍，就拿了些药，道了歉，以为这事就这么了了。

没料想，过了些日子，刘氏找上门来，说老头子身子一直不得劲儿，要钱百万赔银子。钱百万说凭什么呀，原先他挺好的，现在让我拿银子？不拿！

刘氏说，不拿是吧？好，我去找说理的地方，非让你拿出银子来不可！

钱百万以为刘氏是诈唬他，没放心里去。结果刘氏真把钱百万给告了。

两人对簿公堂，各说各的理。

打官司，要讲究证据。县衙门一调查，刘氏的老头子能跑能跳，能吃能睡。

再找全城的郎中来会诊，也都没检查出有什么毛病。

可人家就说浑身不舒服，走路难受，吃饭也难受……你说这事儿怎么办？

县衙里从同情弱者和息事宁人来考虑，判钱百万赔偿刘氏十两银子。

刘氏却嫌少，不答应。

钱百万的倔脾气一上来，也说，既然这样，一个铜板我也不给你！

就这样，刘氏就到顶上去告状。她说一级一级找，不信找不到说理的地儿！

县衙里挺窝火，找钱百万说，这事儿是你惹的，要么你给她钱，要么就看住别让她往顶上跑！

钱百万说，她如此惹麻烦，你们咋不把她抓起来？

县衙里说，人家又没犯法，凭什么把人家抓起来？

——得。你说这事儿闹的。

钱百万让管家找几个人，看住刘氏，别让她往顶上跑。可看不住，趁着夜黑儿，刘氏总会有办法偷偷跑掉，过几天，顶上就来信儿，让去领人。管家跟钱百万说，每回去领人，都要花不少银子打点顶上的人，加上来回路上的吃喝拉撒，算下来，咱们花费可不少呢。

管家还说，起初，刘氏的街坊们还数落刘氏的不是，可现在，大家都开始数落咱们的不是了，说……说如果痛痛快快给了银子，何必找人日夜去盯防，人家又不是犯人。

钱百万说，她越这样闹，我越是一个铜板也不给，看她厉害还是我钱百万厉害……去，你去跟盯防的人说，只要把老家伙看住了，别让她跑了，老爷我重重有赏！

过了几日，管家来禀报说，盯防的人为了哄住刘氏不到顶上去，随时随地都紧跟着她，就连刘氏出门买菜，他们都帮她提着，刘氏四处跟人宣扬，比养儿子强！

钱百万气愤地说，衙门真是不作为，要是把她抓起来，啥事都没有了。

管家说，刘氏说啦，就算把她抓起来，县衙门也不能把她怎么着，她心不好、肺不好、胃不好、肝不好、肠子也不好……反正浑身都不好，一旦弄出毛病，看县衙门怎么办！

钱百万说，摊上这么个老无赖，真是没咒儿念，不管怎样，你还是派人严防死守吧！

虽然命令压得死死的，可刘氏该跑还是跑，无论怎样也盯不住，也真是神了。

管家被骂急眼了，做个手势说，要不……咱们干脆？

钱百万说，不可不可，她一旦出事儿，县衙肯定会怀疑到咱们头上来，刘氏现在成了一个宝儿了，咱们保护她还来不及呢！……算了，你问问她到底想要多少银子。

刘氏张口要二百两银子。

钱百万说，你原先不是要一百两银子吗？

刘氏说，原先是原先，现在是现在，这么些日子，难道我白跑了吗？

钱百万说，既然这样，我还是那句话，你一个铜板也拿不到！

刘氏照样往顶上跑。顶上也烦了，训下面，下面就训钱百万，钱百万就训管家。

管家只能多派人手，恨不得把刘氏的腿给绑住。

刘氏该跑还是跑。她总是能跑掉……

时间长了，大嵩卫城的人都说，刘氏不单纯是为了银子，她把往顶上跑当成了一种乐趣，她喜欢看钱百万窝火生气，喜欢盯防她的人像没头苍蝇似的四处去寻找她、堵截她，即使找着她还不能把她怎么着……她浑身是病，稍一受刺激，就倒地吐白沫儿！

终于，钱百万耗不过刘氏，说，要这么多银子，你不后悔？

刘氏说，后悔？我高兴还来不及呢！

钱百万说，好，到时候你可别怨我！

刘氏做梦也没想到真会得到银子，她兴奋地把银子带回家去，给老头子看，给街坊邻居看……大嵩卫城的人都知道刘氏得到了银子，这么多年，她没白往顶上跑！

当天晚上，刘氏的老头子就死了。竟然是欢喜死的。

刘氏一下子没了精神，不因为老头子没了，也不因为太伤心，而是因为……因为什么呢？刘氏想啊想啊，想了老半天，终于想到了：今后不再往顶上跑，生活没意思了！

尤其是，刘氏不敢出门了，她守着银子担心街坊邻居来跟她借钱，害怕有坏人来盗抢……唉，刘氏吃不好，睡不好。谁也没料到，刘氏很快也死了。

钱百万料到了，他不计前嫌，打发管家给发的丧。

顺便，钱百万把刘氏遗下的房子占了去，由于临街，做生意还是蛮好的。

钱百万又恢复了整日数钱的悠闲日子。

他说中意我在家，贤妻良母的样子。

睡　衣

周洁茹

惠美是情感电视节目的编导，正做一期《回家》，有个小伙每到过年就想回家，可是年年都被家里人打出来，连家门都不让他进，是个心结。小伙写信去电视台，求助电视台，帮他解了这个结。

也不是什么事，惠美说。

入赘，做了上门女婿，家里人觉得丢脸，不认他，惠美说。

前期准备了两个月，电话打烂了，那边政府出了面，说一定配合，惠美说。

到底还是亲情重要。惠美说，做下来几期，都比这个事麻烦，也都成功了。

可是节目没做成，村口都没让摄制组进。

乡里的人倒热情，摄影师被米酒灌倒到田沟里，惠美小小个子，努力把摄影师从沟里拖上来，摄影师抱住台机，坐在田埂上，咕噜半天。

惠美说，没关系，我们拍点其他村的景。

小伙被摆在其他村的村口，拍了两个镜头，小伙说，不拍了，走。

死活留不住，就走了。

浪费了吧。我说，跑这么一趟。

惠美说，没事，我们在南京转机的时候买点东西。

买什么？我说。

惠美说，买件睡衣，最美的睡衣。

有男朋友啦？我说，福气哦。

惠美笑笑，说，他说中意我在家，贤妻良母的样子。

挑了一件纯白睡衣，蕾丝花边，小清新。

然后三个月没有音讯。

我打电话给摄影师，摄影师说你还不知道？南京回来就出了事。

什么事？我说。

惠美的男朋友杀了惠美。摄影师说，算好惠美下夜班的时间，等在电视台门口，一句话没有，上来就杀，刀刀要命。

刚好出外景回来的同事们撞见，上去夺了刀。说是惠美只抱住头，已经是个血人，都没有喊。看见的同事都说像看默片，完全没有声音的，刀刺下去都没有声音，每一刀。

为什么？我说。

惠美的男朋友要她辞职，不做抛头露面的工作。摄影师说，惠美说分手吧，男朋友就杀了她。

惠美死了？我说。

生不如死。摄影师说，重伤。

那惠美穿不了纯白睡衣了。我说，一身刀疤。

什么睡衣？摄影师在电话那边喂，睡什么衣。

我头皮发麻，为什么我一直看不见一些存在的东西？

有　人

陈小庆

快餐店里，我端了一份食物找位子。人不多，但没有一张桌子是空的，我便向一个漂亮女孩那里走去。

“请问，这里可以坐吗？”我很帅气地一手托餐盘，一手擦滴在衣襟上的果汁——总是这样，我一看到漂亮女孩就莫名其妙地手抖，可谓端汤汤洒、端饭饭歪。

漂亮女孩从长长的黑发里抬起眼睛，气氛便诡异起来。

她仿佛没有张嘴，却发出冷得让人起鸡皮疙瘩的声音：“难道你没看见，这里已经有人了吗？”

我说：“不是还有一个空座吗？”我指指她对面那个座位。

“我说的就是那儿，已经有人了。”她仍用那种冷冰冰的口气说道。她一身洁白的衣服，就连嘴唇都几乎没有血色，整个人都是冷色调。

我相信这世上有我解释不了的东西，有我需敬畏的一些神秘事物。于是我轻轻退了下来，还好，一个桌子刚刚空出，我忙占了上去。

我没敢再看那神秘的女孩，胆战心惊地吃过饭，匆匆上电影院去了。作为单身汉，一个人看电影，难免有些自艾自怜，但总不能因为单身就有了不支持自己喜欢的导演的电影的理由吧?！何况电影票还是打了折的。

电影还未开始，我走了进去，光线不明不暗。我喜欢靠前的位置，便来到第一排的一个空座前，正要落座，旁边一个哥们儿马上提醒我道：“你没看见这儿已经有人了吗？”

今天，是怎么了？我头皮发麻，为什么我一直看不见一些存在的东西？我揉了揉眼睛——幸好我没坐下来，幸好那哥们儿提醒了我，不然我一屁股坐下去，会不会立刻有一声令人毛骨悚然的尖叫？

我走向第二排空座，一位女士提醒我：这里已经“有人”了。

我知道我需要感谢她，我便直奔后面无人区，坐在那儿，发着抖看完了一场喜剧片。

夜里的末班车等了很久才来，这是冬日的晚上，冷。我拥了大衣上车，人不多不少。我向后面走去，在一个柯南模样的少年旁边有个座位，我正要坐下，他说：“那儿——有人。”声音是很不经意，却自然让你产生出一种寒意。

我想一定是我眼睛出了问题，看不到那些存在。更可怕的，也许是我头脑出了问题。当然，最可怕的还是：这个世界的确存在着看不见摸不着的那些“人”，而我竟一天之中遇到过好几回。

一夜一夜我睡不着觉，一到白天就头晕。我觉得我病了——我开始看到一些不确定的东西：那些影影绰绰的人，那些令人不寒而栗的画面。我仍然单身，仍然去黑暗的电影院，我渐渐适应了自己的状况——也许不是我病了，我是拥有了一种超能力，这其实值得庆幸。

那天我早早进入影院，坐在自己喜欢的第一排。然后我看到人们纷纷到来，三个一群两个一对地坐下，然后就一定中间隔着一个空座，当然我左右两旁的座位也是空着，但是，我很快发现，有两个看不见的人，轻轻地、轻轻地坐在了我旁边，他俩面目不清，身份可疑，他俩不是在看电影，而是一直在盯着我看。

一个中年人走了过来，正要不打招呼坐在我右边，我立刻对他说：“不好意思，这儿有人！”他便走了。他看不到，但我看到了，我不得不提醒他。于是我身边那两个面目不清，身份可疑的人，便对我投来赞许的目光。我知道我做对了。

出了电影院，我马上感到身后有人跟着。末班车来得挺快，我快步上去，当我坐在三连座的中间时，我发现那两个面目不清、身份可疑的家伙也坐了下来，一左一右，看来，我是被他俩绑架了。

于是——图书馆、地铁上、网吧里……他们始终不离我左右，让我随时提醒别人：对不起，这儿有人！

年选系列封面绘图画家介绍

乔晓光 1957 年生于河北邢台，中央美术学院人文学院教授、非物质文化遗产研究中心原主任、博士生导师。代表著作有《活态文化》《沿着河走》《本土精神》等，主编教育部艺教委高等师范院校教材《中国民间美术》，主持中国民间剪纸申遗及教育传承项目多个。

中宣部全国文化名家暨“四个一批”人才，2006 年获“民间文化守望者”提名奖，2007 年被国家人事部、文化部授予“全国非物质文化遗产保护先进工作者”称号。

长期从事中国非物质文化遗产与民间美术的研究、教学，从事剪纸、油画、现代水墨等多媒材艺术创作，多次参加国内外展览并获奖。近十年与芬兰、挪威、瑞士、美国等国家合作完成不同国家文化遗产主题的现代剪纸艺术创作，所举办的展览产生了比较广泛的艺术影响。同时，在海外积极推介中国民间剪纸，多次赴北欧及美国、日本等地讲学。

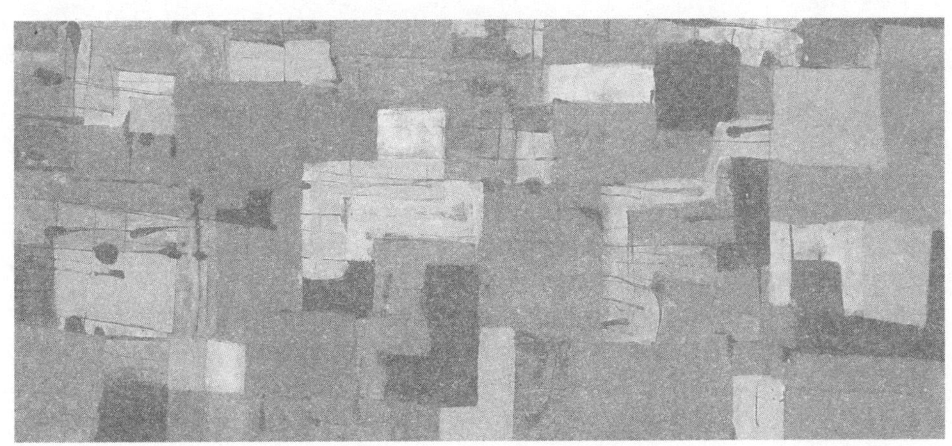

九宫　乔晓光　128cm × 68.5cm　纸本水墨　2011 年

乔晓光的艺术

乔晓光从原始艺术中的图像出发，建立自己的当代艺术空间。与大多数传统型和学院型的水墨画家不同，乔晓光在艺术媒介的运用方面相当自由。他将中国明清以来的文人水墨画文脉与中国远古艺术的血脉接通，同时又将明清以来日渐狭窄的文人画解放出来，通过与原始艺术和民间艺术的结合，使水墨画获得了更为宽阔的发展空间。在这一过程中，乔晓光突出了现代艺术中表现主义的个性抒情，同时在形式上又与 20 世纪欧洲的现代主义艺术相通，这很像高更、卢梭等原始派艺术家的所作所为——将最现代的与最远古的艺术沟通。

——殷双喜《从原始到现代——乔晓光的艺术密码》